二周目の悪役令嬢は、マイルドヤンデレに切り替えていく

メイソン・ベックフォード
修道院に幽閉されるチェルシーの護衛を担当していた冒険者。その護衛任務がきっかけでチェルシーと恋に落ちるも、修道院到着直前の事故に巻き込まれチェルシーとともに命を落とす。
カイル・シェルブレット
魔道王国の第二王子で、チェルシーの元婚約者。外見と頭脳と清潔感と爽やかさと紳士的な立ち振る舞いと声の良さと家柄とマナーだけが取り柄の、どこにでもいそうな完璧超人。実は腹黒。
チェルシー・ローズデール
第二王子に婚約破棄され、修道院に幽閉される予定だった公爵令嬢。しかし修道院護送中の事故で命を落とし、その記憶を持ったまま第二王子との出会いの前日にタイムスリップする。
登場人物紹介
CHARACTERS

アイリーン・キャスカート
チェルシーの専属メイド。傍若無人に振る舞うチェルシーに散々苦労させられながらも最後まで彼女の専属メイドを務めたため、タイムスリップ後のチェルシーの寵愛を受けている。
レベッカ・ウェストウッド
魔道学園の同級生であるカイル王子に見初められ、それが原因でチェルシーに犯罪まがいの嫌がらせをされていた平民の娘。極めて珍しい光属性の適合者。
シルヴィア・ラインハルト
チェルシーの兄の恋人で、ヤンデレヒロインとチートキャラのハイブリッド。味方にすると頼もしいが、敵に回すとその瞬間に死亡フラグが立つアグレッシブな公爵令嬢。

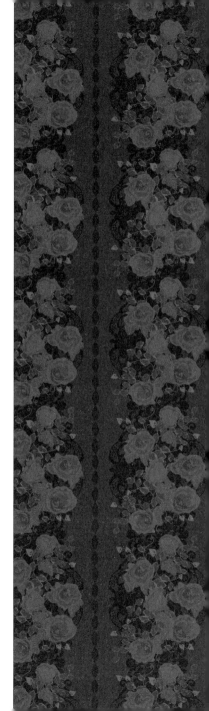

二周目の悪役令嬢は、マイルドヤンデレに切り替えていく

目次

プロローグ

「寝ちゃダメだ、チェルシー!! 今寝たら死ぬよ!!」

……うん、私もそう思う。でもごめんなさい、とても眠いんだ。もう限界……。

「しっかりしろー! 寝るな!! 目を開けろ!!」

私はゆっくり目を開け、私の隣で海に浮かぶ瓦礫を掴んで浮かびながら必死に声をかけてくれている、私の最愛の人に微笑みかけた。私もたぶん、彼と同じような格好で夕方の海に浮かんでいる状態だと思う。もういろいろと感覚がおかしくなって自分がどのような状態なのかもはっきり認識できないけど。

「ねえ、メイソン……、聞いてくれる?」

よかった、声を出す機能はまだ辛うじて残っていたみたい。

「ああ、聞くよ、いくらでも聞くから何でも話して」

「あなたに出会えて……。本当に……よかっ……た」

「ああ、俺もだ。だから寝るなよ。もう少しすれば助けが来てくれるはずだから。そしたら一緒に逃げよう。遠い国へ逃げて二人で暮らそう! ねえ、チェルシー、チェルシぃぃー!!」

私が再び目を閉じようとするのを見て、彼が叫ぶ。でももう私は、眠気に逆らえない。目を開けていられない。必死に叫ぶ愛《いと》しい人の声が、段々遠くなっていく気がした。

「あり、がとう……。あな、たを……愛して……いま……」 彼に出会えて、短い間だったけど一

緒の時間を過ごすことができて、本当によかった。私の人生最後の一週間は、それまでの十八年間の合計分よりも遥かに価値ある時間だったと心から思う。

間違いなく彼のおかげだね。本当にありがとう、メイソン。……でもやはり悲しいな、もっと彼と一緒にいたかったな。もっと彼の笑顔を見ていたかったな。

もし今から人生をやり直せるなら、彼とずっと一緒にいたい。一生かけて彼を愛して、彼と幸せに生きていきたい。

そんなことを思いながら、私は深い眠りについた。


目が覚めた瞬間、どこか懐かしい感覚がした。

「あれ？　ここは……？」

うん？　なんか自分の声にちょっと違和感があるぞ？　と思いながら、私はとりあえず周りの状況を確認してみた。天蓋《てんがい》付きのキングサイズベッドに、青と白を基調にした豪華でありながらも上品なインテリアが施された無駄に広い部屋。

壁一面は丸ごと窓になっており、一目で高級とわかるレース付きの内カーテン越しには夕焼け色に染まり始めた午後の海が見えていた。

（えっ、ここ実家の私の部屋……だよね？）

このオーシャンビューの豪華すぎる部屋は、間違いなく私が生まれ育った屋敷の自室だった。

（もしかしたら助かった？　それとも死後の世界？）状況が全く読めない。少し冷静になって状況を整理してみよう。

私の名前はチェルシー・ローズデール。魔道王国シェルブレットの建国功臣の家系で、「三大公爵家」のうち一つに数えられるローズデール公爵家の長女。十八歳。婚約者だったこの国の第二王子に浮気され、その浮気相手に執拗《しつよう》に嫌がらせ行為をした。そしてその嫌がらせが原因で公衆の面前で王子から婚約の破棄《はき》と、ありったけの罵倒《ばとう》、そして離島の修道院への島流しを言い渡されるという、まるで物語の中の悪役令嬢のような人生を歩んでいた小娘である。

……まあ、今となっては王子も浮気相手もどうでもいいけど。

で、その修道院への護送の途中に突風だか台風だかに巻き込まれたのか、乗っていた船が大破して沈没、なんとか瓦礫につかまって、数時間？　いや一日近く？　粘りに粘ったけど、結局助けなど来ず、たぶん海上で命を落としていたはずである。

それがどうして、気が付いたら実家の部屋にいるのだろうか。心残りがあって成仏《じょうぶつ》できず、幽霊にでもなったのかな。それとも奇跡的に助かった？　いや、でも両親からは勘当されているから、助かったとしても屋敷の自室で目が覚めるというのはあり得ないと思うんだよね。

（うん、やっぱり落ち着いて状況を整理してみても訳が分からないな。誰かに聞いてみよう）

そう考えた私は、ベッドから身を起こした。……うん？　なんか身体にも妙な違和感がある。なんとなく軽いというかなんというか。幽霊だからか？　ふと気が付くと、鏡が視界に入っていた。

「⁉⁉⁉⁉」

そこに映っていたのは上品なシャンパンゴールドの長い髪と、サファイア色の瞳を持つ、やや吊り目の冷たそうな印象の美少女（うん、自分で美少女言うなって話だよね。ごめんなさい）。間違いなく私である。

……たぶん八歳か九歳くらいの時の。

「えええええええええ⁉」

私の悲鳴が、屋敷中にわたり響いた。

1話　やり直しのチャンスをいただけたようです

私の悲鳴を聞いて真っ先にやってきてくれたのは、メイドのアイリーンだった。私の専属メイドで、私に散々ひどい目に遭わされ、苦労させられながらも最後まで私の面倒を見てくれた優しい娘である。年齢は確か私より五つか六つ上だったから、とっくに二十代になっているはずなんだけど……、今、私の目の前にいるアイリーンは、どう見ても十四、五歳の少女にしか見えない。

「ど、どうされました⁉　お嬢様」

「あっ、ごめんなさい、大きな声出しちゃって」

「い、いえ、大丈夫でs……って、あれっ？　お嬢様！　目を覚まされたのですね！　よかった！お身体の具合はいかがですか。どこか痛むところはありませんか」

「えっ？　ううん、特に。たぶん大丈夫……かな？」

いや、本当は全く大丈夫じゃないけどね。一度死にかけた？　いや死んだ？　上に気がついたら子供に戻っているわけだから。

「よかったです！　でもお嬢様、まだベッドから出られてはいけません。二日も高熱で寝込んでいらっしゃったのですよ。すぐに医者を呼んできますので、そのままベッドでお待ちいただけますか」

「えっ、高熱？　低体温症とかじゃなくて？」

「はい？　低体温症、ですか」

あ、ダメだ、なんか話がややこしくなりそう。私も状況が理解できていないし、何があったのかがある程度わかるまでは、船だの修道院だのの話は出さない方が良いかもしれない。

「ごめん、気にしないで。わかりました。大人しくベッドで待ってます。ありがとう」

「!?!?　……は、はい。すぐに医者を呼んでまいります」

アイリーンは一瞬面食らったような表情で固まってから、アッシュグレーの髪を揺らしながら走り去っていった。

うん？　私なんか変なこと言ったか？　……違うな。たぶんあれだ。私、きっと今まで彼女に「ありがとう」ってお礼を言ったことなんてなかったんだ。逆に無視や暴言は当たり前で、機嫌が悪い時は当たり前のように八つ当たりしたり、難くせをつけていじめたりしていた。

そんな私の口から「ありがとう」なんて言葉が出てきたものだから、たぶん一瞬フリーズしちゃったんだろうな。本当、最低だったね、私。

……ちゃんと謝らなきゃ。

その後やってきた医者からは、身体には特に異常は見られないこと、とりあえず今日は一日安静にして様子を見て、明日以降は徐々に日常生活に戻って良いという診断が出たが、同時に「高熱が原因で一時的な記憶障害が起きているかもしれない」という所見が出た。

別に医者に船が沈没して死んだとかそういう話をしたわけではない。いろいろと問診をしている中で、私の挙動がおかしいことに気づいた医者が「あなたのお名前は」からスタートし、年齢、家族の名前、ここはどこで今は何年なのか、といった質問をしてきたのだ。

その結果、なんとなく分かったことは、私はどうやら八歳のときの自分に戻っているらしい、ということである。年齢と「今が何年なのか」にどう答えたら良いかわからず、とりあえず素直に「十八歳」「新暦二九二年」と答えたら、その場にいた全員になんとも言えない顔をされ、私は八歳で今は新暦二八二年であると聞かされた。そして、熱を出す前のことを具体的には何も思い出せない（私にとっては十年前の子供の頃の記憶になっちゃうから、詳細を思い出せといっても無理な話である）ことから、「一時的な記憶障害」の所見がついた。

「ねえ、アイリーン」

「……！　は、はい、なんでしょうか、お嬢様」

私は今晩も付きっきりで看病してくれることになったアイリーンに優しく話しかけた。聞けば熱を出して寝込んでいる間、ずっと私の面倒を見てくれていたらしい。

今、彼女、また一瞬ビクッとしたね。よほど私が怖いのか、それとも今までは「アイリーン」なんて名前で呼んだことなくて「そこのあなた」的な呼び方だったから慣れていないだけなのか。

……いずれにしても私、最低だったね。本当に。

私はベッドから起き上がって、アイリーンの前に立ち、勢いよく頭を下げた。

「今まで本当にごめんなさい。これからは態度を改めますので、どうかこれからもよろしくお願いします」

「……！　そ、そんな！　どうか頭を上げてください、お嬢様！」

私の突発的な行動はアイリーンにとって全く予想外だったらしく、しばらくして頭を上げると彼女は困り果てた顔をして中腰で私に右手を伸ばすような格好になっていた。彼女、前はポーカーフェイスでクールな印象だったのにね、今日はえらく表情豊かだな。……私が予想外のことばかりするからだな。すみません。

「驚かせてごめんね。ちゃんと謝っておきたくて」

「い、いえ……。お嬢様は謝られることなんて何も……！」

いやあるだろう。どう考えても。少なくともこっちは心当たりありまくりだぞ。……あっ、でもあれか。今、私が八歳なのであれば、たぶんアイリーンはうちの屋敷にきてまだ間もない時期だったはず。だとすると、まだ私という自然災害の被害にはあまり遭っていないのかもしれない。そうに違いない。……そうだといいな。

「ありがとう。不束者《ふつつかもの》ですが、どうぞ末永くよろしくお願いします」

「も、もちろんです！　こちらこそよろしくお願い致します！」

心の中で「不束者ってプロポーズの返事かっ！」とセルフツッコミを入れながら、私は小さい身体を精一杯伸ばして、アイリーンを抱きしめた。私の方がまだ身長低いから抱きしめるというより抱きつく格好になっていると思うけど。アイリーンはまた驚いたのか一瞬固まってしまったものの、すぐに優しく抱き返してくれた。

まだ何が何だかわからないし、アイリーンの方が「お嬢様が高熱を出して頭がおかしくなったのか」みたいな感じで、より訳が分からない状況だと思うけど、とにかくアイリーンのことを大事にしなきゃ。彼女は家族に見捨てられ、他の使用人からは軽蔑と嘲笑《ちょうしょう》の眼差ししか向けられなくなった私を最後まで見捨てなかった、私の恩人だから。これからゆっくり時間をかけて、彼女に恩返しをしていこう。


翌日から私は状況整理と情報収集に奔走《ほんそう》した。半日間自室に籠《こも》り八歳から十八歳までの間に起きた出来事と、思い出せる人名、地名、事件などを書き出し、その後は屋敷の図書館に籠って本を読み漁《あさ》り、家族や屋敷の使用人にヒアリングをした。数日間にわたるこれらの活動の結果、私は自分が十八歳の記憶を持ったまま八歳の自分に戻っている可能性が高いと結論付けた。

最初は本気で幽霊にでもなって実家に戻ったのかと思ったし、その後は長い夢を見ていたのかとも思ったけど、おそらくどちらも違う。お腹は空くし、お手洗いにも行きたくなる。毎晩普通に眠っているし、テーブルの脚に足の小指をぶつけた時は涙が出るほど激痛が走った。どう考えても人間としての基本的な機能がすべて正常に機能している。だからたぶん幽霊ではないと思う。

そして、夢だと思うには八歳の自分には知りえなかった情報が現実と一致しすぎていた。たとえば、私が幽閉される予定だったセント・アンドリューズ修道院。遥か北の海に浮かぶ小さな島に建てられたこの修道院は、私の記憶通りの場所に実在していた。また、私の婚約者だった浮気者の第二王子を含め、私の記憶に残っている王侯貴族は全員が実在していた。

これでもし夢だったとすれば、私はもはや予知能力者であるが、私にそんな能力は備わっていないはずである。……いやまあ、もしかしたらタイムトラベラーよりは予知能力者の方がまだ現実的な結論なのかもしれないけど。

そういえば私、前世（「前の時間軸」とか「前の人生」とか呼び方はいろいろ考えたけれど、シンプルに「前世」と呼ぶことにした）の最後の瞬間、「もし人生をやり直せたら」とか願っていたような気がするが、もしかしたら神様に前世の私の最後の願いが届いたのかもしれない。

だとしたら本当、ありがたいというか申し訳ないというか。こんなどうしようもない小娘の願いを聞いてくれるなんて、なんて慈悲深い神様なのだろう。本当にありがとうございます。今度は道を踏み外すことなく、慎ましく生きていきます、私。

……話を戻して、私の十年間の記憶が前世だとしても予知夢だとしても、私の記憶がこれから十年の間に起こり得ることだとすれば、私のやるべきことは決まっていた。それはもちろん、前世最後の一週間、私を心から愛してくれた彼を探し出して、彼との幸せな将来を目指す！　というもの。一生かけて、彼が溶けてドロッドロになっちゃうくらいの愛情を注いで、いつか彼が死ぬときは彼に「お前と一緒にいられて幸せだったよ」と心から思ってもらえるように頑張る。そう、前世の私がそうだったように。

待ってて、メイソン。今度こそ幸せになろうね！

2話　とにかく魔力を磨こうと思います

前世の記憶を取り戻してから二週間が経った。午前中の習い事が終わり、昼食をとった私は、自室のベランダで魔力制御の練習に励んでいた。全身に流れる魔力を左腕に溜めて、放つ。左腕に溜めて、放つ。溜めて、放つ。溜めて、放つ。

……どうもうまくいかない。魔力が思い通りに溜まらなかったり、溜まりすぎてこぼれてしまったり、放つつもりがそのまま体内の魔力の流れに戻してしまったり。これは相当練習が必要だな。

ちなみに魔力を一度溜める場所が左腕なのは特に深い意味はない。私は左利きなので神経を集中しやすいのが左腕なだけである。右利きの人はたぶん右腕でやるんじゃないかと思う。人によっては手や腕ではない部位に溜める人だっているかもしれない。

話が逸れた。なぜ私が魔力制御の練習をしているのか。その理由は二つある。まず一つ目は単純に八歳の身体に戻って、前世ではできていた魔力の制御が利かなくなっていたから。前世では決して優秀な生徒ではなかったにせよ、卒業直前まで魔道学園に在籍していたわけだから、基礎中の基礎である魔力制御は当然ながらできていた。

しかし、八歳の体内に流れる魔力は、十八歳のそれよりもはるかに荒々しい感じで、前世と同じ要領で制御しようとしてもできなくなっていたのだ。前世の魔力の流れが、十分な治水対策が施された穏やかな川だったとするならば、今の魔力の流れは大雨が降った翌日の暴れ川という感じ。

魔力の制御ができなければ当然ながら魔法は使えないし、制御できていない段階で無理やり魔法を使おうとすると魔力の暴走事故につながる可能性がある。魔力が制御できていないと通常は魔法発動の直前の段階である「魔力の具現化」にたどり着けないから、暴走事故が発生するのは極めて稀《まれ》ではあるけど。

ちなみに子供の身体の魔力の流れが大人のそれに比べて荒々しいのは当たり前で、放っておいても普通は十代半ばくらいでコントロールが利くレベルに自然と落ち着いてくる。魔道学園の入学年齢が十五歳になっているのは、おそらくはそれが理由の一つである。

しかし、私にはそれまで待てない「二つ目の理由」があった。それはメイソンとの幸せな将来を目指すためには、できるだけ早く魔導士としての実力を身につけることが必要不可欠だというものである。その結論に至った理由を説明しよう。

まず、予想通りメイソン・ベックフォードという名前の私兵や使用人がローズデール家にはまだいないことが確認できた。実際に私は前世で魔道学園の最終学年になった年に彼と出会っていたから、おそらく彼が屋敷にやってくるのはまだまだ先のことである可能性が高い。

だとすれば、何をどう頑張るべきか。メイソンを探し出して前世よりも早く屋敷に来てもらう？

……うーん、公爵令嬢とはいえ、今はまだ八歳児なわけだし、どこで何をしているかもわからないメイソン少年をこちらから探し出すのってほぼ不可能だよね。しかも、彼は確か私より八歳年上だったから、たぶん今は十六歳。十六歳の少年が八歳の子供にどれだけ好き好き言われたところで、相手にするだろうか。いや、しないはずである。

……逆に万が一彼が八歳の子供にその気になるとしたらそれはそれでちょっと怖いし、悲しい。

そう考えると、メイソン捜索のタイミングは今ではないという結論になる。まだあわてるような時間じゃない。

　では何をどう頑張ればいいのか。まだ見えない将来の彼氏、将来の旦那様のために八歳児が頑張れることとはなんだ？　それは、彼と一緒に生きていくために必要なスキルを身につけることである。私はそう結論づけた。そして私の場合は、魔法こそがそのスキルである。

　彼が前世、私と出会った時はローズデール家の私兵だったが、その前は冒険者で、確かどこかの外国の平民出身だったはずである。そして私は超有力貴族であるローズデール家の娘。普通に考えて、結婚なんて簡単に認められるはずがない。高い確率で駆け落ちしてどこか遠い国で暮らすことになるだろう。

　となると、生活のための収入を得る手段と、自分の身を守れる術《すべ》が必要になる。稼ぐ力も身を守る術も持たない女との駆け落ちなんて、メイソンにとって迷惑や負担にしかならないからね。

　魔法は、間違いなくその二つを同時に達成できるスキルであり、また私は前世で「持って生まれた魔力だけは一級品」、「あれだけの魔力を持っているのにもったいない」といった高評価を得ていた。だから早い段階で魔力を磨く努力をすれば、きっとそれなりの魔導士になれるはずである。

　……はい、当時は第二王子との恋愛（というか片思い）に夢中で魔法の習得とかほとんど興味なかったんです。我ながら情けない。

　えっ？　十五歳から魔道学園に入るし、メイソンと出会うのもまだまだ先だったら今から魔力磨きなんかやらなくてもいいんじゃないかって？　いやいや、それは甘い。私は前世で身をもって知ったのである。この家における私の存在価値は政略結婚の駒というものに過ぎないと。その駒としての役目を果たせなくなった途端、家族からも使用人からも見捨てられた（ただし、愛しのメイソン様と聖女アイリーン様を除く）からね。

そして前世の私が九歳で婚約したように、王侯貴族の婚約は早い段階で決まることが珍しくない。となると、仮にも三大公爵家の娘である私のところにこれから政略婚約の申し込みが一つや二つ入ってくるのはほぼ間違いないだろう。で、当然ながら私はメイソン以外の男性と結婚するつもりなんかさらさらないと。

となると、どのようなことが起こり得るのか。政略結婚の駒としての役目を一向に果たそうとしない、役立たずの娘など、早々に勘当されてしまうかもしれない。もしくは私の意思は無視され、強引に婚約が決まってしまうかもしれない。勘当されたらその段階で生活のための収入を得る手段と、自分の身を守れる術が必要になるわけだし、強引に婚約を進めようものなら家出も辞さないつもりだから、やはりその段階で生きていくための手段が必要になる。だから魔道学園入学まで待つとかそんな気長なことは言っていられないのだ。

……そう、私は興味のない殿方との婚約を表面上は受け入れて、本命が現れたからといって後から破棄するような真似は絶対にしたくない。それをされる側の気持ちがよくわかっているから。

「……あのー、聞こえていらっしゃいますかー？　お嬢様？」

いつの間にかやってきた聖女アイリーン様が、前世のことを思い出して少しセンチな気持ちになっていた私の顔を心配そうに覗《のぞ》き込んでいた。やばい。完全に自分の世界に入っちゃってた。もしかしたら何度か話しかけられたのに無視しちゃったのかもしれない。

「あっ、ごめん、ちょっと考え事してた。どうしたの？」

「はい、旦那様からご伝言を預かってまいりました。十五時にサロンに来るようにとのことです」

「お父様が？　わかりました。ありがとう」

アイリーンはにっこりと笑顔を見せながら頭を下げて、仕事に戻っていった。ここ二週間でアイリーンとはだいぶ打ち解けて、良好な関係ができつつある気がする。とても嬉《うれ》しい。

ちなみに最近は他の使用人からも「お嬢様が丸くなった」と評判らしい。アイリーンには意識して優しくしているけど、他の人には普通に接しているだけなんだけどね。むしろ結構ドライな感じではないかと自分では思うけど……。きっと前がひどすぎて、我儘《わがまま》や嫌味を言わないだけでも真人間になったように見えるんだろうね。はぁ。

それにしてもお父様から呼び出しか……。何の話だろ。何だか嫌な予感がするな。


「おお、チェルシー。もう体調は大丈夫かね？」

指定された時刻通りに向かったサロンにはお父様とお母様、お兄様がすでに揃っていた。今、私に声をかけてきた非常に整った顔立ちのダンディーなおじさまが、私の父アントン・ローズデール公爵である。年齢相応の渋みを出しながらも若々しさを保っている理想的な中年男性って感じで、社交界には未だにファンが多いらしい。

「はい、もう大丈夫です。ご心配をおかけして申し訳ございません」

「う、うむ。それは良かった……」

少し悲しそうな顔のお父様。私の言い方、事務的すぎたのかな。

「記憶の方はどう？　何か思い出しました？」

「いえ、残念ながら曖昧《あいまい》なままですね。申し訳ございません」

「そう……。謝ることではないのよ」

　今度は私そっくりの、やや吊り目で冷たそうな印象の美人さんが撃沈した。この人が私の母、エレナ・ローズデール公爵夫人である。

　……いや、今の彼らにとっては全く身に覚えがないんだろうけど、私を切り捨てた時の家族の冷たい顔がまだ忘れられないんだよね。私の中ではまだ最近の記憶だからね、勘当されたのは。だからどうしてもよそよそしい態度になっちゃう。

　兄のアラン・ローズデール少年（11）は、特にこちらのやり取りに反応を見せることもなく、紅茶を嗜《たしな》んでいた。この人はブレないな。そういえば私が家から追い出されるときも無言で紅茶飲んでたわ。まるでゴミを見るような視線を私に飛ばしながら、だったけど。ちなみにお兄様もお母様そっくりの冷たそうな印象の悪役顔である。ものすごく美形ではあるけどね。優しそうな顔つきのお父様の遺伝子、完全敗北。

「ゴホン！　今日はね、チェルシーに良い話があるんだよ」

「良い話、ですか……？」

　そんなどうでもいいことを考えていたら、お父様が一度咳払《せきばら》いをしてから、気を取り直して話を続けていた。話にあまり興味がないことが態度に出ないよう、気を付けなきゃ。

「チェルシーは前から王宮に行きたがっていただろう？」

「はい……」

今は行きたくない場所トップ3に入るけどね、と心の中でツッコミを入れながらテキトーに生返事をする私。

「実は二週間後の金曜日、王宮でお茶会が開かれるのだよ。第二王子のカイル殿下のお誕生日だからね」

あー、そのお茶会ってたぶんあれだ。前世の私が第二王子に一目惚れしたイベント。……死ぬほど行きたくないです。マジで。心底うんざりする私に気づいたのか気づいていないのか、お父様は嬉しそうに話を続ける。

「チェルシーにね、招待状が届いたんだよ。しかも王妃殿下からの直々《じきじき》のご指名だそうだ」


しばらく談笑に付き合ってから部屋に戻った私は、ベッドで横になってボーッと海を見つめた。お茶会なんか行きたくないし、第二王子の顔なんて二度と見たくないけど、王妃様直々のご指名ということであれば、基本的に私に拒否権などない。

正直、体調不良と記憶障害を理由に辞退すると駄々《だだ》をこねるという選択肢も一瞬考えたけど、たぶん意味ないからやめた。どうせこれからもこの手のイベントには頻繁に招待されるだろうし、第二王子は魔力持ちで同い年だから、もし私が早々に勘当されたり、家出したりすることなく魔道学園に入学した場合は三年間、同じキャンパスで過ごすことになる。だから今回のお茶会を辞退したところで意味がない。

だから渋々だけど出席することにした。当日は必要最低限の挨拶《あいさつ》だけして、どこか隅っこの目立たない場所で魔力制御の練習でもしていようと。そういえば、先ほどの家族との談笑中に「最近はどう過ごしているか」と聞かれて素直に「空いている時間は基本魔力制御の練習に使っている」と伝えたらお父様とお母様にめちゃくちゃ喜ばれて、早急に魔法の家庭教師を手配してくれることになった。

やったね！　これで勝てる……！

3話　元婚約者と再会しました

というわけでやってきました、王都ハート・オブ・ベルティィーン。公爵領から海沿いの道路を使って馬車で約四時間南下したところにある大都市で、ベルティィーン湾のラグーンの上に築かれた、運河が縦横に走る美しい「水の都」でもある。

大貴族のローズデール家は当たり前のように王都にも豪華な屋敷を持っている。明日、お茶会だか誕生日パーティーだかに参加しなければならない私は、前泊でその王都のローズデール家屋敷を訪れていた。そしてベッドに入ってもなかなか眠れず、何度も寝返りを打っているというのが今の状況である。

ちなみに今私が滞在している部屋は、前世において第二王子に会うために頻繁に王都を訪れるようになった私が訪問の度に宿泊して、いつの間にか「王都屋敷のお嬢様の部屋」と呼ばれるようになってしまう屋敷の一室である。……片道四時間かかるというのによくもまあ、足しげく通ってたよ、私。

目を閉じて、前世における第二王子との出会いを思い出してみる。

『お初にお目にかかります、殿下。ローズデール家から参りました、チェルシーと申します。ご招待いただけたこと、とても嬉しく思いますわ』

『初めまして。カイル・シェルブレットです。来てくれてありがとう』

この時の第二王子の顔は、今でも覚えている。十年続いた片思いが始まった一目惚れの瞬間だからね。公爵令嬢らしく振る舞おうと背伸びする私に対し、柔らかい笑顔を見せながらフランクに答えるカイル少年。

今となっては第二王子の笑顔は別に私に対する好意の表現でもなんでもなく、ただのマナーだったのをよく理解できるけど、当時はあの笑顔に心臓を撃ち抜かれてた。そして彼に一目惚れした私は、早速並々ならぬ独占欲を発揮して他の令嬢を威嚇《いかく》しまくる痛々しい小娘となってお茶会で暴れまくった。

うちの家族はもちろん、当初から私を第二王子の婚約者候補の一人として考えていた王妃殿下も非常に乗り気だったので、私と第二王子の婚約話はとんとん拍子で進み、約半年後、私は正式にカイル王子の婚約者になったのであった。

本当、どうかしていたと思う。あんな顔と声とスタイルと能力と清潔感と爽《さわ》やかさと家柄とマナーだけの男、どこがよかったんだか。……うん、全部よかったんだろうね。もちろん今の私は第二王子との婚約など全力でお断りしたい。お断りというかもはや論外だ。将来浮気して自分のことを破滅に追いやることが確定している男と婚約するほど私はマゾではない。

あ、もちろん、もしメイソンが実はドSで私を奴隷として調教することを望むのであれば、その時は喜んでドMになるけど。

……話を戻そう。いよいよ明日はお茶会本番である。必要最低限の挨拶まわりだけして、どこか隅っこで魔力制御の練習でもしながら時間をつぶすつもりだけど、正直一つだけ不安要素がある。それは、第二王子と出会った瞬間、自分の人格が根底から変わってしまうのではないか、というものである。

彼と出会った瞬間、今の十八歳の自分の「自我」は単なる「記憶」に成り下がり、自分でもコントロールできないような激情に突き動かされるのではないか。破滅への第一歩だということを分かっていながらも、結局また前世と同じような行動をとってしまうんじゃないか。そのことが心配で、私はベッドに入ってからもなかなか眠れずにいた。

（きっと大丈夫。メイソンへの愛を信じよう。メイソンのことが大好きな私を信じてあげよう）

繰り返し自分にそう言い聞かせてはみたものの、結局私が眠りについたのは午前二時をまわってからだった。

ベッドに入ってからもなかなか眠れずにいた私は、眠るのを諦めて泊まっていたホテル一階のレストラン兼バーに向かった。そこで私は、一人でカウンターの隅っこに座って寂しそうにお酒を飲んでいる彼の姿を見つけた。

「お隣よろしいですか」

「……？　あ、お嬢様。もちろんです。どうぞ」

そういって彼は自分の隣の椅子を私が座りやすい場所に出してくれた。軽く目礼をして、椅子に腰かける。

「何か飲まれますか」

「では、あなたと同じものを」

「これですか。結構アルコール度数高いんですけど、大丈夫です？」

「はい、お願いします」

「……わかりました。すみませーん！　『黒龍の吐息』を一杯追加で」

「はいよ」

しばらくして運ばれてきたお酒は、確かにアルコール度数高めでしかも辛口だった。私のような小娘の好みには全く合わない、まさに「大人の飲み物」といった感じのカクテルだった。でも、なぜかとてもおいしく感じた。

「眠れないんですか」

「……はい、なかなか」

「……そりゃそうですよね」

「……」

無言でカクテルを口に運ぶ。彼もそれ以上何も言って来ず、二人の間に沈黙が流れた。どれくらい時間が経ったのだろうか。バーには私たちの他には客がいなくなり、静寂の中、私たちは時々思い出したようにグラスを傾けていた。

「……あなたは」

「はい」

「ベックフォードさんは、私のこと、軽蔑《けいべつ》しないんですか」

「……しません」

「……そう、ですか。……私がどうして今こうなってるかは、ご存知ですよね？」

「はい、なんとなくは」

「それでも私のこと、軽蔑しないんですか。嫉妬で身を滅ぼした愚かな女だと思わないんですか」

たぶん、私は期待していたんだと思う。あなたのことを軽蔑しない、あなたの気持ちもよくわかる。悪いのはあなただけじゃない、と言ってもらえるのを。

「……思いません。むしろ、俺はお嬢様の元婚約者を軽蔑します」

そして期待通りというか、期待の斜め上をいく回答をくれる彼。……今のは事情を知っている人間が聞いたら不敬罪に問われるぞ。びっくりしたじゃん。

「……今のはちょっと危険な発言でしたね。ハハッ」

自覚があるようで何よりです。

彼は、ぽつりぽつりと話を続けた。

「実はですね、今回の護衛、俺から志願したんです」

「……そうだったんですか」

「はい。なんかお嬢様の境遇が他人とは思えなくて。……あ、同情とかではないですよ。どちらかというと共感です」

「共感……」

「事情もちゃんと分かってないくせに勝手に共感してくるなって話ですよね。すみません」

「そんなことないですよ。……でもどうしてそんな風に思ってくださったのですか」

それから彼は自分のことを話してくれた。四年以上一緒に過ごした、心から愛する彼女がいたこと。そろそろ彼女にプロポーズをしようと考えていたこと。でも最近その彼女に裏切られてしまったこと。その日から強いアルコールなしでは眠ることもできなくなってしまったこと。そして彼は私の婚約破棄の話を聞いて、こう思ってくれたらしい。

『お嬢様がやったとされていること自体は、事実なら褒められたものではない。でも、そうしたくなる気持ちはわかる』

『俺だって正直、できることなら相手の男を殺してやりたかった。いや、それが許される状況なら、きっとそうしていた』

『心から愛していた相手に裏切られて、正気を保てって言われても無理』

彼の言葉を聞きながら、私は終始涙を流していた。彼の言葉によって、間違いなく私の心は救われていた。そして私と彼の距離は、その夜をきっかけに急速に縮まっていった。

朝、目が覚めたら涙で枕が濡れていた。

（……夢の中で彼に会えて嬉しかったな）

昨日の夜、眠ることもできないほど悩んでいたことが嘘のように、私は吹っ切れていた。第二王子に出会った瞬間、私が自分を失う？　そんなことあるはずがないじゃん。こんなにメイソンにベタ惚れしてるんだから。

そして睡眠不足の中、王宮のお茶会に乗り込んだ私は、予定通り必要最低限の挨拶まわりだけして、隅っこで魔力制御の練習に励むことができた。眠くてあまり集中できなかったけど。

カイル王子との出会い？　なんともなかったよ。お互い簡単に自己紹介だけして終わり。相変わらず美しい顔をした少年だったけど、面白いくらい何とも思わなかった。そもそも精神年齢十八歳の女が八歳の子供にときめいたりしたらその時点で犯罪だよね。おまわりさんこいつですってやつだよね。また修道院送りになっちゃうよね。

そして魔力制御の練習をしながら、もしかしたら昨日の夢は、弱気になっている私を心配してメイソンが見せてくれたのかもしれないと思ったりした。『お前が誰の女なのか思い出せよ』的なメッセージ？　きゃー、カッコいい！　大好き！

……うん、我ながら重症だね。早く帰って寝よう。

4話　ヤンデレチートさんがやってきました

王都でのお茶会から数か月後、私の魔力磨きは順調に進んでいた。まだ魔力の制御が完璧とはいえないものの、少量の魔力を具現化すれば発動できる初級魔法は数種類使うことができるようになっていた。魔法の家庭教師の先生からは「お嬢様は天才」だの「将来の四天王候補」だの過剰な褒め言葉をいただいているが、魔道学園で三年間学んだ分の知識と経験があるから九歳の子供にしては優秀すぎて当たり前なんだよな……。

そういえば先日は九歳の誕生日だった。カイル王子の誕生日の時のお茶会にも劣らない豪華なパーティーをするぞと意気込んでいた両親だったが、私は二回目の九歳だから別にめでたいとも思わないし、メイソンのいない豪華な誕生日会なんて面倒なだけなので全力で辞退させてもらった。

お母様に「こういうイベントを豪華に行うのは貴族としての義務でもあるのよ」みたいなことを言われたから「今まで心配かけると思って言わなかったけど、正直に言うと記憶障害のせいで他人と接するのがまだちょっと苦痛なんです」と適当なことを言ってみたら思いっきり抱きしめられて泣かれてしまった。

……嘘つきの娘でごめんなさい。

結局誕生日パーティーは身内だけでささやかに行われることになり（ささやかといってもたぶん世間一般的には十分豪華だと思うけど）、誕生日プレゼントも私の強い要望で皆さん魔導書を用意してくれた。おかげさまで良質な魔導書が大量に手に入り、ここ一か月は暇さえあれば魔導書を読むというのがマイブームになっていた。

「そういえば今日はお客様がいらっしゃるんだっけ」

「はい。午後からアラン様のご友人の方がお見えになります」

朝からずっと本を読んでいて目が疲れた。休憩を兼ねて、側にひかえてくれているアイリーンに話しかけてみる。

「お兄様のご友人ですか……。私も挨拶した方がいいのかな」

「おそらくは。ご昼食の際に奥様からお話があるかと思います」

お兄様の友人……？　たぶん前世で会ったことある人だろうな。誰だろう。

「アイリーン」

「はい？」

「大好き」

「……私もお慕いしております」

うん、アイリーンとの仲の進展も非常に順調である。急激に距離が縮まったのは、私がアイリーンばかり優遇することが面白くなかったのか、アイリーンと同年代の先輩メイドがアイリーンのことを誹謗中傷《ひぼうちゅうしょう》したときのことがきっかけである。どうやら私が前世からやってきた（高熱を出した）のはアイリーンが私の専属メイドになってから一週間後のことだったようで、その先輩メイドはこんなしょうもない噂を広めていた。

『新入りのアイリーンはお嬢様に取り入るためにお嬢様に呪いをかけたのではないか。そして呪いで高熱を出したお嬢様を看病するフリをして、二日間みっちりお嬢様を洗脳したのではないか』

その先輩メイドは使用人たちの間では結構影響力のある人物だったようで、彼女が広めた根も葉もない噂のせいでアイリーンは一時期使用人たちの間で孤立していたらしい。アイリーンはそんな嫌がらせを受けていることなど私には一言も言わなかったが、偶然別ルートからそれを聞いた私は顔が真っ赤になるほど激怒した。そして屋敷のメイドと使用人ができるだけ集まるタイミングを見計らい、ヒステリックに泣き喚《わめ》きながらお父様とお母様にこう詰め寄った。

『自覚はありませんが、どうやら私は呪いをかけられて洗脳されてしまったらしいんです』

『名誉あるローズデール家の一員として生まれながら、呪いや洗脳などに負けてしまったどうしようもない娘など、ローズデールの人間として生きていく価値がありません』

『どうか私を除籍《じょせき》して修道院に送ってください。一生自分を恥じながら生きていきます』

『私への呪いや洗脳に気づいてくれたのは、アンナさん（先輩メイド）らしいです。きっと呪術や洗脳を見抜ける素晴らしい能力をお持ちなのでしょう。彼女を私の代わりに養女として迎え入れてください』

その時の先輩メイドの顔は傑作だった。人の顔って本当に青白くなるんだって感じ？　もちろん、私の言いたいことはお父様とお母様に十分伝わっていて、その先輩メイドは翌週には自主退職、屋敷の使用人たちの中には自分の行動を恥じてアイリーンに謝罪した者も多く、アイリーンの名誉は無事挽回された。

そしてその日の夜、「今回は許してあげるけど、次、また困っていることを私に相談してくれなかったら今度こそ私は修道院に行く」と宣言する私を、初めてアイリーンの方から抱きしめてくれた。やったね、私。ここから美しい百合の花を咲かせてみせ……たりはしない。たぶん。

……自慢じゃないけど、自分が嫌がらせとヒステリーのスペシャリストだったからね、それ関係の対応は割と得意なんですよ。


「直接ご挨拶させていただくのは初めてですね。はじめまして。アラン様と親しくさせていただいております、シルヴィア・ラインハルトと申します。お会いできてとても嬉しいですわ」

「初めまして。チェルシー・ローズデールと申します。こちらこそお会いできたことを嬉しく思います」

優雅に微笑みながら完璧な動作で挨拶する彼女。私もこの悪役顔ができる限り友好的に見えるよう、満面の笑みで挨拶を返す。

……相変わらずとんでもない美貌だな、この人は。「この世のものとは思えない」って表現がぴったりの、ちょっと異質なレベルなまでに整った顔立ちに、白銀色に輝くサラサラの髪。吸い込まれそうなエメラルド色の瞳と、まるで妖精のような幻想的な雰囲気。

ちょっと反則だよ、彼女の美貌は。私の外見も悪くはない……というか自分でいうのもなんだけどたぶん結構美少女の部類に入る顔だと思う。でも、彼女は規格外である。彼女と並ぶと私なんかたぶん金髪のゴブリンにしか見えないんだろうな。もうね、別次元すぎて嫉妬心も湧いてこない。

それにしても、なるほど。お兄様の友人ってシルヴィア様のことだったのか。今日がその日だったのね、と一人で納得する私。

今、私の目の前にいる天使のような美少女は、シルヴィア・ラインハルト公爵令嬢（12）である。もちろん前世で何度か会ったことがある人物で、たぶん今日はうちの両親にお兄様との交際を報告するためにうちの屋敷を訪れている。前世の時も確かこれくらいのタイミングに来ていた気がするし。

「それでは、私は失礼いたします。頑張ってくださいね、シルヴィア様！」

「……えっ？　は、はい。ありがとうございます」

少し世間話をしてからサロンから退室する私。これからたぶんお兄様と二人でうちの両親に交際の報告をするはずだ。で、うちの両親は、反対はしないにしても、たぶん交際を認めるかどうかの回答は一旦《いったん》保留にするんだろうな。

というのは彼女、うちと同じ「三大公爵家」の一つであるラインハルト公爵家のご令嬢である。そしてそのラインハルト家とうちの関係がちょっと複雑なのだ。別に敵対しているわけではないけど、友好的な関係でもない。一言でいうと「長年のライバル」って感じ？

歴史書によると、どちらも国の建国功臣だった初代ローズデール公と初代ラインハルト公が強烈なライバル意識を持っていて、それが未だに両家にライバル意識として残っているらしい。で、その二人の偉人のライバル意識がこう、なんというか……割と幼稚な感じだったのだ。子供同士のケンカみたいな。

たとえば、二人の大魔導士の関係に関するものでもっとも有名な、現在の両家の領地と屋敷にまつわるエピソード。初代ローズデール公と初代ラインハルト公は、二人ともある小さな港町にある絶景スポットから見える海の景色が大変気に入ってしまったらしい。それで、建国後に二人はどちらも領地としてその港町を中心とした一帯を所望《しょもう》し、その絶景スポットに自らの屋敷を建てると言い出した。

二人は建国の際に甲乙付け難《がた》い大活躍を見せた功臣で、二人とも初代女王陛下の良き友人でもあったことから、女王陛下はどちらかのみの要望を聞くわけにもいかず、困ってしまったらしい。

結局どうなったか。絶景スポットにはローズデール公爵家とラインハルト公爵家の屋敷が隣同士で並ぶように建てられ、両家の屋敷の境界線をずっと延長したラインがそのままローズデール公爵領とラインハルト公爵領の境界線になった。小さい港町が二つに分かれて、それぞれの公爵家の領地になったのである。

その後、両家の当主は代々「隣の公爵領」に負けないよう自領の発展に努めたので、両家の領地は順調に発展した。特に両家の屋敷が建てられた小さな港町は、今や王都ハート・オブ・ベルティーンに次ぐ魔道王国第二の大都会にまで成長した。そしてどちらの領地が国で二番目かという話になるとまた面倒なことになるので、両家の屋敷がある町は「ローズデール・ラインハルト大都市圏」（ラインハルト側の人間に言わせると「ラインハルト・ローズデール大都市圏」）として一つの都市のように扱われている。

そう、私が生まれ育ったローズデール家の屋敷はその「ローズデール・ラインハルト大都市圏」のローズデール公爵領の北端に建てられた屋敷で、シルヴィア様のご自宅はラインハルト公爵領の南端に建てられたラインハルト家の屋敷である。要するにシルヴィア様はうちのご近所さんでもあるのだ。

で、何が問題なのか。一つ目はその子供じみたライバル意識が未だに色濃く残っていて、両家の本家の者同士が結婚するとなると親戚一同からの反発を招く可能性が高いこと。二つ目は、ローズデール家とラインハルト家が婚姻で結ばれるとなると、王家をも脅《おびや》かす権力を生み出すことになるため、王家からも歓迎されない婚姻になってしまうこと。

だからうちのお兄様とシルヴィア様の交際は非常にハードルが高いと言わざるを得ない。今頃サロンではうちの両親が微妙な顔をしてお兄様とシルヴィア様の報告を聞いていることだろう。となると、この件に関して私がやるべきことは一つ。それは——全力でお兄様とシルヴィア様の交際を応援して二人にこれでもかってくらい恩の押し売りをしておくことである。

理由は簡単。うちの両親が認めようが認めまいが、あの二人は間違いなく結ばれる。実際に前世でも結局は婚約した。どうしてそんなことができちゃうのか。それは、あの美しいシルヴィア・ラインハルト公爵令嬢の性格と能力に起因する。彼女、見た目も立ち振る舞いも天使や女神にしか見えないが、実は私のような小物の悪役令嬢とは格が違う危険人物なのだ。

持って生まれた魔力も魔法のスキルも人外級《じんがいきゅう》で、しかも通常の魔導士が一つか二つの属性に対し高い適合性を見せることに対し、彼女はなんとほぼすべての属性に対して最高レベルの適合性を持っている。具体的に何ができるのかは前世でも聞いたことがないから分からないけど、ラインハルト家において数代に一人保有者が現れるという何かの特殊能力もしっかり装備。

そして、うちのお兄様に対する愛情は空より広く海より深い。前世においてうちのお兄様と敵対した何名かの人物に対して彼女が行ったとされる報復は……あまり具体的に描写したくないシーンになっちゃうので省略する。うちのお兄様に対する独占欲も相当なもので、本来はかなりモテるはずのうちのお兄様は、前世で女性を遠ざけるために本気で努力していた。お兄様が他の女性と仲良くなってしまうと、相手の女性の身に危険が及ぶから。

そう、彼女はいわば恋愛小説に出てくる「ヤンデレヒロイン」と、冒険物語に出てくる「チートキャラ」のハイブリッド。ヤンデレチートさんなのである。「傾国《けいこく》の美女」って表現があって、外見的にも彼女にぴったりの言葉ではあるけど、彼女の場合は物理的な手段で国を傾けることだってできてしまうのだ。

そんな彼女との交際を反対したところで、はっきりいって無駄だし、うちのお兄様と彼女の仲を引き裂くなんてドラゴンの巣から卵を盗み出すくらいの覚悟がなければやってはいけない。

逆に言うと、もう二人が結ばれることは確定しているので、大人しく二人の仲を応援して恩を売っておくことにはメリットしかない。シルヴィア様は敵に回すとその瞬間死亡フラグが立つアグレッシブなお嬢様だけど、味方にするとこれ以上なく頼もしい人だから。計算高い女で申し訳ない。でもメイソンと結ばれるためには兄夫婦（予定）と同等か、それ以上の高さのハードルを乗り越えなければならない私としては、強い味方はどうしても必要なんだ。

そこまで頭の中を整理した私は、早速その日のディナーの時から行動を起こすべく、一人で作戦会議を始めた。

5話　ヤンデレチートさんと仲良くなりました

「読書中にごめんね」

翌日、毎日一日の半分くらいの時間をここで過ごしているといっても過言ではないお気に入り場所――初代ローズデール公も愛した海の絶景が見える自室のベランダで、いつものように魔導書を読んでいた私のところにお兄様がやってきた。

「いえ、どうぞおかけください」

読んでいた本を閉じて、ティーテーブルの向かい側の椅子を勧める。

「昨日のお礼を言わなきゃと思ってね」

「お礼、ですか？　あっ、ありがとうね、アイリーン」

お兄様が着席するとアイリーンがお兄様には本人お気に入りの紅茶を、私には好物のレモンスカッシュを出してきた。アイリーンに向かって軽く会釈するお兄様と、デレっとした締まりのない笑顔で御礼を言う私。静かに頭を下げてから、一瞬私にだけ見えるように微笑みかけてから去っていくアイリーン。可愛すぎかよ。

「……改めて、昨日は本当にありがとう。シルヴィアもぜひチェルシーに御礼を伝えてくれと何度も言っていたよ」

「いえ、こちらこそ昨日は楽しい時間をありがとうございました。シルヴィア様にもそうお伝えください」

「……」

紅茶を一口飲んで、なぜかじーっと私のことを見つめてくるお兄様。

「……正直、チェルシーが真っ先に味方してくれるとは思わなかった」

「あら、どうしてですか」

少し気まずそうにポリポリ頭を掻《か》くお兄様。

「いやぁ……、俺、最近チェルシーに嫌われてると思ってたしさ」

「……そんなことありませんよ」

ちょっと前世のことを根に持っているだけです。

「チェルシーはたぶん反対はしないだろうなとは思ってたけど。……でも正直、俺たちのことに興味を示さないいんじゃないかと思ってた」

お兄様の予想はある意味正しい。実際に前世の私はお兄様とシルヴィア様の恋愛などまるで興味を持っていなかった。さすがお兄様。妹のことをよく見ているね。

「……俺、チェルシーのことを誤解してたみたいだね」

「誤解、ですか」

「ああ」

「どんな風に思っていらしたのですか」

「……怒らない？」

「ええ。シルヴィア様に告げ口はするかもしれませんけど」

「いや、それ一番ダメなやつ」

「冗談です。ふふ」

「……チェルシーも冗談を言うんだね」

「……今のでよく分かりました。きっとお兄様は、私のことを感情のないホムンクルスのような気持ち悪い小娘だと思っていらしたのですね。悲しい、やはりシルヴィア様に……」

「そんなこと一言も言ってないじゃないか！」

笑い合う私たち。お兄様とこんな風に和《なご》やかにお話をするの、何年ぶりだろう。前世ではいつの間にかお兄様との仲は疎遠になっていた。きっと原因は私。第二王子のことで頭がいっぱいだった私は、家族の悩みにも一切興味を示さない、気づきさえしない冷たい人間になっていたのだろう。

昨日のことを思い出してみる。案の定、兄夫婦（予定）と両親の話し合いは「一旦保留」の結論で終わったらしく、私がディナーのために合流した時、ダイニングルームにはなんとも言えない微妙な空気が流れていた。だから私は、場を和ませようとあえて無邪気な末っ子キャラを演じ、誰よりもシルヴィア様にたくさん話しかけ、つとめて明るく振る舞った。もちろん、シルヴィア様に対してはとことん友好的な姿勢を貫いた。「チェルシーはこの二人の交際にまず反対しないな」ということがこれでもかってくらいみんなに伝わるよう、意識して行動していた。

ここ数か月のうちの屋敷における私のキャラは「妙に大人びた、アイリーン以外は誰にも懐かない孤高のロリ」というものらしい。そんな私があえて普段と違う姿を見せたので、うちの家族は「シルヴィアさんに居心地の悪さを感じさせないために柄にもないキャラを演じるほど、チェルシーはシルヴィアさんのことが気に入っている」と思ってくれたかもしれない。

もちろん、私の友好的な姿勢（具体的にいうと「敵じゃないよ、だから殺さないでね♡」）をもっとも伝えたかった相手はシルヴィア様なので、シルヴィア様本人が何度も私に御礼を言っていたなら昨日の私の作戦は成功したといえよう。

「お兄様」

「うん？」

「昨日も申し上げたことですが、私はシルヴィア様とのこと、心から応援しています」

感動したような表情で私を見つめるお兄様。

「……チェルシー」

「何かありましたら、いつでもご相談ください。私にできることでしたら、何でもお手伝いします。シルヴィア様にもそうお伝えください」

「……ありがとう。本当にありがとう！」

まだ前世のことはちょっと根に持っているし、「私とメイソンの時はあなたたちが味方になってね」という計算も多分にあるけど……。お兄様とシルヴィア様が心から愛し合っていることはよく理解している。だから彼らのことを応援したいという気持ちに嘘はない。

……いや本当だよ？

あれから私とシルヴィア様は急速に仲良くなった。元々ご近所さん同士で、年齢の近い女の子同士でもある。そして私の今の関心事は専《もっぱ》ら魔法で、シルヴィア様といえば千年に一人の天才魔導士。もはや仲良くなる要素しかないよね。

そして、「計算だけじゃない」といったのが恥ずかしくなるような話だけど、正直シルヴィア様との交流は私にとって予想をはるかに上回るメリットだらけのものだった。まず、十二歳ながらすでに魔力のコントロールは完璧で、各種上級魔法と一部の最上級魔法まで当たり前のように使えるというチートキャラのシルヴィア様が直々に魔法の指導をしてくれるようになった。

もちろん規格外の天才である彼女のスキルを凡人の私がそのまま真似することはできない。でも彼女の指導を受けるようになってから自分の魔法が恐ろしいスピードで上達していることが自分でもわかるほど、彼女は教え方もとても上手だった。私の成長スピードにドン引きしたのか、最近魔法の家庭教師の先生が私を見る視線がバケモノを見るようなものになってきて少し悲しい。

そして、あっさり判明したシルヴィア様の特殊能力（なんと、魔力が「目に見える」というもので、それによって魔力の強弱はもちろん、どの属性の魔法に適合性を持っているかも色でわかるらしい）によって、私がもっとも高い適合性を持つ属性が闇属性であることが判明した。

いやー、私ずっと水属性だと思ってたよ。前世から。だってローズデール家の魔導士といえば水属性だし、実際に水属性への適合性も高かったからね。闇属性の魔法なんて学園でもほとんど教えてくれないし、適合者の数も非常に少ないから考えたこともなかった。でもシルヴィア様によると、私は水属性よりも闇属性への適合性の方が遥かに高いらしい。闇属性への適合性だけならシルヴィア様よりも高いって言ってた。

で、屋敷にあった闇属性の魔導書を見ながら独学で習得したり、シルヴィア様がすでに習得している闇属性の魔法を教えてもらったりして実際に闇属性の魔法を試してみたら、自分でもドン引きするくらいの火力が出た。

……シルヴィア様、前世でも私の属性適合性は『見えて』いたはずだから、それなら一言教えてくれてもよかったのに。まあ、前世では私とシルヴィア様が直接会話したことなんてほとんどなかったから仕方ないか。しかも前世の私は魔法にほとんど興味なかったから、教えてもらったところで特に意味なかっただろうし。

あ、一応誤解がないように言っておくと、闇属性の魔法といっても禁忌《きんき》になっている呪術系の黒魔法を身につけているわけではない。練習しているのはあくまでも王国から合法として認められているものだけです。呪いの魔女になるつもりはないからね？

とまあ、こんな感じで、私はシルヴィア様と仲良くなって数か月で見違えるほど成長した。本当に彼女との交流はメリットしかなく、感謝してもしきれない。強《し》いてデメリットがあるとすれば、時々「あ、私、今金髪ゴブリンだ」と思えてきて悲しくなることと、あまりにも規格外の力を見せられてたまに自信喪失になることくらいだね。

……それにしてもなんで私だけ闇属性なんだ？　両親もお兄様もみんな水属性なのに。わざわざ前世からやってきたのに今更出生の秘密とか嫌すぎるんですけど
大丈夫だよね？　たまたまだよね？
……う、うん、水属性の適性もあるし、きっと大丈夫。そう信じよう。

6話　ヤンデレチートさんが助けてくれました

シルヴィア様から魔法の指導をしてもらえるようになって数か月、私はちょっと怖いくらい順調に成長していた。得意の闇属性と水属性、そして属性の適合性と関係なく使える無属性の初級魔法は一通りマスターし、ちょっとだけ適合性を持つ雷属性の初級魔法も数種類習得。分からないところ、うまくいかないところはシルヴィア様に質問すれば、毎回その場で完璧な回答が返ってきて、理解できるまで丁寧《ていねい》に教えてくれるので、新しい魔法の習得がもうスムーズでスムーズで。

（……そろそろ一つ上のレベルにチャレンジしてみてもいいよね）

もう自分の適合性の範囲では新たに習得できる初級魔法がなくなってきたので、私は自然と「そろそろ次のステップを」と考えるようになった。そう、中級魔法に挑戦する時が来たのだ。

……というわけでやってきました、ローズデール家のプライベートビーチ。なんと屋敷の敷地内！　いやー、贅沢《ぜいたく》だね、本当。金持ちの家に生まれてよかったよ。いつ勘当されるか分かんないから楽しめるうちに楽しんでおかないと！　でももちろん海水浴が目的じゃないよ。真冬の海で泳

ぐほどマゾではないしね。あ、もちろん、もしメイソンが実はドSで……以下略。

……話が逸れた。最近、私はこのプライベートビーチを魔法の練習場として使っていた。前までは屋敷の庭で練習していたけど、最近は魔法の威力が上がってきて普通に危ないので、物を壊したり人を巻き込んだりしないよう、人のいないビーチで練習している。

今日試す魔法は闇属性の中級魔法『ルイン』。事前に魔導書を十分に読み込んだので、魔法の構成・特徴・使用上の注意点は完璧に理解している。魔力の具現化から魔法発動のプロセスにおいて必要になる「呪文」と「イメージ」の準備も万端《ばんたん》。

魔力制御に関しても、コントロールする魔力の量が増えるだけだから特に問題はないはず。初級魔法を使う時は体内に流れる魔力を「ちょこっとだけ」溜めて放つのを、もう少し多く溜めてから放てば良いだけで、要領は初級魔法でも中級魔法でも変わらない。


そんなふうに考えていた時期が、私にもありました。

……はい、ただいま私の魔力、絶賛暴走中です。たぶん問題になったのは魔力制御の部分。今までは「ちょこっとだけ」溜めて「すぐに」放っていたから魔力の流れが多少荒くても問題にならなかっただけのようで、今回、より多くの魔力を「溜める」ところまでは問題なかったものの、溜めた魔力を具現化すると同時に『ルイン』の呪文とイメージで衣《ころも》をつけて「放とう」とした瞬間、私の魔力は制御を失った。

まるで堤防が決壊？　いや完全に崩壊？　したような感じで、放とうとしていた魔力がそのまま荒波となって私を襲い、体内に残っていた魔力と合流して暴れまわっている。魔力だけではなく、自分の身体のコントロールも利かなくなっていて、先ほどから全身に発作が起きている。感覚としては全身が宙に浮いて四方八方から強く引っ張られたり、揺さぶられたり、空中から地面に投げつけられたりしているような感じ。勝手に涙が流れる。悲鳴をあげて助けを呼びたいけど声が出ない。身体が中からどんどん壊されていくのを感じる。

熱い、痛い、冷たい、痛い、眩《まぶ》しい、痛い、暗い、痛い、怖い、痛い、痛い、痛い……！

うそでしょ。私また死ぬの？　今度はまだメイソンに会えてもいないのに。死んだらまた八歳に戻れるのかな。いや、死にたくない。いやだ。助けて！　お願い、助けて、メイソン！

声にならない悲鳴をあげながら、私は意識を失った。

海を眺めながらのランチタイム。私は、目の前でサンドイッチを食べている黒髪の青年に声をかけた。

「ねえ、メイソンさん」

「……？　はい、どうしましたか。お嬢様」

「……メイソンさん」

「はい？」

「メ、イ、ソ、ン、さん」

「……すみません、俺なんかしました？」

ダメだ、伝わらないや。……うん、私が悪い。こんなんで伝わるわけがないよね。

「いいえ。何も」

「は、はあ……」

「……あのですね、昨日まで私、メイソンさんのこと、なんて呼んでましたっけ？」

「俺のことですか？　えーっと、確かベックフォードさんって……」

「ですよね。今日は？」

「メイソンさん、ですね」

「正解です。では、次の問題。この変化から、今あなたの目の前にいる小娘の気持ちを当ててみてください」

「……えーっと、少しは心を開いてくれた、とか？」

「七十点。では次のヒント。昨日まで私、こんなにペラペラ喋《しゃべ》る子でしたっけ」

「……いや、どちらかというと無口な方でしたね」

「はい、では、先ほどの回答の修正案をどうぞ」

「……少しは元気になった？」

「うーん、やっぱり七十点かな。正解はですね……」

「……」

右手にサンドイッチを持ったまま、黙って耳を傾けてくれるメイソン。食事の邪魔をして申し訳ないね。

「吹っ切れました。立ち直りました。今までのこと、良い意味でどうでもよくなりました。救われました！」

「……そうですか」

幼い娘を見つめる父親のような、柔らかい顔を見せるメイソン。

「はい、全部メイソンさんのおかげです」

「いえ、俺は何も……」

「メイソンさんのおかげなんです！　私のことを理解してくれる人がいるんだ、共感してくれる人がいるんだ、こんなどうしようもない女でも肯定してくれる人がいるんだって思うと……」

「……思うと？」

「なんか急にすべてがポジティブに見えるようになりました！」

……我ながら何を言っているかわからない。どんな結論やねん。バカなのか？

それでもメイソンは例の父親っぽい優しい顔で私のことを見つめてくれていた。

「たとえばね、もう私、自由なんだなって。王子の婚約者でもなければ貴族でもないんだって。今の私はただの十八歳の女の子なんだって思うと、もう楽しくて仕方がありません」

「……それはよかったです」

「『いやどんな超理論だよ。てかお前ちっとも自由じゃねーから、これから一生修道院暮らしだから』って、突っ込まないんですか……？」

「え、えええ⁉」

「もしくは、この女昨日はあんなにシクシク泣いてたくせに、いきなりどうしたんだよ。躁うつ病か？　とか」

「いやいや、そんなこと思ってませんから。……というかお嬢様、こんなに明るくて面白い方だったんですね」

「自分でも今の自分にちょっと引いてます。てかちょっと待った！　今なんて言いました？」

「えっ？　明るく面白い方だったんですねって……」

「その前です」

「その前？　うん？　……そんなこと思ってませんって？」

「んんー、その後！」

「……？？　お嬢様？」

「そう！　それ！　私言いましたよね、もう王子の婚約者でもなければ貴族でもないって」

「は、はあ……」

「……ではお願いします！」

「……？　……。ああ！　なるほど。……えーっと、ローズデールさん……はたぶん絶対違うな。

チェルシー……様？」

「三十点！」

「チェルシーさん」

「もう一声！」

「え、えええ？　じゃあ、チェル、シー？」

「はい♪」

『……さま、チェルシー様!!』

(だから、「様」はいらないんですって……)

目を覚ましたら、目の前に天使がいた。あ、やっぱり今度こそ死んじゃったのか。これから死の世界に連れていかれるのね。

「チェルシー様!!　よかったぁー!!」

目に涙をいっぱい溜めた天使に抱きしめられた。

「……えっと、ここは?」

「チェルシー様のご自宅のビーチですわ。覚えていらっしゃいませんか」

「……私、ビーチに来て『ルイン』を試してみようと思って、それで……」

「はい、魔力が暴走して、倒れられたんです」

「……助けてくださったんですよね。すみません。ご迷惑をおかけしました」

たぶん魔力の流れを「見る」ことができるシルヴィア様が、ラインハルト家の敷地から異変を察知して助けに来てくれたのだろう。

「そんなことお気になさらないでください。それよりお身体の具合はいかがですか。一応治療はしたのですが……」

感覚で全身を確認してみる。うん、どこも痛むところはないな。魔力の流れも落ち着いている。

「はい、大丈夫です。……すみません、助かりました。ありがとうございます」

立ち上がって深々と頭を下げる私。

「どういたしまして。……うん、問題なく回復されているようですね。すぐに気がついて本当によかったわ」

「申し訳ございませんでした……」

「お気になさらず！　……でも、そうですわね。もうちょっと休憩されてから、私と少しお話をしましょう。『ルイン』を試そうとされたあたりから」

あれー？　シルヴィア様なんかちょっと怒ってる？　やばい、死亡フラグ立っちゃった？

……その後、シルヴィア様からみっちり説教を受けてしまった。どうやらシルヴィア様はたまたま自室のベランダ（彼女の自室もオーシャンビューである）にいて、ローズデール側のビーチで魔力の暴走に苦しむ私を偶然見つけてくれたらしい。

なんとなくベランダで海を見てみたらローズデール側のビーチに人がいて、その周辺の魔力の流れがおかしなことになっているのが「見えた」から、ただ事ではないと思ったと。それで飛行の魔法を使ってベランダから文字通り「飛んできて」、急いで暴走している魔力の鎮静とダメージを受けた身体への手当をしてくれたらしい。

シルヴィア様曰《いわ》く、たまたまシルヴィア様がすぐに見つけていなければ、最悪死んでいた可能性もあるらしい。そして暴走の原因はやはり魔力制御にあるとのこと。まだ幼い身体で魔力のコントロールが完全にはできていないのに、「魔力の具現化」や「呪文」、「イメージ」などの他の要素がすべて完璧だったから魔法が発動してしまい、魔力の暴走が発生する条件が揃ってしまったのではないか、とのことだった。

試そうとしたのが闇属性の魔法だったというのもよくなかったらしい。闇属性は他属性に比べ

（合法の）魔法の数が少なく、中級魔法は『ルイン』を含め数種類しかないが、どれも魔力の消費量も制御の難易度も「上級魔法の一歩手前」のものなんだって。だから闇属性の中級魔法は他の中級魔法を十分使いこなせる段階になってから手を出すべきだったとのこと。

そんなことも事前にちゃんと確認せず、誰にも相談することなくいきなり一人で『ルイン』を試して死にかけた未熟な私を放っておけないので、これから新しい魔法を初めて試す時は必ずシルヴィア様が付き添うと宣言されてしまった。その代わり魔力が暴走して死にかけたことはうちの家族には内緒にしてくれるんだって。

そしてなんか話の流れ？　ノリと勢い？　でお互いの呼び方を「チェルシー様」「シルヴィア様」から「チェルシーさん」「お姉様」に変更することになった。私のこと、実の妹のように思ってくれているっていうからさ。てかそれなら「チェルシー」と呼び捨てにしてくれても私はよかったんだけどなぁ……。

7話　ヤンデレチートさんができるまで【シルヴィア視点】

数年前まで、私は孤独な子供でした。裕福な貴族の家に一人娘として生まれ、親からも十分な愛情を受けながら育ったので、とても恵まれた環境ではあったのですが……、持って生まれた魔力が強すぎるせいで、なるべく他人との接触を避けるしかない幼少時代でした。

私の魔力は、常人の百倍とも千倍ともいわれ、もはや「測定不能」としか言いようがないレベルでした。王都にある古代文明の魔力測定器を使って測定しても、正確な数値を出すことができなかったようです。

二歳を過ぎたあたりから、体内から溢《あふ》れ出た魔力が強風や衝撃波となって私の身体の周りに渦巻く現象が頻繁に起こるようになりました。私がもっとも高い適合性を持つ属性が「風」だったからまだよかったものの、もし「火」や「雷」だったら、うちの屋敷はすでに燃え尽きていたかもしれません。

だから私はいつも家具のない広い部屋で、一人で時間を過ごすしかありませんでした。両親は「まるで虐待をしているようだ」と心を痛めていましたが、子供ながら私は「他の人を傷つけたり、大切な物を壊したりするくらいなら、何もない部屋で一人で過ごした方がまだマシ」と納得していました。

そして私が他人と違うところは他にもありました。それは、「魔力」が目に見えるというものでした。「魔力」はすべての生命に宿るもので、自分の体内に流れる魔力を「認識」することができる人間だけが魔導士としての素質を持つとされています。

私の場合は、自分の魔力を「認識」できることに加え、魔力そのものがオーラのような形で目に見えます。自分の魔力も、他人の魔力も。そして、そのオーラの色によって魔力の属性適合性も分かります。

ちなみに私自身の魔力は、くすんで濁ったほぼ黒に近い色です。ダークブラウンにも見えますし、ダークグレーにも見えます。自分では正直、「汚い色」だなって思います。あらゆる属性に対する適合性が非常に高いため、すべての属性を表す色が混ざった色になっているみたいです。

魔力が見えるという話は少しおいといて……。五歳を過ぎてから、私は体内に流れる魔力をコントロールする方法を少しずつ身につけました。誰が教えてくれたわけでもありませんが、とにかく体外に魔力が溢れ出る現象を抑えたいという一心で必死になっていろいろと試すうちに、少しずつ制御ができるようになりました。

六歳になると、強風や衝撃波の渦はもう発生しなくなりました。両親も使用人のみんなもとても喜んでくれて、今までの空白を埋めようと、どんどん私を構ってくれました。でも、正直私にとってはありがた迷惑でした。もちろん、みんなが構ってくれるのは純粋に嬉しかったです。大事にされている、愛されていると実感しました。でも、当時の私はまだ、体外に魔力を零《こぼ》さないように魔力を抑え込むことに必死で、誰かと一緒にいる時にうっかり魔力が溢れ出て相手を傷つけないかがいつも心配でした。

そして、誰にも言わなかったのですが、あまりにも膨大な魔力を強引に抑え込もうとしていたせいで、私の身体には相当な負担がかかっていました。今までは体外で渦巻いていた強風や衝撃波が、そのまま体内で突発的に渦巻く感じで、一日に何回も突発的な激痛が全身に走る症状に悩まされていました。周りを心配させたくなかったので、発作が起きた時は人がいない庭の奥やビーチに駆け込んで、一人で我慢するようにしていました。

そんな私に運命の出会いが訪れました。忘れもしない、七歳の誕生日の翌々日のことです。その日も屋敷の庭の奥の、人目につかない場所で突発的な激痛に苦しんでいた私のところに、彼がやってきました。

「ねえ、大丈夫？　とても辛そうだよ」

「……えっ、誰？」

第一印象は、なんて綺麗《きれい》なオーラの人なんだろうというものでした。透き通るような、透明度の高い水色の魔力。彼の魔力が純度の高い水属性（つまり水属性以外のどの属性にも一切の適合性がない）で、魔力自体も強くないから出る色だということを理解できたのは、彼との出会いからかなりの時間が経ってからでした。

「……!! お、俺、アランっていうんだ。君は？」

「……シルヴィア」

私の顔を見て、なぜか目を見開いてしばらく固まってから自己紹介してくれたアラン。後から教えてくれましたが、嬉しいことにこのとき彼は私に一目惚れしてくれていたみたいです。

「あの……大丈夫？　どこか痛いの？」

「……うん、痛い。すごく痛い。でもしばらくしたら落ち着くから」

それまではどんなに激痛が走っていても「痛い」ということを誰かに伝えたことがなかった私は、なぜか彼には素直に「痛い」と伝えることができていました。たぶん、相手が家族や顔見知りの使用人ではなく、知らない同年代の子供だったから「心配かけてはいけない」という気持ちが湧いてこなかったんだと思います。

彼は、あまりの痛みで涙を流す私の隣に座って、痛みが治まるまで黙って私の背中をさすってくれました。私は「私の隣にいたら危ないからどこかに行って」と伝えないと、と思いながらも、彼が一緒にいてくれることがとても心強くて最後まで言い出すことができませんでした。

その日から彼は頻繁に屋敷にきてくれるようになりました。私も彼が来てくれるんじゃないかと期待して、空いた時間帯にはいつも彼と出会った場所で彼を待つようになりました。そのうち会う時間を決めて、定期的に一緒に時間を過ごすようになりました。

しばらくして、彼が実はお隣のローズデール公爵家の長男であることがわかりました。私に初めて出会ったときは「自宅の庭の探検」という、豪邸に住むご令息ならではの遊びをしていたところ、偶然こちらに通じる獣道を見つけて、本人も知らないうちにラインハルトの屋敷に足を踏み入れていたみたいです。戻ってから自分がおそらくラインハルト家の敷地に無断で入っていたことに気づいたそうですが、その後も私に会いたい気持ちを抑えきれず、バレたら怒られる覚悟で頻繁に会いに来てくれていたと、彼は言っていました。

そして私は、彼にだけは自分の魔力のことや、症状などを包み隠さず伝えることができていました。彼が私の話を聞いてくれるだけで私は十分気が休まり、救われていましたが、なんと彼は私の話を注意深く聞いて、私の症状を治す方法を一生懸命調べてくれていました。

数か月後、彼が出した結論は、いたってシンプルで、「溜め込むからいけないんだ。発散しよう」というものでした。彼は「遠く離れたところでずっと見ていてあげるから、魔力を体内に抑え込むのをやめて、逆に意識して少しずつ体外に垂れ流してみて」と提案してくれました。

そして彼の予想は見事的中し、私は人のいない場所で意識して魔力を垂れ流すことで、突発的に強風や衝撃波を発生させることも、そのエネルギーを体内に溜め込んで激痛に苦しむこともなくなりました。

ちなみに彼自身は当時まだ自分の魔力の認識もできていなかったのに、私のために苦戦しながら何冊も関連書籍を読んで、想像力をフル稼働させて方法を考えてくれたみたいです。七歳の子供がですよ？　すごいですよね？　素敵ですよね？　神様ですよね？

それから、いや、きっとその前からですが、私は彼のことしか考えられなくなりました。身体の成長にともない自分の魔力を問題なく制御できるようになり、どんどん魔法を習得し、いろんな人に注目されるようになりましたが、私は彼以外の誰に注目されようと全く興味がありませんでした。

九歳になるとこの国の第一王子との婚約の話が浮上しましたが、もちろんお断りさせていただきました。両親から「とても素敵な方だから一度会ってみるだけでも」としつこく打診されましたのでアランに相談したら、「実はまだ魔力の制御が不完全で、前よりも強烈な衝撃波が出ることが稀にある。特に慣れない場所や知らない人と会っている時に不安を感じる」と言ってみては？　というアドバイスをもらって、その通りに伝えたらあっさり諦めてもらえました。さすがアランです。

そのことを両親に伝えてからは婚約の話はもちろん、お茶会の誘いなどが入ってくることも減り、私の方は平和になりましたが、問題はアランの方でした。ローズデール公爵家の嫡男《ちゃくなん》で、外見も性格も申し分ない彼は、同年代の貴族令嬢の間でかなり人気を集めているようでした。そして彼と親しくなってから分かったことですが、私はとても嫉妬深く、独占欲が強い性格でした。

たまに参加するお茶会などでアランが他の女の子と話をしているところを見るとそれだけでとても悲しい気持ちになりましたし、初めてアランに婚約の話が入ってきたことを聞かされたときは頭が真っ白になるくらい動揺しました。

十二歳になり、ほぼすべての属性の上級魔法はもちろん、一部属性の最上級魔法まで使えるようになった私は、もう「まだ魔力の制御が不完全なところがある」という言い訳が通用しなくなっていました。そこで今度は私と第二王子との婚約話が浮上してしまいました。そしてアランにも具体的な婚約話が複数入ってきていて、特に候補者のうち一人の、ある侯爵家の令嬢はアランに相当熱を上げているという噂でした。そこで、私たちは行動を起こすことにしました。両家の両親から交際の許可をとろうというものです。

私がアランに泣いてお願いしました。「これ以上アランに婚約の話が入ってくることが耐えられない。正直、今にも噂の侯爵令嬢に害をなしそうで自分が怖い」と。私の性格をよく理解してくれているアランは、「もっと早く動くべきだった。ごめん」と優しい言葉をかけてくれただけではなく、すぐに両家への挨拶の準備を始めてくれました。

私の嫉妬深さを理解して、受け入れてくれているうえに、面倒なことになるからといって隠し事をしようともせず、いつも正直に話してくれるアラン。本当に、感謝してもしきれません。

たまに「もしかしたら彼は私が持つバケモノのような力を恐れて身動きが取れなくなっているだけかもしれない」と思って悲しくなったり、私のようなどす黒い性格の子に捕まった彼を不憫《ふびん》に思ったりすることもあります。でも、仮にそうだとしても、私は彼を解放してあげることはできません。私は、もう彼なしでは生きていけないのです。

だからせめて、彼に私と一緒にいられて幸せだと少しでも思ってもらえるよう、私は彼が望むことはどんなことでもするし、彼が欲しがるものはどんなものでも手に入れるつもりです。

——私のこの魔力は、きっとそのためにあるのですから。

8話　可愛い義妹《いもうと》ができるまで【シルヴィア視点】

彼女の名前と存在を初めて知ったのは、アランがとても落ち込んだ顔でうちの屋敷にやってきた日のことでした。驚いてどうしたのかと聞くと、彼は項垂《うなだ》れながら魔力測定を受けたことを話してくれました。

「俺の魔力、ショボいんだって……。チェルシーはものすごく強いらしいのに、どうして……」

泣きそうな彼の顔を見て、私もとても悲しい気持ちになったのを覚えています。私の魔力を彼に分けてあげることができたなら、どれほど良かったことでしょう。

「こんな言葉、気休めにもならないかもしれないけど……。私はアランのものよ。だから私の魔力も全部アランのものなの。私の魔力を好きに使って？」

「……ありがとう」

しばらく彼に寄り添って、彼が少しだけ元気になったことを確認してから、私は先ほどの彼の言葉で気になって仕方がなかったところを聞いてみました。

「……ところで、チェルシーって誰？」

彼に三歳年下の妹さんがいたことを、その時初めて知りました。そして彼女の存在を知った私は、あろうことか彼と血のつながった妹さんに対してまで嫉妬心と警戒心を抱いてしまいました。「生まれた時から彼と一緒で、私よりも長い時間を彼と過ごしている彼女がうらやましい」、「アランが素敵すぎるから、もしかしたら妹さんは重度のブラコンになるかもしれない」って。……我ながら本当に嫌な子だなと思ってしまいます。

それから、彼は時々妹さんの話をしてくれるようになりました。最初は両親が妹を甘やかすから、とても我儘な性格に育ってしまって残念だ、もっと小さい頃は素直で可愛い妹だったのに、といった内容の話がほとんどでした。

でもある日、妹さんが原因不明の高熱を出して寝込んでしまったらしく、彼は妹さんのことをとても心配していました。幸い数日で熱は下がって回復したようですが、回復後も記憶障害の後遺症が残ってしまったらしく、彼はそのことをとても悲しんでいました。

妹さんは、記憶の一部を失ったことが原因なのか、それまでの我儘なところは鳴りを潜めたものの、その代わり家族に対してもよそよそしい態度になってしまったようでした。高熱を出している間、付きっ切りで自分を看病してくれた専属メイドの方にのみ、心を開いているとのことでした。

その話を聞いたときの私は、妹さんを不憫に思う気持ちももちろんありましたが、どこかで妹さんがアランに対してよそよそしい態度になったことに安堵《あんど》し、喜びさえ感じていました。……我ながら本当に最低の人間だなと思ってしまいます。

妹さんと初めて会ったのは、当時私はその子がアランの妹さんであることに気づかなかったのですが、今思えば第二王子のカイル殿下の九歳の誕生日を記念して行われた王宮でのお茶会でした。アランの近くで、彼に近づこうとする女の子たちをやんわり威嚇《いかく》・威圧するという、お茶会における自分のルーティンをこなしていた私の視界に、会場の隅っこで魔力制御の練習をしている女の子が偶然入ってきました。

（あら、めずらしいわ）

貴族の女の子にとって、王宮のお茶会は憧れのイベントの一つ。しかもその日のお茶会は、あのカイル殿下が主役とあって、彼に自分をアピールして顔と名前を覚えてもらえる絶好のチャンスでもあったのです。そんな場所で、黙々と魔力制御の練習をしているなんて。よほど魔法に強い興味を持っている子なのか、それとも魔力のコントロールが利かないことで、昔の私のように何らかの症状に苦しんでいるのか。

（闇属性と……水属性かしら）

彼女の魔力は綺麗な青紫の夜空色でありながらも、どこか禍々《まがまが》しさを感じさせるものでした。闇属性を表す黒紫と、水属性を表す水色が混ざった色と推測しました。そしてその魔力は私のような化物じみたものではないものの、相当なレベル……そうですね。たとえば先日うちの屋敷を訪問された、この国の四天王の方を超える強さでした。

あれだけの魔力で、しかも他属性と比べ数が非常に少なく、その性質や特徴に関して解明されていないところが多い闇属性の適合者。何か副作用が出ていたとしてもおかしくはありません。

次の瞬間、アランのところに他の女の子が近づいていることに気がついたので、私は彼女に声をかけるタイミングを逃してしまいましたが、闇属性の強力な魔力を持つ女の子は私の記憶に残っていました。

「直接ご挨拶させていただくのは初めてですね。はじめまして。アラン様と親しくさせていただいております、シルヴィア・ラインハルトと申します。お会いできてとても嬉しいですわ」

「初めまして。チェルシー・ローズデールと申します。こちらこそお会いできたことを嬉しく思います」

闇属性の女の子との再会は意外にもすぐにやってきました。それはお茶会の数か月後、アランとの交際報告のためにローズデール家に訪問した際のことでした。

(彼女がチェルシー様だったのね。……とても可愛いわ)

満面の笑みで私に挨拶をする彼女は、近くでみるとアランの顔のパーツをそのまま女の子らしくアレンジしたような、とても可愛らしい女の子でした。アランの顔は世界一美しい、神様の最高傑作ですから、アランそっくりの彼女の美貌もまた、私にはまぶしすぎるものでした。

「それでは、私は失礼いたします。頑張ってくださいね、シルヴィア様！」

「……えっ？　は、はい。ありがとうございます」

少しだけ世間話をしてからチェルシー様がサロンから退室しました。……頑張ってください、ですか？　アラン、チェルシー様には今日の訪問の目的を事前に伝えたのかしら。いずれにしても、少なくとも彼女の中で私の第一印象は悪くはなかったみたいです。よかったわ。これから長い付き合いになるんだもの。

本音を言うと、私とアランの交際には家同士の問題がありますから、できれば仲良くなって、彼女には私たちの味方になってもらいたいなと考えていました。

その後、アランの予想通り、アランのご両親から交際を認めるかどうかは保留するとの回答が出ました。二人の気持ちは尊重するし、反対はしないが、もし二人が婚約でもするとなると解決しなければならない問題が非常に多い。だから現段階では交際の公表は控え、まずは二人の気持ちが変わらないことを数年かけて証明してくれ、といった趣旨《しゅし》でした。ちなみに先日アランと一緒に報告した際の、私の両親の回答も似たようなものでした。

要するに時間稼ぎではないか、私たちが心変わりするのを待ちたいだけなのではないかと、私はとても不満でした。でもアランが両家の両親の回答に納得し、受け入れていたことや、アランがこだけは譲れないと強く主張してくれたおかげで、今後私とアランへの他の家からの婚約話はすべて断ると両家の両親が約束してくださったことから、とりあえずは私も今回の結論を受け入れることにしました。

でも、私が待つのは十年だけ。誰も傷つかず、アランが悲しまない、両家から祝福される彼との幸せな結婚を手に入れるために、私は自分の二十二歳の誕生日までは待つことにしました。十年だなんて私にしてはとても気長な期間設定です。自分を褒めてあげたいと思います。

でももし私が二十二歳になって、その時もまだ私がラインハルトで、彼がローズデールであることを理由に私たちのことを認めていただけないのであれば……。その時はラインハルトもローズデールも潰します。消します。

そんな穏やかでないことを考えながらダイニングルームに向かった私ですが、ディナーに一緒に参加してくれたチェルシー様のおかげでだいぶ癒《いや》され、また励まされました。彼女は天真爛漫《らんまん》で無邪気な末っ子キャラで、彼女がその場にいるだけでみんなを穏やかで楽しい気持ちにさせてくれる子でした。しかも初対面の私に対してもとことん友好的な、とても人懐っこい少女でした。

アランから聞いていたものと性格がかなり違うような気がして、少し不思議に思いましたが、私よりもアランとアランのご両親が彼女の言動に戸惑っている様子でした。でも可愛い末っ子が明るくはしゃぐ姿に、徐々に戸惑いよりも嬉しさと愛しさの方が勝《まさ》ってきたようで、彼女のおかげでその日のディナーはとても穏やかな雰囲気で終わりました。

後日アランから聞いたのですが、どうやら彼女は私がローズデール家で居心地の悪さを感じないよう、あえて普段とは違う性格を演じて場を和ませてくれていたようでした。そしてアランは、彼女が私たちのことを応援してくれていて、もし自分に協力できることがあったら喜んでするとまで言っていたことを伝えてくれました。

その話を聞いて、私は涙が出そうになりました。会ったこともない彼女に理不尽な嫉妬心を抱き、彼女にとってはとても辛かった出来事に違いない、彼女の記憶障害がもたらした結果に喜びさえ感じていた私。そんな醜い私のために、まだ幼い彼女は自分にできる精一杯の配慮を一生懸命考えて、実践してくれたのです。私は彼女への深い感謝と、自分を恥じる気持ちでいっぱいになりました。

その後、私と彼女はすぐに仲良くなりました。彼女は魔法に対して並々ならぬ興味と向上心を持っていたので、私は謝罪と感謝を込めて自分のスキルを惜しみなく彼女に教えることにしました。

最初はどうして私のことを気に入ってくれたのかが少し疑問でしたが、彼女の魔法に対する姿勢を目《ま》の当たりにしてからは、もしかしたら彼女は私の魔導士としての能力に興味や好感を持ってくれたのかもしれないと思うようになりました。もしそうなら少し寂しい気もしますが、嫌われるよりは遥かに良いと自分に言い聞かせました。

彼女が実際に私とアランの交際を応援してくれていることも伝わってきました。彼女はご両親に

「お兄様の非公認の恋人とか関係なく、私の大切な友人で魔法の師匠だから招待する」といって、頻繁に私をローズデールの屋敷に招待してくれるようになりました。

でもその言葉とは裏腹に、彼女が私を招待するときは必ずアランが在宅中で、彼女は私に少し魔法に関する質問をしてからは「私は今教えてもらったことを練習するので」といってどこかに去っていき、アランと二人きりの時間を作ってくれました。そんなことを繰り返しているうちに、私はローズデール公爵夫妻や使用人の皆様とも徐々に打ち解け、ローズデール家の屋敷には私に対して友好的な方が少しずつ増えてきました。

そんなある日、自室のベランダで海を見ていた私の目に、ローズデール家の屋敷のビーチで強大な魔力が激しく渦巻いている光景が見えました。

(大変……！)

私はそのままベランダから飛行魔法を使い、ローズデール家のビーチに飛んでいきました。そこにいたのは予想通りチェルシー様で、鬼の形相《ぎょうそう》をして涙を流しながら、何かで固定されたように身体が宙に浮いた状態で固まっていました。闇の魔力が彼女の全身を覆うように渦巻き、迸《ほとばし》っているのが見えます。

(魔力が暴走しているんだわ！)

私は慌てて彼女の左腕をつかみ、生命力と魔力を奪い取る闇属性の魔法『ドレイン』を使って彼女の魔力を吸い取りました。そしてその直後、地面に崩れ落ちてぐったりする彼女に聖属性の最上級魔法『リザレクション』をかけました。

この方法が正しい応急措置かどうか確信は持てませんでしたが、暴走していた魔力はすべて吸い取って空《から》にしましたし、『リザレクション』は回復の対象が死んでさえいなければ、どんなケガでも瞬時に完治させて枯渇《こかつ》した魔力も即時に全回復させる反則技ですから、たぶんこれ以上の方法はないはずです。

「チェルシー様‼　チェルシー様‼」

それなのにどうしてこんなに不安なのでしょう。気がつけば、私は涙声で彼女の名前を呼び続けていました。

「メ…イソン……」

……よかった！　彼女が寝言のように誰かの名前を呟《つぶや》きました。私の応急措置、うまくいったみたいです！　きっと今はショックで一時的に気を失っているだけなんだわ。

……でもメイソンってどなたなんでしょう？


「チェルシー様‼　よかったぁー‼」

しばらくしてチェルシー様が目を覚ましました。思わず彼女を抱きしめる私。

「……えっと、ここは？」

「チェルシー様のご自宅のビーチですわ。覚えていらっしゃいませんか」

「……私、ビーチに来て『ルイン』を試してみようと思って、それで……」

「はい、魔力が暴走して、倒れられたんです」

「……助けてくださったんですよね。すみません。ご迷惑をおかけしました」

なるほど、『ルイン』を試そうとして魔力を暴走させていたのですね……。

「そんなことお気になさらないでください。それよりお身体の具合はいかがですか。一応治療はしたのですが……」

「はい、大丈夫です。……すみません、助かりました。ありがとうございます」

立ち上がって深々と頭を下げる彼女。

「どういたしまして。……うん、問題なく回復されているようですね。すぐに気がついて本当によかったわ」

十二歳にして聖属性の最上級魔法を使えてしまう自分の非常識な能力が、これほどありがたく思えたのは今回が初めてかもしれません。あと、偶然ベランダに出たことで、彼女の危機を見つけられた幸運にも心から感謝です。

「申し訳ございませんでした……」

「お気になさらず！　……でも、そうですわね。もうちょっと休憩されてから、私と少しお話をしましょう。『ルイン』を試そうとされたあたりから」

おそらく彼女はもう自分の適合性で習得できる初級魔法をすべてマスターして、次のステップとして中級魔法の習得に挑んだのでしょう。そして初めてチャレンジする中級魔法は彼女がもっとも高い適合性を持つ闇属性の『ルイン』。自然な選択だったとは思います。でも、残念ながら正しい選択ではありません。

何より、初めて中級魔法を試すのであれば私に一言相談してほしかった。高い向上心とチャレンジ精神を持つのは良いことですが、そこに慎重さが欠けていては今回のように自分自身や大切な人を危険な目に遭わせることにつながります。

……ということを熱心にチェルシー様に伝える私。しょんぼりして恐縮しながら耳を傾けてくれるチェルシー様。先ほどから私、失敗した妹にネチネチ説教をする姉のようになっていますね。でも、チェルシー様のことを心配してお話ししていることは分かってほしいものです。

気がつけば、ここ数か月でチェルシー様は私にとって大切な存在になっていました。一人娘で同年代の子供と接する機会自体が少なく、特に同年代の女の子は「私からアランを奪おうとする敵」としか認識していなかった私にとって、彼女は初めてできた同性の友達でした。そしていつの間にか私は、彼女を実の妹のように思うようになっていました。

「私はチェルシー様のことを実の妹のように思っています。だから心配して、怒っているのですわ」そう伝えた私に、彼女は「それならこれからはシルヴィア様のこと、お姉様と呼んでもいいですか」と上目遣いをしながら言ってきました。

……なっ、何なんでしょうこの可愛い生き物は！

彼女は自分のことは呼び捨てで良いともおっしゃっていましたが、それはさすがに失礼だと思って、私はこれから彼女のことを「チェルシーさん」と呼ばせていただくことになりました。

最初にアランから妹さんの存在を聞いたときは、ネガティブな感情しか持てませんでした。でも今は私、彼女のことが可愛くて可愛くて仕方がありません。もう義妹ラブです。もし私の可愛い義妹を泣かせる方が現れたら、私、とても怒ってしまうかもしれません。……私がずっと守ってあげますからね。これからも末永くよろしくお願いしますね、チェルシーさん。

9話　指名手配をかけてみました

魔力の暴走事故から約三年、私の魔力磨きは順調に進んでいた。チートなお姉様のマンツーマン指導のおかげで、私の魔力制御は十二歳にしてすでにパーフェクト。現在は闇属性・水属性・無属性の上級魔法を絶賛習得中で、正直、明日勘当されても旅の魔導士としてやっていく自信がある。

お姉様とは大の仲良しで、「お姉様ってヤンデレとチートのハイブリッドですよね」なんて命知らずな冗談まで飛ばせるような関係になった。ちなみにこの「ヤンデレチート」という呼び方、お姉様も結構気に入ってくれているご本人公認の二つ名である。

家族との関係も改善した。元々険悪な関係だったわけではないので、単純に私が前世のことを根に持つのをやめただけともいえるが、いずれにしても前世の時よりはるかに家族仲が良くなった気がする。そして十五歳からの魔道学園への入学を前に、お兄様とお姉様の交際が無事両家から認められた。おめでとう！　次のステップは婚約だね。私も引き続き協力しますよ♪

私のところには案の定、迷惑極まりない第二王子との婚約話の浮上を含め、相当数の婚約の申し込みが絶えず入ってきているが、当然ながらすべてお断りさせてもらっている。私がどんな相手にも一切興味を示さないので、一時期うちの屋敷内では私とアイリーンの同性愛疑惑が浮上した。

正直、それで婚約の話が減るなら私としてはそのままにしておいてもよかったが、そろそろ十八歳になるアイリーンの婚期に悪影響が出ると良くないので一応否定させてもらった。アイリーンには誰よりも幸せになってもらいたい。

　私の行動が原因でアイリーンにまであらぬ疑いがかかってしまったことを謝る私に、アイリーンは「もしお嬢様が望まれるなら、私は喜んで」と真意がよくわからないことを真顔で言っていた。

えーっと、あれだよね？　きっと私に気を使わせないための冗談……だよね？

　とまあ、このようにすべてが概《おおむ》ねうまくいってはいるものの、正直、私はかなり焦っていた。肝心のメイソンとの出会いがなかなか実現しないのだ。十歳になったあたりから少しずつ自分のできる範囲で情報収集をしているが、公爵令嬢とはいえ所詮《しょせん》は子供。この広い世界のどこにいるかも分からない冒険者を探し出すのは容易ではなかった。そしてそうこうしているうちに私は十二歳になってしまった。

　私が少しずつ大人になるのは良いことだけど、問題はメイソンと彼の元カノとの出会いだった。私が覚えている限り、メイソンは元カノと「四年以上」付き合っていたと言っていた。五年以上付き合っていたなら「四年以上」じゃなくて「五年以上」と言ったんだろうから、彼と元カノの交際は、五年は続いていなかったのだろう。そして彼は「最近」元カノに裏切られたと言っていたから、ざっくり計算すると前世でメイソンが元カノと付き合い始めたのは、早ければ私と出会う五年くらい前ということになる。

　前世で私と彼が出会ったのは私が十八歳で、彼が二十六歳の時だった。それより五年前からの交際となると、交際スタートは彼が二十一歳の時。彼が二十一歳の時、私は十三歳。そして今、私は十二歳。そう考えると、私に残された時間はもう一年くらいしかないのだ。このままだとメイソンは将来彼を裏切って傷つける元カノと付き合い始めてしまう。なんとしてもその前に彼を探し出して、うちの屋敷に強制連行してでも阻止《そし》しなきゃ。

……はい、正直に言います。メイソンが将来傷つくのが嫌だというのももちろんあるけど、それ以上にメイソンが私以外の女と付き合うこと自体が死ぬほど嫌です。独占欲の塊《かたまり》のような小娘でごめんなさい。


「まとめますと、お嬢様は八歳の時、極めて限定的な範囲のものではありますが、予知夢を見られました」

「はい」

「そして、その夢から将来チェルシーさんの命を助けてくださる『運命の人』の存在も見えたのですわ」

「…はい」

「その方は冒険者の方で、お嬢様が幼い頃から魔法を頑張ってこられたのも、いつかその方と一緒になるための努力でした」

「……はい」

「そして今その『運命の人』を探し出してこちらにお連れしないと、その方が他の女性と結ばれてしまう可能性があるのですね?」

「……はい」

……なんだろう。なんかこうやって客観的にまとめられると、いたたまれない気持ちになるな。自分で話した内容なのに「何いってんだこいつ」って突っ込みたくなる。ちなみに「命を助けてくれた」というのは、修道院への護送中に賊の襲撃を撃退してくれたことがあるから嘘ではない。その数日後に別の理由で死んじゃったけど。

「将来私の命を助けてくれる人」と言っておけば、みんなが彼の捜索に少しでも前向きになってくれるかなと思って前面に出してみた。でもそれ以前に、話が荒唐無稽《こうとうむけい》すぎてまず信じてもらえないよね……。

「どうしたら良いと思いますか？　アイリーンさん」

「そうですね……。やはりまずは旦那様と奥様にご報告して、ローズデール家として動くべきかと思います。お嬢様の運命の人というところには少し暈《ぼか》しを入れて、将来お嬢様の命の危機を救うかもしれない方というところを強調するのが良いかと」

……えっ？

「それが良いと思いますわ。そしてその方のご職業が冒険者なのであれば、冒険者ギルドに協力してもらうのが良いでしょう。冒険者の方々は皆様、頻繁にギルドをご利用されているはずなので」

「なるほど。その方がどこかの冒険者ギルドを訪れたら、直《ただ》ちにローズデール家に連絡が入るように態勢を整えておくわけですね」

……あれ？

「ええ。それと同時にローズデール家からの破格の条件の『指名クエスト』を出しておいて、その方が自《みずか》らこの屋敷を訪れたくなるようにしておくとさらに良いと思います」

「なるほど！　お詳しいのですね、シルヴィア様」

「母からいろいろと話を聞いておりまして。実は母はああ見えて、若い頃は冒険者として旅をしていたらしいですわ」

「そうだったんですか⁉　ラインハルト公爵夫人が⁉」

「……あ、あのぅ」

「「はい？」」

恐る恐る二人のお姉様に声をかける私。

「二人とも……信じてくれるんですか。私の話」

「「はい」」

「……⁉　あんな突拍子もない話なのに？」

「そうでしょうか。私、チェルシーさんは何らかの予知能力をお持ちだろうなと、前から思っていましたわ」

「そうだったんですか⁉」

「ええ。初めてチェルシーさんにお会いしたとき、私になんと声をかけていただいたか、覚えていらっしゃいませんか」

「……えーっと、すみません。覚えてないかもしれません」

「『頑張ってくださいね、シルヴィア様！』でした。その時はまだ、私がこちらにお邪魔した理由をお伝えしていませんでしたのに」

「……それだけで？　特に深い意味はない言葉だったかもしれないじゃないですか」

「そうですわね。でも『見えて』いたのでしょう？　私があの日お邪魔した理由も、……もし最後まで交際を認めていただけなかった場合、どうしていたかも」

「それは……」

つまり「君は私がヤンデレチートで、交際が認められなかったら何をするかわかんないことが『見えて』いたから、私たちに協力したんだろ？」ってことか。ま、まあ、確かにあながち間違いではないけど……。って、いやいやいやいやいや！　怖いから。なんとなく想像つくけどやめて。そんな未来見えてないし見たくもない。

「……ふふ、心配しないでください。理由がどんなものだったとしても、チェルシーさんが私たちのことをずっと応援してくださっているのは事実。そうじゃなくても、もうチェルシーさんは私にとって世界で二番目に大切な方ですわ」

「……お姉様」

……嬉しいな。今のは感動した。めちゃくちゃ感動した。

「私にとっては、お嬢様は世界で一番大切な方ですよ」

「あら♪」

「あ、ありがとう……。アイリーンも知ってたの？　私のその……予知能力……」

本当は予知能力なんか持ってないのに「私の予知能力」って言い出すのって罪悪感と恥ずかしさが半端ないね！

「いいえ、全然」

「それなのに信じてくれるの……？」

「もちろんです。私はお嬢様の言葉はどんなお話でも信じますので」

「あ、アイリーン……!!」

「……ねえ、チェルシーさん、あなたの運命の人ってやっぱりアイリーンさんじゃありません？」

数日後、魔道王国シェルブレットの冒険者ギルドの全ての本支部に、アントン・ローズデール公爵からの人探しの協力要請と冒険者メイソン・ベックフォード氏に対する指名クエストの申し込みが行われた。これで一か月ほど様子を見て、見つからなければ捜索の範囲を隣国に広げる予定となっている。……なんか私の我儘でとんでもないことになっちゃった。でもお金と権力ってやっぱいいもんだね。てへっ☆
ちなみに両親もお兄様も予知夢のことを一発で信じてくれて、「私ってそんなに信用高かったの？　うふふ」と天狗になりそうになったが、両親との会話でそれだけではないことが判明した。
実は両親が私の話をすぐに信じてくれたのは、今までもローズデール家からごく稀に予知能力を持つ人間が現れていたからというのが理由の一つだったのだ。一部の王族と当事者の家系にしか知られていないことだが、三大公爵家からはそれぞれ常人には見えない何かを見ることができる特殊能力者が生まれる。
たとえば、ラインハルト家からは『見抜く眼』と呼ばれる、魔力が見える目を持つ人間が数代に一人生まれる。実際にその『見抜く眼』は、今私の目の前にいるヤンデレチートなお姉様が装備している。

ローズデールからは、『見通す眼』と呼ばれる何らかの予知能力……つまり未来が見える目を持った人間が、ごく稀に現れる。発生頻度はラインハルトよりもかなり低く、もし私が『見通す眼』の保有者だとすれば、三百年近いローズデール公爵家の歴史で四人目の保有者ということになる。

ちなみに『見通す眼』の保有者としてもっとも有名なのは初代ローズデール公で、『神軍師』と呼ばれた彼女は戦場における敵の行動、増援、罠や計略の存在をすべて見通す能力を持っていたらしい。だから「神様から授かった能力を用いて指揮を行う軍師」という意味で『神軍師』と呼ばれるようになったと。

私としては「それってただ軍師としての能力がずば抜けていて、まるで未来が見えているかのように敵の動きを予測できていただけじゃないの？」と思うが、「明日のこの時間帯、この場所にこれくらいの数の敵軍が現れるから、あの辺で迎え撃つ準備をしておくように」というレベルの詳細さで相手の動きを読んで指示をしていたらしく、真相は闇の中である。

もちろんこの『見通す眼』の存在は私も知っていたが、自分とそれを関連付けて考えたことがなく、前世のことを「夢」と表現したら自分がその保有者だと思われる可能性があることに全く気がつかなかった。

お父様から「チェルシーは『見通す眼』の保有者なのでは⁉」と興奮気味で言われた時は「そ、そうか！　夢って言っちゃったらそんな風にとられてしまうのか。……どうしようこれ。大事《おおごと》になってしまったぞ」と思ったけど、時すでに遅し。もう引くに引けなかった。

……に、偽者でごめんなさい。

後から聞いたが、お姉様が「チェルシーさんには予知能力があるのでは？」と考えるようになったのも、『見通す眼』の詳細をお兄様から聞いたのがきっかけだったそうだ。

ちなみにもう一つの三大公爵家であるヴァイオレット家のものは『見破る眼』で、どうやら代々のヴァイオレット家当主が標準装備しているらしい。ただ、何が『見える』のかは極秘で、詳細を知っているのは代々の国王陛下とヴァイオレット家の当主のみとのこと。

ヴァイオレット家って昔から秘密主義らしいんだよね。初代ヴァイオレット公なんか生涯自分の素性を誰にも明かさなかったらしく、「ヴァイオレット」という苗字も彼女が名乗っていた「ヴァイオレット」という名前（それが本名か偽名《ぎめい》か、苗字《みょうじ》か名前かも不明）がそのまま家名になっただけらしい。

彼らは代々闇属性の魔導士を輩出《はいしゅつ》するから、私としては自分が闇属性の適合性を持つことが分かってから勝手に彼らにちょっと親近感を覚えているけど……。たぶん私がヴァイオレット家の皆様に「仲間だから仲良くしてくださーい♡」って懐いてみたところで、珍獣を見るような目で見られて門前払いされそうな気がする。

でも別にいいんだ。私が「仲良くしてほしい、仲間にしてほしい」と心から願う相手はヴァイオレット家の皆様じゃなくてメイソンだからね！

10話　謎の依頼が届いた件【メイソン視点】

「人違いなんじゃないですか……？　もしくは同姓同名とか……」
「それがさ、年齢、ジョブ、外見の特徴に使ってる武器まであんたと完全に一致してるんだよ。ほら、見てみなよ」
　そういって目の前の大柄で筋肉質の中年女性は俺に書類を差し出してきた。俺が数か月前から拠点にしているブリアン王国南部の町、ルバントン・タウンの冒険者ギルド。彼女はそのギルドマスターで、先ほどクエスト達成報告のためにギルドに寄ったところ、突然ギルドマスターとの緊急面談とのことで彼女の執務室に通され現在に至る。
　彼女によると、魔道王国シェルブレットのある大貴族が俺のことを捜索していて、その大貴族から俺への指名クエストも出されているとのことだった。ギルドマスターから出された書類に目を通す。一ページ目は見慣れた書式のクエスト依頼書だった。
『依頼主：アントン・ローズデール公爵
応募対象者：メイソン・ベックフォード氏（指名依頼）
クエスト内容：依頼主が指定する人物の護衛等
履行期間：別途協議のうえ定める
履行場所《りこう》：シェルブレット王国、ローズデール・ラインハルト大都市圏報酬：最低保証金額として日額千ゴールドを支払う。成功報酬は別途支給』

でも内容に突っ込みどころが多すぎ。護衛クエストに応募対象者の指名が入っているというのも見たことがないし、何よりも報酬額がだいぶ頭おかしい。俺がさっき達成したクエスト、そこそこ強い魔物討伐で成功報酬一匹百ゴールドだったんだけど。……そもそもローズデール公爵って誰？　間違っても知り合いではない自信があるぞ。

そして二ページ目には俺の名前、年齢、ジョブ、使用武器などの特徴がかなり詳細に記載されていて、ご丁寧に似顔絵まで描かれていた。……うん、俺の特徴をよく捉《とら》えている似顔絵だね。おそらくモデルは間違いなく俺だろうね。……本物よりもかなり美形に描かれている気はするけどね。

いずれにしても確かにこれでは人違いとか同姓同名はあり得ない。

「……」

「……なんか事情があるのかい？」

今の質問はきっとあれだね。「お前過去になんかやらかして、この貴族に追われている身なのか」って意味。……こうなったら正直に答えるしかないか。

「いや、全く心当たりがないですね。シェルブレット王国なんて一度も行ったことないですし」

鋭い視線でじーっと俺のことを見つめるギルドマスター。目をそらさず、彼女を見つめ返す俺。

「……そうかい。わかった。あんたを信じるよ」

「……ありがとうございます」

「でもどうするんだい？　このクエスト、たぶん国中……、いや、下手《へた》したら世界中のギルドに出されてるよ」

「うーん、どうしましょう……。正直受ける受けない以前に『何これ？』って感想しか出てこないんですよね……」

「ま、そうだろうねぇ」

結局その日は持ち帰って、一晩じっくり考えさせてもらうことにした。マスター曰く、指名クエストと同時にギルド側には「俺が見つかったら直ちにローズデール公爵家に連絡するように」という協力要請も届いているらしいが、とりあえず明日までは連絡を入れずに待っていてくれるとのことだった。……マスターに感謝しなきゃね。

翌日、俺はシェルブレット王国に向かうことを決めた。クエストを受けるかどうかはおいといて、少なくとも話は聞いてみたい。マスターは「本当にいいのかい？　名前を変えてここで仕事を続けるって方法もあるよ？」と言ってくれた。あんたやっぱ俺が過去になんかやらかして追われていると思ってんだろ、と心の中で軽く突っ込みながら心遣いに御礼を言っといた。……優しくて頼りになる人だったな。

一晩かけていろいろ考えた。『俺は自分も知らないうちに破格の指名クエストが入るほど有名になったのか』とか『いやこれはきっと何か陰謀だ』とか『もしかしたら俺の中に魔王でも封印されているのか⁉』とか。

……でも浮かんでくるのはこんなくだらないことばかりで、いくら考えても知らない貴族から俺宛に超高額の指名クエストが届いた理由は見当もつかなかった。そこで、冒険者になった時のことを思い出してみた。俺が冒険者になった理由、それはうちの獰猛《どうもう》な母に「世界を見て来い」と言われ十五歳で家を追い出されたことだった。

そしてシェルブレット王国は世界一の魔道技術を誇《ほこ》る国。魔法が使えない人間は差別されるって話も聞くけど、この機会に世界一の魔法の国を見ておくのも悪くない、そう思った。

万が一知らないうちに公爵の不興《ふきょう》を買っていたのが今回の話の理由だとしたら……。その時はその時だよ。真心を込めて泣きながら土下座をすればたぶん命は助けてくれるだろう。どうせ冒険者なんて毎日が命がけなんだ。


魔道王国への旅は俺の予想の斜め上をいく訳のわからないものだった。まず、とりあえずクエストの詳細や背景を聞くために依頼主と直接面談がしたいと伝えたところ、シェルブレット王国からルバントンまで護衛付きの馬車をよこすと言われた。

……いやいや、あんたら護衛として俺を雇いたいんだよね。護衛のために護衛付きの馬車をよこしてどうする、と心の中で突っ込みながら丁重《ていちょう》にお断りしたら、旅費として一万ゴールドを前払い支給すると言い出した。

一万ゴールドといえば、ルバントンからシェルブレットまであえて遠い陸路を使ってあらゆる観光名所を訪問しながらゆっくり移動して、毎日超高級グルメを堪能してスイートルームに泊まれる金額だった。……二千ゴールドだけ受領した。船を使えばその金額でも余裕で一等室が使えてお釣りがくる。

ローズデール・ラインハルトの港についた時にはローズデール公爵家の紋章付きの超豪華な馬車と使用人が待機していて、地元民の好奇の目に晒《さら》されながら馬車に乗り込む羽目になった。地元民からすると明らかに冒険者か傭兵《ようへい》にしか見えない若造が、領主様の使用人に案内されながら領主様の馬車に乗るわけだからね。そりゃ珍しいよね。見物するよね。そして異様に乗り心地の良い馬車で二十分ほど移動したところで、目的地のローズデール公爵の屋敷に到着した。

「うわ……。すごい景色」

中庭に止まった馬車から降りた俺は、思わず感嘆の声を漏《も》らした。なんというか、屋敷自体もお城なのか屋敷なのか分からないくらいすごい豪邸だったけど、それよりも中庭から見える海の絶景の方に目を奪われた。俺も一応港町で育ったが、この景色は別格だった。

「ようこそお越しくださいました、ベックフォード様。……気に入っていただけましたか」

「あっ、はい！　わざわざお迎えありがとうございました。素晴らしい景色ですね」

屋敷から出てきたメイドさんと挨拶を交わす。アッシュグレーの髪とワインレッドの瞳を持つクールな印象の美人で、年齢はおそらく俺と同年代か、少し下だろうか。

「ありがとうございます。後ほどゆっくりご覧いただけるよう手配いたします。サロンにご案内してもよろしいでしょうか」

「はい。よろしくお願いします」

「ありがとうございます。それでは、恐れ入りますが武器をお預かりいたします」

さすがは大貴族のメイドさん。ものすごくテキパキしている。「私は仕事ができます」と顔に書いてあるような感じの女性だったけど、きっと外見通りの有能メイドさんだろうな。俺は言われるがまま武器を預けて、彼女に案内され屋敷に足を踏み入れた。

「遠いところからよく来てくれたね！　歓迎するよ。私が今回の依頼を出させてもらったアントン・ローズデールだ」

「妻のエレナと申しますわ。よろしくお願い致します」

「……！　……!!　娘のチェルシー……です。よろ、しくお願いしま……す」

「……!?　は、はじめまして。メイソン・ベックフォードと申します。今回このような機会をいただき光栄です。よろしくお願いします」

「……チェルシー？　どうしたの？」

「な、なんでも……ないです……」

いやなんでもなくないだろ。明らかに俺の顔を見た瞬間めっちゃ動揺したよね。てか今、涙我慢してるよね？

説明しよう。先ほどのメイドさんにサロン（サロンにもでっかい窓がついてて、海の景色が見えてた。建てた人間の並々ならぬこだわりを感じるわ、この屋敷）に案内されて、お茶出されて、とてつもなく座り心地の良いソファーに座って少し待っていたら依頼主の公爵一家が現れた。

ものすごくダンディーなナイスミドルの公爵と、「貴婦人」という言葉がそのまま擬人化したようなイメージの美しい公爵夫人。そして「こういう子が将来王妃とかに選ばれるんだろうな」と自然と納得してしまうような、今までの人生で一度も見たことがないレベルの超絶美少女の公爵令嬢。

俺の顔をみた瞬間大きく目を見開いて、その後泣きそうな顔になったのはその超絶美少女の公爵令嬢だった。

……えっ、なんで？　俺そんな恐ろしい顔してんの？　それとも俺、彼女に何かしたことが原因で公爵家の不興を買った？　でも全く身に覚えがないよ？　てかたぶん彼女と俺、会ったこともないはず。彼女のような美少女、一度でも会ったことがあるなら絶対忘れたりしないって！

「ごめんなさい、失礼いたしました」

「あ、いいえ、お気になさらず……」

しばらく席を外していた令嬢が戻ってきた。外で涙でも拭いてきたんだろうか。たぶん原因俺だよな。はぁ……。

「チェルシー、気分が優れないのであれば、部屋に戻って休んだらどうだ？」

「そうよ、チェルシー。無理をしてはいけませんわ」

「いいえ、もう大丈夫です。ご心配には及びません」

「……わかった。では早速だが、私から今回の依頼の詳細について説明しよう。まず今回の依頼に至った経緯だが……」

それから公爵はクエストについて一通り説明してくれた。まず、護衛の対象は今この場にいるチェルシー嬢。十二歳になってこれから一人で活動することが増えるので、常時彼女に付き添う専属護衛を探しているらしい。そしてチェルシー嬢本人が剣術に興味を持っているとのことで、剣術の指導も業務内容に含まれると。

なるほど。クエスト内容の護衛「等」の「等」は剣術指導だったのか。……剣術指導、ねぇ。てかチェルシー嬢、まだ十二歳なんだ。大人っぽい雰囲気と外見だったから十四、五歳くらいかと思ってた。

でも彼女、俺の顔を見た瞬間、なんか知らんけど動揺して泣きそうになってたよね。もしかしたらめっちゃ相性悪いんじゃね？　俺で大丈夫なの？　……あ、でもなんかさっきからめっちゃニコニコしながらこっちを見てるな。今度はどうしたんだろう。なんというか、不思議な子だな。

不思議系美少女のチェルシー嬢のことは一旦おいといて……。どうしようかな。今の話だとこれ、住み込みの長期の仕事になるよね。たぶん実戦から遠ざかることになっちゃうし、今後のキャリアのことを考えるとちょっと躊躇《ちゅうちょ》しちゃうな。しかも肝心の「なんで俺への指名クエストなのか」というところが謎のままだし。

思い切って質問してみたけど、「それは現段階では言えない。クエストを受けてくれたら追々説明する」、「詳細は言えないが、仕事中に君の命に危機が及ぶ可能性もゼロとはいえないから、危険手当も含めて今回の金額に設定した」とのことだった。

うーん、本当にどうしようかな……。仕事で命に危機が及ぶのはいつものことだけど、「何か裏の事情があるがその詳細は言えない」って地雷臭しかしないんだよね……。

「正直、今回出していただいている条件だと、俺より遥かに高い実績を持つ冒険者を複数名、雇えると思うんですよ……。それに、俺の剣術は護衛の仕事にもお嬢様が学ぶ護身術にも向かないと思うんですよね……」

「……あの、よろしいでしょうか」

「チェルシー?」

俺が悩みながら独り言なのか相手への言葉なのか自分でもよく分からないセリフを呟いていると、今まで黙って話を聞いていたチェルシー嬢が静かに立ち上がった。少し驚いた様子の公爵夫人。公爵からアイコンタクトで発言許可を得たチェルシー嬢は、俺の方を真っすぐ見つめながら発言を続けた。

「今回のクエスト、きっとベックフォード様のお立場からすると、何か裏があるようであまり気が進まないお話ではないかと思います」

「いや、まあ……」

否定はできないね。

「本日すべての詳細をお伝えできず、申し訳ございません。でも今回のお仕事、絶対にベックフォード様でないといけない理由があるんです。その理由はいつか必ず説明しますので、どうか前向きにご検討いただけないでしょうか。お願いします!」

「えっ、ちょっ……!」

そう言ってチェルシー嬢は、勢いよく俺に頭を下げた。……あー、これはたぶんあれだ、前向きな返事をするまで絶対退《ひ》かないやつ。

「……わかりました。受諾《じゅだく》します。だからどうか頭を上げてください」

「ありがとうございます!!」

こうやって、俺は美少女公爵令嬢の護衛兼剣術教師の仕事を受けることになった。でもさすがに一日千ゴールドはないかな。その金額だと俺は冒険者じゃなくて詐欺師だよ。半額で契約しよう。

11話　駄々をこねてみました

ここ一週間、私はとても上機嫌だった。どれくらい上機嫌だったかというと、この一週間で私と会話を交わした人のうち実に九十パーセント以上の人が「お嬢様、なにか良いことありましたか」という趣旨の質問をしてくるくらい上機嫌だった。ちなみに残りの十パーセント弱は最初から上機嫌の理由を知っている人たちだった。少し気を抜くとすぐに前世の思い出か、幸せな未来予想図にトリップしてしまうから困る。自分がデレっとした締まりのない顔をしているだろうなってことが自分でもわかる。

一昨日《おととい》はなんか興奮を抑えきれなくなって屋敷のビーチで覚えたての水属性上級魔法をぶっ放したら想像以上に海が荒れて、さすがにお母様に怒られてしまった。昨日は、屋敷に来てまだ数日の新人メイドちゃんが私のお気に入りのドレスに葡萄《ぶどう》ジュースを零してしまった。顔面蒼白《そうはく》になってガタガタ震えながら泣きそうな顔で謝罪してきたから「大丈夫よ。失敗しない人なんていないから」と言いながら優しく抱きしめてあげた。なぜか号泣されてしまった。

世の中こんなに素晴らしいんだから、お気に入りだったとはいえドレス一着ダメになったくらいで目くじらを立てることないよね。うち、金持ちだからドレスなんかまた買えばいいしさ。オーホホホホ。

そういえばあの子、前世でも屋敷にきて早々に私のドレスにジュース零してたかもしれない。前世では確か三十分くらい罵倒し続けながら頬が真っ赤に腫れ上がるまでビンタしてたっけ。その後、私の顔見る度に恐怖に怯《おび》えた顔をするものだからそれも気に食わなくて余計いじめていたような気がする。……やはり前世の私、最低だったね。

ま、まあ、前世の私がいかに最低な女だったかという話はこの際一旦おいといて、私が今こんなにも上機嫌な理由。それはもちろん、当然ながら、言うまでもなく、見つかったからである。そう、メイソンが。私の旦那様が。私の王子様が。私のご主人様が……！

彼の捜索には思いのほかさほど時間はかからなかった。最初に捜索協力要請と指名クエストを出したのはうちの国の冒険者ギルドだけだったけど、一か月経っても見つからず。「やっぱそう簡単には見つからないか」と少し落ち込んでしまった私だったが、その後隣国に捜索範囲を広げてみたらすぐに彼らしき人物が見つかったとの連絡が入った。

メイソン・ベックフォード。二十歳。キャリア約五年の若手冒険者。髪と瞳の色は黒。やや長身の標準体型。ジョブはソードマスターで、ロングソードとマン＝ゴーシュの二刀流の使い手。うん、ほぼ間違いないね。というか彼が持ってた短い方の剣、「マン＝ゴーシュ」というんだ。知らなかった。

いやー、世界中を旅しているはずの冒険者をピンポイントで探し出すのって本当にできるの？と最初は半信半疑だったけど、意外と簡単にできるものなんだね。金と権力にものを言わせた感は否《いな》めないけど。いけ好かない小娘でごめんね。でも私が家の金と権力を使えるのはたぶん後《あと》数年だけだから許してね☆

……ダメ？

いよいよ今日は、メイソンがうちの屋敷にやってくる日である。深呼吸をして、鏡の中の自分を見つめてみる。シンプルで上品な青いドレスを身にまとった、やや緊張した面持ちの少女が鏡の中にいた。ゆるく巻いたシャンパンゴールドの髪に、背伸びしているように見えないギリギリのレベルで大人っぽく仕上げてもらったメイク。……うん、文句なしの美少女である。

自分で美少女言うなって話だけど、今日だけは許してほしい。だって、今日の私の姿はローズデール公爵家の財力、権力、努力、女子力が惜しみなく注ぎ込まれた、ローズデール家の三百年歴史の集大成、いわば「ローズデールの本気」なのだから。これで美少女にならなかったらうちの家ダメじゃんって話になっちゃう。……うん、大袈裟《おおげさ》だね、私。

今日のために久しぶりに……、というか前世ぶりにドレスとかアクセサリーとか香水とか化粧品とかいろいろおねだりして最高級のものを揃えてもらった。間食やめてダンスレッスン増やしてシェイプアップにも努《つと》めた。ここ一週間は毎日入念に髪と肌のケアをしてもらっている。今日は早朝から四時間かけてヘアアレンジとメイクをしてもらった……！

何せ今日は将来の旦那様との初対面。結婚式の次くらいに重要なイベントなのである。しかもこれから私は、十二歳の小娘のくせに二十歳の超イケメン（私基準）を落とそうという無理難題に挑むのだ。お姉様のようなチートな美貌を持っているわけではないんだから、努力（というか財力？）でカバーするしかない……！

……少しでも可愛いと思ってもらえるといいな。

「遠いところからよく来てくれたね！　歓迎するよ。私が今回の依頼を出させてもらったアントン・ローズデールだ」

「妻のエレナと申しますわ。よろしくお願い致します」

「……！　……!!　娘のチェルシー……です。よろ、しくお願いしま……す」

「……⁉　は、初めまして。メイソン・ベックフォードと申します。今回このような機会をいただき光栄です。よろしくお願いします」

「……チェルシー？　どうしたの？」

「な、なんでも……ないです……」

……はい、そして早速やらかしましたー。今日のために頑張ってくれたみんな、本当にごめん、使えないお嬢様と罵《ののし》ってくれてかまいません……。お父様、こんな出来損ないの娘のために無駄遣いをさせてごめんなさい。もうダメだ、修道院に行こう。やっぱり私にはセント・アンドリューズがお似合いだわ。

十分、心の準備をしたつもりだった。でも実際には全くできていなかった。彼の顔を見た瞬間、嬉しさ、切なさ、安堵、興奮……。もういろんな感情がごちゃ混ぜになって爆発してしまった。だって私にとっては、死をも乗り越えて四年ぶりに最愛の人と再会した瞬間だったわけだからね。でも彼からすると、私はきっと自分の顔を見た瞬間、急に取り乱して泣きそうになっている訳の分かんない小娘だ。実際に「えっ？」って顔してたし。……間違いなく彼の中で私の第一印象はよくなかったんだろうな。悲しい。

とりあえず一旦退室させてもらって、深呼吸してから涙でメイクが崩れてないかを急いで確認する。静かに付き添って無言で私に鏡を差し出してくれたのはもちろんアイリーン。……いやちょっと有能すぎじゃない？ 『神軍師』の生まれ変わりかな？

……うん、大丈夫。よし、今度こそ落ち着いて頑張るぞ！

「ごめんなさい、失礼いたしました」

「あ、いいえ、お気になさらず……」

「チェルシー、気分が優れないのであれば、部屋に戻って休んだらどうだ？」

「そうよ、チェルシー。無理をしてはいけませんわ」

いいえ、今が無理のしどころです。

「いいえ、もう大丈夫です。ご心配には及びません」

「……わかった。では早速だが、私から今回の依頼の詳細について説明しよう。まず今回の依頼に至った経緯だが……」

それからお父様がクエストについて一通り説明を行った。私の「夢」の話は一応対外秘なので、単に十二歳になってこれから一人で活動することが増えるから、常時私に付き添う専属護衛を探しているという趣旨の説明になった。そして私が剣術に興味を持っているので、剣術の指導も依頼内容に含まれるという説明も行われた。

これは最初に指名クエストを出す際には考えてなかった内容だけど、「彼から剣術を学んだら共通の話題にもなるし、頑張っている姿のアピールにもなる、あと将来冒険者になるなら接近戦の基礎は必要」ってことに気づいて途中から追加してもらった。だから今のクエスト内容は確か私の護衛「等」になっているはずである。その「等」が剣術指導なわけね。

真剣な顔でお父様の説明を聞くメイソン。見惚れる私。……ヤバッ、一瞬目があった。私、今、例の締まりのないデレっとした顔になってたのでは⁉　……最悪。またやらかしてしまった。やっぱ修道院だな。うん。そうしよう。それがいい。

彼がお父様に「どうして自分への指名クエストなのか」という質問をした。そうだよね、彼の立場で考えると、そこが一番謎なんだろうね。でもさすがに「うちの娘は予知能力者で君に命を助けてもらう予定だからだ」とは言えないから「クエストを受けてくれたら追々説明する」という曖昧な回答になってしまっている。いや回答にもなってないよね。

「正直、今回出していただいている条件だと、俺より遥かに高い実績を持つ冒険者を複数名、雇えると思うんですよ……。それに、俺の剣術は護衛の仕事にもお嬢様が学ぶ護身術にも向かないと思うんですよね……」

ううん、あなたじゃないといけないの。あなたじゃないと意味がないの。

私は静かに立ち上がった。

「……あの、よろしいでしょうか」

「チェルシー？」

戸惑った様子のお母様。そしてお父様は私の方を見て小さく頷《うなず》いてくれた。

ありがとう、お父様！

「今回のクエスト、きっとベックフォード様のお立場からすると、何か裏があるようであまり気が進まないお話ではないかと思います」

「いや、まあ……」

きっと彼にとっては胡散臭《うさんくさ》いことこの上ない仕事なんだろう。「この仕事には裏の事情があるけど、そこは聞かずに受諾してね」って言っているわけだから。いくらお金がよくても私が彼ならたぶん断る。でも、彼に断られたら私は困る。だから私は、世間知らずで我儘な悪役令嬢らしく、駄々をこねることにした。

「本日すべての詳細をお伝えできず、申し訳ございません。でも今回のお仕事、絶対にベックフォード様でないといけない理由があるんです。その理由はいつか必ず説明しますので、どうか前向きにご検討いただけないでしょうか。お願いします！」

「えっ、ちょっ……！」

深々と頭を下げる。もしこれで前向きな返事をしてくれなかったら次は土下座して、その次はあなたの足にしがみつきますよ？

「……わかりました。受諾します。だからどうか頭を上げてください」

「ありがとうございます!!」

やったー!!　大成功!!　これから一生、よろしくね!!　絶対幸せにするから安心してね!!

12話　向き不向きがあるようです

メイソンがうちの屋敷に来て一か月が経った。彼が引き受けてくれた私の専属護衛の業務だけど、申し訳ないことに、正直、実際にはやることがほとんどない。なぜならうちの屋敷は数々の結界や魔法陣で厳重に守られていて、おそらく王国内でも一、二を争うほど安全な場所だからである。

そして護衛対象の私自身も、お姉様レベルのチートでも出てこない限り自分の身くらいは余裕で守れるだけの魔導士に成長している。だから私に専属護衛が必要かと言われたら、ぶっちゃけ不要なのだ。

かなりの頻度で部屋に呼び出して話し相手になってもらったり、特に用事もないのに二人で外出してデートを楽しんだりはしているので、それっぽい仕事がないわけではないが、もはや「専属護衛」というよりも「お嬢様の彼氏（仮）」といった業務内容である。……実戦から遠ざかることを気にしているらしい彼にとっては、もしかしたら不本意かもしれない。

ということで、彼のローズデール家における仕事で、割とちゃんとしたものがあるとすれば、私に対する剣術の指導くらいである。

「……あの、元気出してくださいね、お嬢様。最初からうまくできる人は少ないですよ」

「……ごめんなさい」

「あっ、いいや、謝らないでください！　頑張っていらっしゃるのはよくわかってますし……」

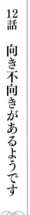

困ったような顔でフォローを入れてくれるメイソン。優しさが心にしみる。でもやっぱ落ち込むな……。しょんぼりする。

……メイソンによる剣術の指導は、正直全くうまくいっていなかった。彼が悪いわけではない。完全に私側の問題。どうやら私には剣術の才能が全くないらしく、どんなに頑張っても一向に上達しないのだ。たった一か月で強くなれるなんて剣術ナメてるんじゃねーよって？　違う違う、すぐに強くなれるなんて全く思っていない。

強くなれる云々《うんぬん》以前に、剣の持ち方、構え方、振り方、足さばきなどの基本的な部分で、その中でも特に「基礎の基礎」のところでさえ未だにまともにできないのだ。もちろん、練習をサボっているわけではない。メイソンに教えてもらっているのにそんなことするはずがない。魔法を学び始めた時と同じくらい、いや、もしかしたらそれ以上に頑張って練習している。

それなのにどうして？　同じく身体を動かす系のダンスは得意とまでは言えなくても普通にできているのに。まるで身体が剣を握ることを拒否しているかのようにうまくいかない。メイソンの構え方を完コピしたつもりで構えてみても、いつの間にか腰の引けた間抜けな構え方になってしまうし、簡単な足さばきに挑戦してみたら豪快に転んでしまう。

極めつけは会心の一撃のつもりで振った木剣が引きつった顔で私の様子を見ていたメイソンの眉《み》間《けん》に向かって勢いよく発射されたことである。簡単に避けてくれてよかったけど。

もうね、剣術をやってみたことで逆に自分がどれだけ魔法の才能に恵まれていたかがわかった。魔法では『ルイン』でやらかした時以外は、特にこれといって躓《つまず》いたこともなければ、壁に当たったこともなかった。それと比べ剣術の方は……。入り口のドアを開けた瞬間いきなり目の前に

巨大な壁が現れて跳ね返されたような感じだった。

「たぶんね、俺の教え方というか、俺の剣術自体がよくないと思うんですよね……」

「メイソンは悪くありません。私の飲み込みが悪すぎるだけです……」

「いや、そんなことないんですよ、本当に。俺の剣術って、なんていえばいいかな……。理論とか基礎の部分があまりちゃんとしてなくて、感覚的な部分にだいぶ頼っちゃってる感じなんですよね。だから初心者の方に学んでもらうには結構ハードルが高いんですよ」

「……」

「正直、お嬢様の護身のための剣術なら、国の騎士とかから体系的な指導を受けた方がいいと思うんですけど……」

「でも私はどうしてもメイソンに教えてもらいたいと思ってます。……ダメですか？」

必殺上目遣い。そもそも「あなたに」教えてもらうことがこの剣術指導の主な目的ですからね。

「……わかりました。ちょっと俺の方でもいろいろ考えて工夫してみます。……とりあえず今日はここまでにしましょう」

「……はい、ありがとうございました」


とまあ、こんな感じで剣術の練習はあまりうまくいってなくて残念だけど、それでも私は幸せだった。幸せすぎて怖いくらい。毎日メイソンの顔が見られて、彼と一緒の時間を過ごせる。もうそれだけで十分。他に何もいらない。だって前世では一週間くらいしか一緒にいられなかったからね、一か月も一緒にいられただけでもう大満足なわけですよ。

……なわけあるか。私は強欲さが売りの悪役令嬢チェルシー・ローズデール。一緒にいられるだけで大満足なわけがない。早く私のこと好きになってほしい、早く彼とイチャラブしたい、もう待てない今夜抱いてほしい。

……最後のは明らかに頭のおかしい発言だったね、すみません、自重します。

もちろん、一緒にいられるだけで死ぬほど幸せというのも本心ではあるけど、どうしても早く親密な関係になりたいと思ってしまう。なにせ私は、前世でたった一晩のサシ飲みで心の奥の奥まで完堕《お》ちした筋金入りのチョロインなのだ。

それなのに彼ときたら、なかなか手を出そうとしてくれない。めちゃくちゃ分厚《ぶあつ》い心の壁を感じる。名前で呼んでってお願いしても公私混同はよくないとかいって「お嬢様」という呼び方を貫いているくらいだ。前世ではすぐに呼び捨てにしてくれたのに。

そのくせに自分は私の使用人に近い立場だから自分のことは呼び捨てにしてくれって。その理由だとせっかくのファーストネームの呼び捨てなのに、それが好きな男性への親愛を込めた「メイソン♡」であることがちっとも伝わらないじゃん。お言葉に甘えて、こっちとしては「メイソン♡」のつもりで呼び捨てにさせてもらっているけど、なんだかとても不本意だよ！

……もう奥手すぎ。ガード硬すぎ。前世では一緒に旅をするようになって四日目にはベッドに引きずり込んだくせに！

いや、わかるよ？　前世と今とじゃ状況が違いすぎるって。前世で私が彼と愛し合っていたのは私が十八歳のとき。しかも当時の私は一週間後には修道院に閉じ込められる予定の罪人で、貴族の身分も剥奪《はくだつ》済み。そして修道院につくまでは二人きりの旅路。

……そりゃ手を出しやすいよね。お手頃だよね。後腐《あとくさ》れないよね。本人も「修道院につくまでの間だけでいいから、私のことを愛して。夢を見させて。それだけで私は一生あなたを想いながら幸せに生きていける」とか言ってたし。

それに比べ今はどうか。現役の公爵令嬢。依頼主の娘。業務上の保護対象。年齢は八歳年下で十二歳。……ハードル高っ！　ハードルというか、もはや山脈じゃん。飛び越えられるかどうか以前に、まず飛んでみたいという意欲も湧いてこないレベルの高さじゃん。

まず十二歳ってとこが致命的だよね。二十歳の大人が手を出した瞬間、即刻ロ○コンの烙印《らくいん》を押され社会的に抹殺される。貴族同士の政略結婚ならあり得ない話でもないけど、残念ながら彼は平民。「家同士の関係で仕方なく幼妻を娶《めと》る」という言い訳は成立し得ない。

公爵令嬢ってのもキツイよね。私に手を出してお父様の怒りを買ったら最悪魔道王国をまるごと敵にまわすことになるんじゃないかって思っちゃうよね。しかもあながち間違いでもないし……。お父様がその気になったら割と簡単に国家権力を動かせると思うんだ。実際に前世では娘が罪人になったというのに家はほぼ無傷だったしさ。

そして依頼主の娘ってところもね……。しかもお父様ってメイソンのことが結構気に入っちゃったらしく、割と気にかけてるんだよね。メイソンの性格なら「お嬢様に手を出す？　いやいや、お世話になっている旦那様を裏切るような真似はできない」とか思っていそうだよね。

冷静に考えると結局、私がもう少し大人になるまでは、財力・権力・魔力・人脈を総動員して死ぬ気で彼の恋路を邪魔して握りつぶしながら、時を待つしかないのかなって気がする。並行して自分を磨いて、健気《けなげ》に想い続けるなりあざとく誘惑するなり禁忌の黒魔法を習得して心を操るなりしてなんとか手を出してもらうと。……最後のはダメなやつか。

……と一人で悶々《もんもん》としながらいつものベランダで脳内作戦会議していたところに、うちの『神メイド』が声をかけてきた。

「お嬢様、少しご相談させていただきたいことがあるのですが……、よろしいでしょうか」

「もちろん！　どうぞおかけくださいな」

「ありがとうございます」

彼女から相談って珍しいね。頼りにしてくれている感じがしてちょっと嬉しい。どんなことでもちゃんと力になってあげなきゃ！　少しだけ世間話をして、本題への突入を促す。すると彼女はなんと……。

「不躾《ぶしつけ》で我儘なお願いなのですが……」

「そんなの気にしなーい。私とアイリーンの仲じゃない。なんでもどうぞ！」

「……では、私もベックフォードさんから剣術を学ばせていただけないでしょうか」

「……っ⁉」

……ま、マジっすか。ついさっき死ぬ気で彼の恋路を邪魔しながら時を待つって言ったけど、まさかお相手第一号がアイリーンになるとは。ど、どうしよう……。クールで落ち着いた性格でありながらも気配り上手で心優しいアイリーンなら、きっとどんな男性にとっても最高の彼女、最高の奥さんになれるだろう。メイソンにとってもきっとそうだ。

外見的にも性格的にもメイソンとの相性はとてもよさそうな気もする。……うん、今二人が並んでる姿を想像してみたけど、シャープな印象が共通していて、「カッコいい大人のカップル」って感じで大変お似合いである。

なんか泣きたくなってきた。……そうね。相手がアイリーンなら、仕方ないのかもしれない。もしどうしてもメイソンを誰かに譲らないといけないのであれば、その相手はアイリーンがいい。すぐには祝福できないかもしれないけど、相手がアイリーンならいつかは「メイソンのことをよろしくね」と心から思えるようになるかもしれない。

……いや、でもやっぱり嫌だ、諦めたくない。最後は諦めないといけないかもしれないけど、せめてメイソンの気持ちを確かめてからにしたい。でももしメイソンとアイリーンがもう両想いだとしたら？　私耐えられるのかな？　……妾《めかけ》や愛人としてメイソンの側においてもらえないか、メイソンとアイリーンにお願いしてみる？

「……あっ、ご、ごめんなさい、お嬢様。言葉足らずでした！　お嬢様は今、間違いなく誤解をされています!!」

驚きとショックと絶望で顔面蒼白になった私を見て、何かに気づいたのかアイリーンが慌てて叫んだ。……あれ？　私なんか勘違いしてる？

な、なーんだ。よかった。完全に私の早とちりだった。やだもう、恥ずかしい。

どうやらアイリーンはメイソンのことが好きになって彼にお近づきになるために剣術を学びたいわけではないらしい。「ベックフォードさんからお嬢様を奪いたいと思うことはあっても、お嬢様からベックフォードさんを奪いたいと思うことは絶対にありませんから安心してください」ってことを、柔らかい微笑みを浮かべながら言ってた。……なんかセリフの前半部分に慎重な解釈を必要とするところがあるような気がして、ちょっと安心はできないかな。

どうやら彼女は、メイソンが屋敷に来てからの私の行動を見て、メイソンと一緒になるためなら私は本当に家を出て冒険者になるかもしれないってことを痛感したらしい。そしてもしそうなったとしても一生私のメイドでいたいから、そのためには自分にも身を守るスキルが必要と考えて、剣術を学ぶ気になったらしい。

で、剣術を学ぶ相手がメイソンなのは、彼の剣術が実戦向きというのもあるけど、何よりもメイソン本人が「護衛はそもそも必要なのかどうかも怪しいし、お嬢様の剣術指導は結果が出ない。自分は完全に給料泥棒だ」と自らの存在意義を疑ってるらしく、実際に私を構っている時以外は割と暇を持て余している彼から学ぶのがちょうど良いと思っただけらしい。

……なんて健気で優しい子なんだろう。先ほど勝手に彼女をライバル視して「すぐには祝福できないかもしれないけど」みたいなことを抜かしてたどっかのクズ主人に闇属性の上級魔法をぶっ放してやりたい。

冒険者夫婦がメイドを雇うというのも変な話だけど、……うん、彼女のために頑張ろう！　高収入が得られる仕事を探して、私の収入でアイリーンを一生養ってあげれば良いんだ。うん、それがいい！　魔道具の製造販売とか良いかもしれない。今度そっち系の魔導書を読んでみよう！

翌日、いつものようにメイソンに私の部屋に来てもらって、アイリーンへの剣術指導について打診してみた。二つ返事で快諾《かいだく》してくれて、その分の給料は別途支払うという提案は辞退されてしまった。なんて純粋で誠実な青年なんだろう。やっぱ彼が悪い女に騙《だま》されないよう、私が守ってあげなきゃ！

そこから雑談に持ち込んでいつものようにメイソンの話を聞きながらニコニコしていたところで、珍しくメイソンの方から話題を変えてきた。

「そういえば前から気になってたんですけど……」

「お、私への質問ですかぁ？　どうぞ♪」

「ではお言葉に甘えて……。えっと……、その、今回の仕事が、指名クエストになった理由、まだ伺《うかが》ってないかな、って」

あ、そういえばそれまだ言ってなかったな。忘れてた。

「……ああ、そういえばまだお伝えしていませんでしたね。ごめんなさい」

「あ、いえ、もしまだ言えないような内容でしたら全然いいんですけど」

「別にお伝えできない内容ではないんですけど……。かなり突拍子もない話なんですよね……」

「……もしよろしければ教えていただけませんか。正直ずっと気になってて」

そうだよね。気になるよね。契約前は「裏事情」みたいな感じで誤魔化《ごまか》してたから、なんとなく聞きにくかったんだろうしね。申し訳ないことをしたな。

「……そうですよね。私、いつか必ずお伝えすると言ってましたしね。わかりました。というかお伝えするのが遅くなってごめんなさい。……でも一つだけ、約束していただけますか」

「……」

真剣な表情でほんの少しだけ首を縦に振ることで「続けて」の合図をする彼。

「これからお話しする内容をすべて信じてほしいとは言えませんし、正直、話を聞いたら馬鹿馬鹿しいって思ってしまうかもしれません。でも、それでも『うちを去る』ということだけはやめていただきたいんです。……指名クエストになった理由がどんなものであっても、これからもうちでお仕事を続けていただけますか」

「……はい。それはお約束します」

これから予知夢だの命の恩人だの訳のわかんない話をするわけだ。「小娘の妄想なんかに付き合ってられるか」と思われるかもしれないけど、それでうちを出てってもらっては困る。だから、事前にこれからも一緒にいてくれるという言質《げんち》をとっておきたい。ズルい小娘で結構。目的のために手段は選びません。

「……ありがとう！　では、少し長くなりますけどご説明しますね。えっと、どこからお話ししよう。……そうですね。まずは、ローズデール家に伝わる『見通す眼』と呼ばれる能力について」

そこから私は、彼を探し出して屋敷に来てもらうことにした理由について言葉を選びながら説明した。「前世」とか「運命の人」とかの本音に近い内容は伏せて、基本的にお父様に説明した内容に寄せた内容にした。

一瞬「あなたは前世からの恋人で私の運命の人。だから今すぐ抱いてください」とおねだりしてみるという素敵なオプションが浮かんできたけど、さすがにドン引きされるよね。彼にドン引きされたらそれこそ修道院行き待ったなしである。よし、よく自制した、私。

真面目な話、彼には私が「前世」とか「予知夢」が理由で彼のことが好きになったと思われたくなかった。いや、まあ……、実際には前世の彼に惚れたわけだけど、それだと今私の目の前にいるメイソンはきっと良い気はしないし、納得もできないだろう。そしてそんなぶっ飛んだ理由で彼が好きだという小娘のことを好きになってくれるはずもない。

だからきっかけは前世だとしても、私は今のメイソンと向き合ってまた彼のことを愛していきたいし、彼にもこれからの私を見て少しずつ私のことを好きになってもらいたい。……まあ、前世の影響で出会った瞬間、いや出会う前から好感度ＭＡＸだった究極のチョロインのくせによく言うよって話だけど。

私の話を真剣に聞いてくれた彼は、どうやら私の『見通す眼』の話に納得した様子だった。なんか嘘をついているようで良心の呵責《かしゃく》が半端ない。てか嘘ついてるよね。……嘘つきの彼女（仮）でごめんなさい、メイソン。将来ベッドでいくらでもお仕置きしてね。……彼が来てから自制が利かなくなってきてるな、私。気をつけなければ。

ちなみに翌週から早速メイソンによるアイリーンへの剣術指導が始まったが、アイリーンは剣術に凄まじい才能を持っているとのことで、初日で私の一か月分の進捗《しんちょく》を超えてしまったらしい。

……か、悲しくないもん！　ぐすん

13話　知らない間に夢に出演していた件【メイソン視点】

ローズデール公爵家の屋敷に来て一か月が経った。住み込みの使用人用の別館二階に用意してもらった自分の部屋にもだいぶ慣れてきた。使用人用の部屋だといってもルバントンで借りていた部屋よりはるかに豪華で広々とした部屋である。

旦那様や奥様、お嬢様に使用人の皆さんまで、この屋敷には気さくな人が多く、割とすぐに打ち解けることができた。旦那様、奥様、お嬢様に関しては気さくというより、やたらと俺に友好的な感じさえする。

契約は一か月一万五千ゴールドの固定報酬の一年契約にしてもらった。旦那様には「クエスト依頼書の記載を大幅に下回る条件での契約などできん」って言われたけど、一日千ゴールド＋成功報酬だと逆に金額がプレッシャーになって安心して働けないと言って、こちらの主張を通させてもらった。「君はとても誠実な青年だね」って褒められた。

で、その契約条件だけど、今思うと、自らの減額交渉をしておいて本当によかったと思う。でも同時に、もっと低い金額と短い契約期間にすべきだったなと後悔もしている。

なぜかというと、ここでの仕事は、あまり……いやほとんどやることがないから。ぶっちゃけ護衛に関してはそもそも必要なのかどうかも怪しい。屋敷は数々の結界や魔法陣で厳重に守られていて、おそらく王国内でも一、二を争うほど安全な場所とのことだった。

そして護衛対象であるお嬢様は、なんと十二歳ながら将来を有望視されている凄腕の魔導士とのことで、この屋敷でもっとも強いのは間違いなくお嬢様本人らしい。……そんなに強いなら護衛要《い》らなくない？

護衛として外出に付き添うことは割と頻繁にある。ただ、外出の付き添いといっても非常に治安の良い街中でお買い物や遊び、外食などに付き合っているだけで、護衛らしい仕事は一度もしたことがない。貴族の専属護衛というのは元々こういう仕事なのかもしれないけど、このままでは腕がなまってしまうんじゃないかというのが非常に心配である。だから毎日のトレーニング量を増やした。でも実戦感覚はどうにもならないんだよね……。

で、そんな要らない子の俺にできることがあるとすれば、それはもう一つの業務であるお嬢様への剣術指導だった。そもそも凄腕の魔導士なら剣術は習わなくてもいいじゃん、とも思うけど、なぜかお嬢様のモチベーションは非常に高く、とても真摯《しんし》に練習に取り組んでくれている。しかしながらこれがまた、全くうまくいっていない。

「……あの、元気出してくださいね、お嬢様。最初からうまくできる人は少ないですよ」

「……ごめんなさい」

「あっ、いや、謝らないでください！　頑張っていらっしゃるのはよくわかってますし……」

……そう、正直に言って、お嬢様は剣術の才能に恵まれているとは言えなかった。だからこそ本気で剣術を学びたいなら基礎や理論がしっかりしている国の騎士か、剣術指導のエキスパートからちゃんとした指導を受けるべきじゃないかと思う。正直、教えることに関しては素人《しろうと》の俺では力不足ではないか、ということをこの一か月で痛感していた。

「たぶんね、俺の教え方というか、俺の剣術自体がよくないと思うんですよね……」

「メイソンは悪くありません。私の飲み込みが悪すぎるだけです……」

「いや、そんなことないんですよ、本当に。俺の剣術って、なんていえばいいかな……。理論とか基礎の部分があまりちゃんとしてなくて、感覚的な部分にだいぶ頼っちゃってる感じなんですよね。だから初心者の方に学んでもらうには結構ハードルが高いんですよ」

「……」

「正直、お嬢様の護身のための剣術なら、国の騎士とかから体系的な指導を受けた方がいいと思うんですけど……」

「でも私はどうしてもメイソンに教えてもらいたいと思ってます。……ダメですか？」

そう言いながら上目遣いで俺を見つめるお嬢様。……か、可愛い。

「……わかりました。ちょっと俺の方でもいろいろ考えて工夫してみます。……とりあえず今日はここまでにしましょう」

「……はい、ありがとうございました」

うーん、どうしたらいいのかな。というか、そもそもなんでどうしても俺がいいんだ？　あっ、そういえば俺、この仕事が指名クエストになった理由、まだ聞けてないや……。

自分が剣術を習っていた時のことを思い出してみる。

『オラ、立て。構えろや。まだまだ終わんねぇぞ。自分が腹痛めて産んだ息子がこんなクソ軟弱なガキだなんて、アタシはぜってー認めねーからな』

『あぁん？　なんだその腑抜けた攻撃は！　殺すつもりでかかってこいやボケ！　じゃないとテメー、自分のかーちゃんにぶっ殺されっぞ？』

……うん、死と痛みを恐れる生き物の本能だけを頼りに、必死に身体を動かしていただけだったね。だから基礎も理論もないんだよ。死にたくないから必死に動きまわり、死ぬ気で攻撃しないと痛めつけられるから全力で攻め込む。ただそれだけだった。だから人に教えるとなると基本「俺の動きを見て真似してください」になっちゃう。

あっ、誤解がないように言っておくと、別に母から虐待を受けていたとかそういうわけでは全くない。剣術の鍛練の時間以外は普通に明るくて楽しいお母さんだった。良い意味で二重人格に近かったかもしれない。母の教え方が厳しいのを知っていながら「剣術を学びたい」と言い出したのは俺だったし。

「剣術は殺人技術だから、それを使う場面は命のやり取りをする場面。そういう場面になったとき、子供たちが生き残る確率が少しでも高くなるよう、最大限厳しく指導するのがアタシの精一杯の愛情」と母は言っていた。「最大限」の加減はちょっとあれだったけど、やっぱり母には感謝している。

ちなみに三歳上の姉は幼い頃から騎士を目指していて、俺と同じ方向性で母の愛情をたっぷり受けて育っている。十歳の我が娘の顔面に割と本気の蹴りを入れる母の姿を見て、「剣術学びたいなんて言わなきゃよかった」と死ぬほど後悔した七歳の時の思い出が記憶に新しい。二歳下の弟は俺たちより賢い子で、姉と兄の姿を見て思うところがあったのか剣術のけの字も出さず、自分は父の店を継ぐと早々に宣言した。

懐かしい思い出話で盛り上がってしまったが、やっぱりお嬢様のこと何とかしてあげたいな。実は俺も決して剣術の才能に恵まれている方ではなかった。今、騎士として順調に出世していると聞く姉の才能に比べると、正直比較にならないくらい劣っていた。たぶん今でも姉には全く歯が立たないと思う。

それでも剣士系ジョブの最上位職にあたる「ソードマスター」になれたし、冒険者としてそれなりに実績も残している。だから才能に恵まれていなくても、本気で強くなりたいと思っているならなれるはずなんだ。その点、お嬢様のモチベーションと練習量は本物だからな。だからお嬢様が本気で剣術を学びたいと思っていて、その指導を俺に任せたいと思っているなら、その気持ちと信頼に応《こた》えたい。

……あと、これだけの給料をもらっているのに護衛はやることがなくて剣術指導は結果が出ないというのもさすがに申し訳ない。そういった意味でもなんとかしないと。


翌日、いつものようにお嬢様の部屋に呼ばれた俺は、お嬢様の専属メイドであるキャスカートさんにも剣術を教えてもらえないかと打診された。キャスカートさん本人の希望らしい。キャスカートさんは俺が屋敷についた初日、サロンに案内してくれたメイドさんで、お嬢様の専属同士ということで割と仲良くさせてもらっている。

二人ともお嬢様と一緒にいる時間が長いから接点が多いし、予想通りものすごく有能な人なので、俺としては今では屋敷で一番頼りになる先輩だと思っている。彼女はポーカーフェイスな人だから俺のことをどう評価しているかは全く読めないけど。……それにしてもなんでまたメイドさんが剣術を？　まあ、正直暇だし俺としては大歓迎だけど。

お嬢様からはキャスカートさんの指導分は別途報酬が支払われるように手配すると言われたけど、全力で辞退させてもらった。キャスカートさんの指導分を考慮しても、今の給料で十分というか、もらいすぎですって。

で、その後はいつもの雑談タイムになった。このベランダでお嬢様と話をするのはもう何度目だろう。お嬢様は俺の話を聞くのがとても楽しいらしく、生まれてからローズデール家に来るまでの自分の人生をあらかた語りつくしてしまった気がする。

いろんな質問もされた。外国出身と聞いているけど具体的にはどこ出身なのかとか、剣術は誰から学んだのかとかいう世間話レベルの質問から、今付き合っている人はいるか、年上と年下どちらが好きかといった女子なら誰でも興味があるような質問、あと「マリー」という名前か愛称を持つ知り合いがいるかという謎の質問もあった。

確か「今付き合っている人はいない」、「好きになった相手なら年齢は気にしない」、「マリーという知り合いはいない」と答えたけど、お嬢様はうんうんと満足そうに頷いて、その後はしばらくご機嫌だった。前の二つはおいといて、最後のは未だに質問の意図も意味もよくわかんないけど、まあ、いずれにしてもお嬢様が満足ならよかったよ。

でも、そうだな。今日は良い機会かもしれない。俺のことはもう結構語りつくしているし、前から気になっていることを聞いてみよう。話のキリが良いところで……。

「そういえば前から気になってたんですけど……」

「お、私への質問ですかぁ？　どうぞ♪」

「ではお言葉に甘えて……。えっと……、その、今回の仕事が、指名クエストになった理由、まだ伺ってないかな、って」

「……ああ、そういえばまだお伝えしていませんでしたね。ごめんなさい」

「あ、いえ、もしまだ言えないような内容でしたら全然いいんですけど」

「別にお伝えできない内容ではないんですけど……。かなり突拍子もない話なんですよね……」

「……もしよろしければ教えていただけませんか。正直ずっと気になってて」

「……そうですよね。私、いつか必ずお伝えすると言ってましたしね。わかりました。というかお伝えするのが遅くなってごめんなさい。……でも一つだけ、約束していただけますか」

「……」

真剣な表情でほんの少しだけ首を縦に振ることで「続けてください」の合図をする。内容を聞く前に全面的に「約束します」なんて無責任なことはいえないからね。それにしても何だろう。これから話す内容は極秘だから誰にも言ってはいけない。漏らしたらあなたの命を保証できない、とかかな……？

「これからお話しする内容をすべて信じてほしいとは言えませんし、正直、話を聞いたら馬鹿馬鹿しいって思ってしまうかもしれません。でも、それでも『うちを去る』ということだけはやめていただきたいんです。……指名クエストになった理由がどんなものであっても、これからもうちでお仕事を続けていただけますか」

「……はい。それはお約束します」

そもそも一年契約を結んでいるし、お嬢様の剣術指導も今の状態で投げ出すつもりはない。指名クエストになった理由はどうしても気になるから聞いているだけで、それがどんな理由だとしても契約を破棄して去るつもりは全くない。

「……ありがとう！　では、少し長くなりますけどご説明しますね。えっと、どこからお話ししよう。……そうですね。まずは、ローズデール家に伝わる『見通す眼』と呼ばれる能力について」


お嬢様から聞かされた指名クエストの理由は、確かに突拍子もないものだった。お嬢様はローズデール家に伝わる『見通す眼』と呼ばれる予知能力を持っていて、八歳の時に一度だけ予知夢を見たらしい。どうやらその予知夢の中で俺は命の危機に直面したお嬢様を助けていたらしく、将来お嬢様に迫ってくるかもしれない命の危機への保険として俺を探し出して専属護衛として雇うことになったとのことだった。

俄《にわ》かには信じがたい話だけど、他に俺が一度も訪れたことがない魔道王国の大貴族から指名されるような理由もないから、おそらく事実なのだろう。ギルドに届いていた俺のフルネーム、年齢、ジョブ、使用武器、外見の特徴をよく捉えていながらも妙に美化されていた似顔絵もすべて彼女の夢から出てきた情報らしいし。

……予知夢の中で俺が命を助けていたなら、別に探し出さなくてもその時が来たら出会っていたんじゃないの？　とは思った。でも命に危機が迫っているかもしれないなら早めに手を打っておきたいという気持ちも分かる。しかもローズデール家にはそれができる財力と権力がある訳だし。

それなら破格の報酬を出してでもなんとか俺をローズデールの屋敷に置いておきたいのも、公爵家の皆さん、特にお嬢様が最初から俺にやたらと友好的だったのもすべて説明がつく。俺はお嬢様の命への保険で、お嬢様本人にとっては将来の命の恩人だから。

そして初対面の時にお嬢様が急に取り乱して動揺したのは、もしかしたら俺の顔を見た瞬間、夢の中で見た自分の命の危機の場面がフラッシュバックしたからなのかもしれない。うん、すべて辻《つじ》褄《つま》が合うね。

でもそれだとあれだな。お嬢様が夢で見たという「俺が命を助ける場面」が実現しない限りは、俺はずっと彼女の護衛をしていないといけないという話になっちゃうね。……高給まったりの理想的な職場ではあるけど、その後どうするんだ。俺、腕がなまって全く使えない冒険者になるんじゃないの？　大丈夫？

……まあ、それを今考えても仕方がないので、とりあえずあまり深く考えないで一年間はお嬢様とキャスカートさんの剣術の指導を頑張るしかないね。うん、そうしよう。

次の週から剣術の訓練を始めたキャスカートさんにはうちの姉に勝るとも劣らない剣術の才能があった。簡単なものなら俺の動きを一度見ただけで完璧にコピーできちゃうくらい。この才能の差にお嬢様が落ち込まないといいけど。

……お嬢様のための指導法、頑張って考えよう。

14話　忘れられていた少女【アイリーン視点】

私の名前はアイリーン・キャスカート。十八歳。職業はメイドで職場兼住処《すみか》はローズデール公爵家。そのローズデール公爵家の遠戚にあたるキャスカート男爵の三女として生まれた。父にあたる男爵は若い頃から生粋《きっすい》の遊び人で、私にはわかっているだけでも五人の異なる母親から産まれた六人の兄弟姉妹がいた。

私も正妻の子ではなく、メイドだった母に男爵が気まぐれで手を出して産ませた子供だった。ただ、男爵は正妻の子も妾の子も全く区別・差別をしない人物だった。彼が子供を可愛がるかどうかの基準は非常に明確で、それは魔力の強さと魔法の実力のみだった。

男爵は、魔道王国の貴族の間では比較的一般的な考え方——強い魔力には絶対的な価値があるというものを異常なまでに強く信奉《しんぽう》している人間だった。それはもしかすると、本人の魔力が微弱であることに対するコンプレックスからくる反動だったかもしれない。ただ、この国で強い魔力を持つ貴族子女は、それだけで結婚相手としての価値がグンと上がるので、男爵はある意味現実的で合理的な考え方を持っていたと評価できるかもしれない。

もちろん、自分を含む七人兄弟で、唯一魔力を全く持たない（正確には魔力を認識できない）私にとってはこれ以上なく都合の悪い考え方だったが。……ということで、男爵にとって私はいないも同然の存在だった。男爵から虐待を受けたことは一度もない。何せ顔を合わせたこと自体がほとんどないのだから。母が生きている間は母と二人で、使用人用の別館で静かに暮らしていた。穏やかな普通の母子家庭だったと思う。

たまに思い出したかのように兄弟姉妹がいじめや嫌がらせはしてきた。でもそれはおそらく、彼らにとって私が理由もなく虫を踏み殺す、子供の気まぐれな残虐性を向けるのにちょうど良い実験体だったり、ギスギス&ドロドロ状態の本宅で溜めたストレスを発散するためのちょうど良いサンドバッグだったりしただけだと思う。だからほとんどは単発的なもので、執拗に続いたものはなかった。

十一歳の時、病弱だった母が亡くなってからも、私の唯一の話し相手で心の拠《よ》り所が消えてしまった点を除き、キャスカート男爵家は平常運転だった。私をいじめていた兄弟姉妹は年長の者から一人ずつ魔道学園に入学し、そうでなくても私に対する興味を失い、私の日常はどちらかというと前よりも平穏なものになった。

ただ、その平穏な私の日常は、いわば「ただ生きているだけ」。ほとんどの日を誰とも会わず、誰とも喋らず過ごした。衣食住に困ることはなかったが、生きる意味を見出すことは残念ながらできなかった。私のこの「平穏な日常」は約三年続いた。

十四歳のある日、男爵からの呼び出しがあった。呼び出しの理由は私の進路だった。

『ごめん、ちょっと忘れてたけど、君は魔道学園に行かないんだからこれからどうするか決めないといけないと思ってさ』

人懐っこい笑みを浮かべながらそう言ってきた男爵から、二つの選択肢を提示された。一つ目は六十代の老貴族の後妻におさまること。二つ目は遠戚のローズデール公爵家で住み込みのメイドとして働くこと。

『たぶん楽なのはこっちだと思う。ローズデール公爵のところはなんか厳しいところに配属されるらしいんだよね。あ、もちろん、もう男とかいるんだったら今夜にでも適当に出てってもらってもいいよ。どうする？』

男爵はまるで「今日の夕飯、何にする？」といった質問をする時と同じような気軽さで、私の今後の人生が決まる選択をその場で行うことを要求した。話を聞きながら、たぶん彼が「ちょっと忘れてた」のは「私が魔道学園に行かない」という事実ではなく、「私の存在」だろうな、とぼんやり思っていたのを覚えている。


私はローズデール家で働く道を選んだ。男爵の返事は「あ、そっち？　了解！　じゃ、手配しとくから、今週中に荷物まとめといてね」という、相変わらず気楽で陽気なものだった。

ローズデール家で私が配属された「厳しいところ」は、公爵家のご令嬢、チェルシーお嬢様の専属メイドというポジションだった。どうやら彼女は甘やかされて育った大変我儘なお嬢様で、しかもかなり攻撃的な方向性でその我儘さを発揮するため、すでに複数人のメイドを辞めさせているという話だった。

最初の一週間は確かに噂通りの方だった。いじめや嫌がらせに十分な耐性を持っていた私にとってはそこまで苦ではなかったものの、普通の環境で育った女の子がこのお嬢様に仕えるのは厳しかったんだろうなと思った。「八歳の子供がこんなにも痛いビンタをするんだ」となぜか感心しちゃったのも覚えている。きっとビンタをすることに慣れていたんだろうな。

しかし、私が屋敷に来て一週間で状況は一変した。原因不明の高熱を出して二日も寝込んでしまったお嬢様は、その後熱は下がったものの、高熱の後遺症で記憶障害を発症した。そして記憶障害との関連性は不明だが、回復後のお嬢様は性格が大幅に変わっていた。

『ごめん、気にしないで。わかりました。大人しくベッドで待ってます。ありがとう』

『今まで本当にごめんなさい。これからは態度を改めますので、どうかこれからもよろしくお願いします』

『驚かせてごめんね。ちゃんと謝っておきたくて』

『ありがとう。不束者ですが、どうぞ末永くよろしくお願いします』

お嬢様の熱が下がった日のことは今でも覚えている。正直、途中から熱を出したのは実はお嬢様ではなくて私で、自分は幻覚や夢を見ているんじゃないかと思った。そしてその日、お嬢様はその小さな身体で私のことを抱きしめてくれた。私の記憶に残っている限り、私を抱きしめてくれた人はお嬢様が二人目で、亡くなった母以外では彼女が初めてだった。

その日以来、お嬢様はなぜか目に見えて私のことを優遇し、贔屓《ひいき》し始めた。他の使用人に対しても我儘は一切言わなくなっていたが、私に対する扱いは明らかに他とは一線を画していた。何せご家族に対しても割とドライで事務的な態度をとるようになったお嬢様が、私にだけは常に弾けるような笑顔で、まるで大好きな姉を慕う妹のように甘えてくるのだ。

どれくらい優遇や贔屓をいただいていたかというと、屋敷の内外で「チェルシーお嬢様は体調を崩してからご自身の専属メイド以外は誰にも心を開かなくなった」という噂が出回るほどだった。

いや、単なる噂と呼ぶにはあまりにも事実に基づいた話だったから「内部情報がリークされた」という表現が正しいかもしれない。

私自身も贔屓をしていただいている理由が全く分からなかったので、お嬢様本人に思い切って質問してみた。「なぜ私だけをそんなに可愛がってくださるのですか」と。するとお嬢様は一瞬回答に困ったような表情を浮かべたが、その後「特に理由はない。ただアイリーンのことが大好きだから」と答えてくれた。その時が、私が母以外の人間から初めて「大好き」と言われた瞬間だった。

御礼のついでに特に深い意味もなく「母以外の人から初めて大好きと言われた」ことをお嬢様に伝えたところ、驚いた顔をされたお嬢様はそれ以降、何の脈略《みゃくらく》もなく頻繁に「大好き」と言ってくださるようになった。

そんな日々がしばらく続き、お嬢様が私だけを優遇するのが面白くないと思った使用人がいたのか、いつの間にか「私がお嬢様に呪いをかけ、洗脳したのではないか」という噂が流れた。その噂が原因で、私は使用人たちの間で少し孤立することになった。

他人からの悪意に慣れている私は特になんとも思わなかった。呪いがかけられる＝呪術系の魔法が使える＝魔力を持っているということだから、「もしそうだったら私はここに来てないけどね」と呟きながら苦笑いはしたけど。

でもどこからかその噂を聞きつけたお嬢様は顔が真っ赤になるほど激怒し、数日後、噂を広めた張本人を吊し上げて自主退職させてしまった。その後、なぜか他の複数人の使用人から謝罪を受けたことを覚えている。こっちは全くなんとも思っていなかったので逆に謝罪に戸惑ってしまったけど。

この事件がきっかけで私は変わった。というか思い出した。「今回は許してあげるけど、次、また困っていることを私に相談してくれなかったら今度こそ私は修道院に行く」と宣言するお嬢様の姿を見て、自分の心の中にあった大きくて重い何かが溶けてなくなる感じがした。

気がつけば、私は自分も知らないうちに自分からお嬢様を抱きしめて涙を流していた。母を亡くしてから自分が涙の流し方を忘れていたことにその時気が付いた。涙と一緒に世界を覆っていた灰色の膜が溶け落ちて、私の世界に色が戻っていた。

思えば、それまで母以外の人から善意や好意を受けたことがほとんどない私は、お嬢様が向けてくださる好意をどう受け止めて処理すれば良いかが分かっていなかった。というよりも、他人の善意や好意とはどのようなものかということ自体、忘れてしまっていた。

私を守りたいと思ってくれる、私のために怒ってくれる、私の力になりたいと思ってくれる、私のことが好きと言ってくれる。私に笑顔を向けてくれる。「……そうだった、善意とか好意ってこういうものだったよね」ということを、私はその日やっと思い出すことができた。

そして今までほとんどのスペースを占領していた「大きくて重い何か」がなくなって空っぽになった私の心の中は、それまでに蓄積されていたお嬢様に対する「好意と善意」で一瞬にして埋め尽くされた。

お嬢様は予知能力を持っていた。高熱を出された八歳の時にその予知能力が発動し、極めて限定的な範囲ではあるものの、予知夢を見られたとのことだった。お嬢様からその話を聞いた瞬間、私の中の長年の疑問が三つ解決された。

一つ目は熱が下がってから急激にお嬢様の性格が変わられたところ。その変化は記憶障害だけではなく、予知夢、それも近い将来に命の危機に直面する内容の予知夢を見たことが強く影響したのだろうなと思った。もしかしたらお嬢様は、夢で見た「殺されそうになる未来」を変えるために行動を改めようと考えたのかもしれない。

二つ目は、これは完全に推測の域を出ないが、私のことを贔屓してくださるようになった理由である。お嬢様はその辺のことは何もおっしゃっていなかったが、もしかしたら予知夢の中の私は他の使用人や、場合によってはご家族よりもお嬢様にとって好ましい行動をとった人物だったのかもしれない。もしそうだとしたら……夢の中の私、よくやった！

三つ目は、お嬢様がたまに寝言で名前を呼ぶ「メイソン」という人物の正体。お嬢様の言葉によるとその人は夢の中でお嬢様の命を救ったうえで、お嬢様と結ばれる彼女の「運命の人」らしい。そして彼は冒険者で、お嬢様が幼い頃から魔法を頑張ってこられたのも、いつかその方と一緒になるための努力だったとのことだった。

お嬢様が婚約の話をすべて断っているのも、もちろんその「運命の人」と結ばれるためだった。お嬢様の言葉からは、夢の中で出会えた「運命の人」に対する深い好意と愛情が滲《にじ》み出ていた。もちろん、お嬢様は私にも好意や愛情を向けてくださるが、彼に対する好意や愛情が私に対するそれとは違う種類のものであることは、私にも伝わってきていた。

……妬《や》けちゃうな。お嬢様がすべての婚約話を即刻断るものだから、いつの間にかお嬢様と私が実は同性カップルではないかという噂が流れて、正直とても嬉しかったのに。可能性が低いことを知っていながらも、本当にそうなってほしいと心から願っていたのに。

一応誤解が生じないように弁解しておくと、決して私が自ら噂を流して自作自演をしていたわけではない。……いや本当に。

お嬢様の予知能力が判明したのは、焦ったお嬢様がもっとも信頼する私とシルヴィア様にどうすれば良いかを相談してきたことがきっかけだった。お嬢様は何を焦っていたか？　それはお嬢様の「運命の人」が、早急に探し出して屋敷に連行しないと他の女性と結ばれる可能性があるというものだった。

そのことを聞いた私は、「放っておくと他の女と結ばれるような男が本当に『運命の人』なんですか。ただの浮気者じゃないですか。私なら絶対にそんなことはしませんよ、私にしときませんか」って、興奮して心の中で叫びまくっていた。

そしてシルヴィア様も「……ねえ、チェルシーさん、あなたの運命の人ってやっぱりアイリーンさんじゃありません？」と素敵なことをおっしゃっていた。やっぱりどう考えてもそうですよね。シルヴィア様、それお嬢様にもっと言ってやってください。

15話　忘れていた事実【アイリーン視点】

（つ、疲れた……！）

なんとか自分の部屋にたどり着いた私は、そのままベッドに崩れ落ちた。まるで全身に重りがついているかのような身体の重さ。身体の節々が痛む。「もう一歩も動けない」という言葉は今の私のためにある。それくらい疲れた。体力には割と自信があったのにな……。

今日はベックフォードさんによる剣術レッスンの日だった。レッスンを受けるようになって二か月、彼の指導はどんどん激しさや厳しさを増している。彼曰く、教えたら教えた分だけ上達するから楽しくなってついやりすぎてしまうと。

……レッスン初日の会話を思い出してみる。

『……本当に剣を握ったのも今日が初めてなんですか』

『はい。でも、お嬢様の剣術レッスンは何度か見ていましたので』

『あー、なるほど。お嬢様のレッスンを参考にして一人でステップの練習とかはされていたと』

『いえ、ただ、見ていた内容がなんとなく頭に入っているので、今それも思い出しながら真似してみました』

『……』

私の言葉にポカーンと口を開けて情けない顔をしていたベックフォードさん。どうやら私には相当なレベルの剣術の才能があるらしい。ベックフォードさんは「天才」だの「二年頑張れば一流の冒険者にも優秀な騎士にもなれると思う」だの大袈裟なこと言っていたかと思えば、しまいには「ちょっと羨《うらや》ましいくらい……」と苦笑いしながら呟いていた。

は？　今なんて？　あなたが私のことを「うらやましい」と？

……なかなか素敵な嫌味をいう人だと思った。たぶんその言葉を言われた時の私、さすがに憮然《ぶぜん》とした顔になっていたと思う。もちろん、彼が嫌味のつもりで言ったわけではないことは分かっていたけどね。でも苦笑いしたいのはこっちだよ。

冒険者メイソン・ベックフォードの存在は、お嬢様の命を守るための保険になる。彼がお嬢様の「運命の人」だという話は私にとっては受け入れたくないものだったが、彼を全力で捜索して屋敷にお連れすること自体については、もちろん私に不満などあるはずがなかった。むしろ一刻も早く来てもらわねば。

お嬢様から相談を受けた旦那様と奥様によって、お嬢様の予知能力が『見通す眼』と呼ばれる、ローズデール家に伝わる由緒正しいものであることが判明した。そしてローズデール家は直ちにベックフォードさんの捜索に乗り出した。ローズデール家が本気を出せば、大陸から冒険者一人探し出すのはそこまで難しい話ではなかったようで、一か月ちょっとで彼が見つかったとの連絡がきた。シルヴィア様がご提案された捜索方法がよかったのかもしれない。

いずれにしてもその連絡を受けてからのお嬢様ときたら……。もうね、「恋する乙女」とは何かを全身で表現するような状態になってしまっていた。二十四時間ご機嫌MAXの状態が続き、空き時間は彼との出会いや将来のことを想像されているのか、蕩《とろ》けそうな顔でボーっと海を見つめることが多くなった。

普段はほとんど興味を示されないドレスやアクセサリー、香水などを旦那様におねだりしたかと思えば、シェイプアップのためにダンスレッスンを増やし、毎日入念にお肌、髪のケアを行っていた。極めつけは、興奮を抑えきれないといって屋敷のビーチで強力な魔法を放ち、驚いた奥様に雷を落とされてしまったことだった。

……うん、あれはヤバかったよ。何の魔法を使われたのかは分からないけど、あれは本当にヤバかった。台風の時の数倍、いや数十倍、海が荒れていたからね。クラーケンかシーサーペントが襲ってきたのかと思った。

ベックフォードさんが屋敷にやってきた日。私は中庭で彼をお迎えしサロンにご案内する役目をいただいていた。そして初めて会ったお嬢様の「運命の人」は……、なんというか、少し拍子抜けする相手だった。あれだけの魔力を持つお嬢様でさえ回避できなかった命の危機を救える戦士ということで、どんな化物がやってくるのかと思っていたのだが……。

一言でいうと「平凡」。魔王のような威圧感も、勇者のようなオーラも感じられない、割とどこにでもいる冒険者か傭兵風の青年。持っていた二本の剣もどう見ても「聖剣」とか「魔剣」の類《たぐい》には見えない。やや長身の標準体型で、シャープな印象を与える顔は「整っているといえば整っているかな」といったレベル。

それなのに彼の顔を初めて見たお嬢様は、夢見ていた王子様と出会えたことの感動が抑えきれないといった感じで、感極まって涙までこぼしそうになっていた。私を含む三人のメイドが四時間かけて仕上げたメイクが崩れることを気にしてくださったのか、なんとか涙は必死に我慢されていたけど。

結局お嬢様のやや強引な説得の成果もあり、ベックフォードさんは無事ローズデール家でお嬢様の専属護衛兼剣術教師として働くことになった。そしてベックフォードさんが来てからのお嬢様は……予想通り「恋する乙女」状態が標準モードになってしまった。

空き時間は頻繁にお部屋にベックフォードさんを呼んで、ニコニコ幸せそうな笑顔で彼との談笑を楽しむ。隣に控えていることが多い私まで、ベックフォードさんが生まれてからローズデール家入りするまでの経歴が大体わかるようになってしまった。

休日はベックフォードさんと二人で街に出かけてデートを楽しむ。もちろん、毎回早起きして気合の入ったメイクとヘアアレンジを施してから。おかげさまで最近、私のメイクとヘアアレンジのスキルが急激に伸びて、メイドとして一皮むけた気がする。

ベックフォードさんから指導を受けている剣術レッスンは、最初はうまくいっているようには見えなかったが、「メイソンに良いところ、頑張っているところを見せたい」というお嬢様のモチベーションが衰えることはなかった。途中からベックフォードさんが教え方を工夫して、今はレッスン自体もうまくいっている様子。

ベックフォードさんと一緒の時のお嬢様は、まるでこの世の中のプラスの感情を全部濃縮して体内に取り入れたかのように幸せそうで、もはや私は嫉妬心もあまり湧いてこなくなっていた。お嬢様があんなに幸せそうなら仕方ないね、むしろお嬢様を幸せにしてくれてありがとうベックフォードさん、みたいな。

ここまでくると、もう私は認めるしかなかった。お嬢様の気持ちは変わらないだろうと。そしてお嬢様はベックフォードさんと一緒になるためなら、いくらでも貴族の身分を捨てて冒険者や傭兵として働く道を選ぶだろうと。実際にお嬢様はそのために幼い頃から魔法の習得を頑張ってこられたのだから。

ベックフォードさんは外国の平民出身で、年齢もお嬢様と離れている。そして私と同じく魔力を持たない。正直、「魔道王国の貴族の結婚相手」という観点でみると、どこからどう見ても三大公爵家のご令嬢の相手として相応《ふさわ》しい方ではなかった。せめて強烈な魔力でも持っていれば平民でもなんとかなったかもしれないけど。

となると、お嬢様が彼と結ばれるために駆け落ちをして王国を離れるという未来は、決して可能性が低いものではなく、むしろ数年後に起こり得る、かなり現実味のある将来像と言っても過言ではなかった。では私はどうすれば良いだろうか。私の望みは一つ。それは生涯お嬢様のそばで生きていくことである。

もちろんお嬢様と愛し合う恋人同士の関係で生涯寄り添えたら理想的だったとは思うが、それがおそらく叶わぬ夢だということは、ベックフォードさんの登場でよく理解できた。だとしても、一生お嬢様のそばで生きていくという望みだけは絶対に諦められない。それはもはや「望み」ではなく、私の存在意義そのものなのだから。お嬢様のいない「灰色の世界」や「平穏な日常」など、もう私には耐えられない。

そこまで考えた私は、お嬢様に対して「私もベックフォードさんから剣術を学ばせてはもらえないか」と相談した。ベックフォードさんのためにお嬢様が冒険者になるのなら、私はお嬢様のために冒険者になって同行すれば良い。シンプルな話だった。

でもお嬢様への切り出し方を間違えたようで、お嬢様を顔面蒼白にさせてしまった。……私としてはお嬢様以外の方に恋愛感情を抱くことは想像さえできないことだったので、ベックフォードさんを選んだ理由からちゃんと説明しないと誤解が生じる恐れがあることに全く気付かなかった。

ちなみに剣術の指導をベックフォードさんにお願いしようと思った理由は、本当はお嬢様にご説明したもの以外にもあった。もちろん、彼の剣術が実戦向きで、また暇を持て余している彼が自分の存在意義を疑っていたというのも嘘の理由ではなかったが、本音を言うと、もっと近くで彼のことをよく観察して理解したいという気持ちもあった。

彼のどこがお嬢様をあそこまで惹《ひ》きつけているのか。お嬢様があれほど惚れ込む要素はどこにあるのか。そこを理解して取り入れれば、もしかしたらお嬢様は振り向いてくれるかもしれない。そういう打算があった。……今のところ「謙虚で誠実」というところ以外はこれといって見つけられていないけど。

……先ほどお嬢様の恋人になるのが叶わぬ夢と言ったが、正直、理解はできても諦めたくはなかった。たぶん一生諦められないと思う。

そうだ、このままベックフォードさんと仲良くなれば、将来ベックフォードさんとお嬢様がご結婚されても、私のことを「お嬢様の妾か愛人」として認めてくれるかもしれない。よし、それを目指して媚《こび》を売ってみるか……？

……そんなわけないか。一旦落ち着こう。

昨日、珍しく実家からの連絡があった。どうやら男爵が業務中に重傷を負って危篤《きとく》な状態らしい。全く興味がないので「お見舞い申し上げます」という内容の短い手紙だけ出しておこうと思う。でもその連絡で、面白い事実を思い出した。

彼が重傷を負った業務とは、辺境に現れた大規模な魔物の群れの討伐作戦だった。しかも大活躍した後、部下をかばってケガを負ったらしい。どこの正義のヒーローだよ。……いや違うな、その「かばった部下」が若い女だったんだろうな、きっと。

そういえばそうだった。アダム・キャスカート男爵。「シューティングスター」の異名《いみょう》をとる魔道王国ナンバーワンのソードマスター。微弱な魔力しか持たないにもかかわらず、その圧倒的な剣術だけで王国軍の主力の一人にまで上り詰めた剣の達人。片田舎の男爵が五人も六人も妾をとったり、毎日のように豪遊したりしながら贅沢に暮らせていたのは、絶えず武勲を立ててそれに見合う収入を得ていたから。

そういえば私、この国で一番強い剣士の娘だった。私に剣の才能があるとすれば、きっと男爵から受け継いだものなんだろう。男爵が剣の達人だったのも、私と血がつながっていたのもちょっと忘れてた。……「ちょっと忘れちゃう」ところもそっくりだね。さすが親子。

私、男爵に感謝しないといけないな。彼の気まぐれのおかげでお嬢様と出会えて、彼から受け継いだ才能のおかげでお嬢様のそばで生きていくためのスキルをスムーズに身につけられているんだから。よし、感謝の気持ちを込めて「お見舞い申し上げます」の手紙には「くれるつもりもないだろうけど、遺産は相続放棄します」といった趣旨の一文も入れておこう。

……あれ？　まだ死ぬと決まったわけじゃないから失礼かな？

16話　貴公子の言葉が謎めいている件　【メイソン視点】

夏になった。俺は相変わらずローズデール公爵家で剣術教師（……と名ばかりの護衛）として働いていた。お嬢様の剣術はここ数か月でだいぶ上達した。最初の一か月で「俺の動きを真似してください」という乱暴なやり方では通用しないことを痛感した俺は、旦那様にお願いしてまずは自分が公爵領に駐在している国の騎士から戦い方の基礎と理論の部分を学ぶことにした。

そして俺が一から学んで理解した内容に自分の経験や感覚的な部分を組み合わせ、それを分かりやすく噛み砕《かくだ》いてお嬢様に伝えるという方法をとった。そして魔導士の人は「魔導書」を読み込んで理論を理解し、その後完璧に理解できたイメージを実演するというプロセスで魔法を身につけていると聞いたので、お嬢様に魔法感覚で剣術を学んでいただけるように工夫した。

具体的には剣の持ち方、構え方、振り方、足のさばき方や心構えなどをすべて文字や絵にしたテキストを作り、それをお嬢様に読んでもらってから実践練習に入る形にした。これが非常にうまくいって、このやり方を採用してからのお嬢様のレッスンは順調そのものだった。

お嬢様は毎回楽しそうにレッスンを受けてくれていて、モチベーションや練習量は最初から申し分ないので、このまま剣術に取り組んでもらえれば剣士としても十分、どこでも通用するレベルにまで成長していただけると思う。非常に嬉しい。

もう一人の生徒であるキャスカートさんに関しては……。一応お嬢様のために作ったテキストは彼女にも読んでもらってはいるが、正直彼女には「俺の動きを真似してください」で十分だと思う。詳しく教わっていないところも何度か動きを見ただけで真似して応用までできちゃう人だし。

彼女の上達スピードを見ていると、この人は早ければ来年の冬くらいには俺より強くなるのではと思ってしまう。……来年の冬に俺がこの屋敷にいるかどうかはわからないけどね。

そして今まで感覚的に理解していた基礎と理論の部分を知識として復習して、それを誰にでも理解できるように文字に起こすという作業は、実は俺自身にとっても非常に有意義なものだった。今まで「本能的に」「感覚的に」やっていたものが、なぜそうしていたのかが理解できたので、いろんな場面で今までよりも的確な動きを選択できる気がする。

そう考えると、この仕事は一年間実戦から離れる分のマイナスを補って余りあるメリットを俺にもたらしてくれた仕事になったのかもしれない。……まあ、そこは実戦で試してみないとなんともいえないけどね。

王都の魔道学園が夏休みに入ったということで、在学中のローズデール家ご長男のアラン様と、その恋人でお隣のラインハルト公爵家のご令嬢であるシルヴィア様が帰省された。直接お会いするのは初めてだが、お嬢様からいろいろとお二人の話は聞いていた。

特にラインハルト様に関してはお嬢様から何度も繰り返し釘を刺された。「お姉様はこの世のものとは思えないほど美しいので、もしかしたらメイソンも本能的に惹かれちゃうかもしれません。でも彼女はお兄様の恋人で相思相愛だから、決してお姉様のことを恋愛対象として認識してはいけませんよ」と。

「いやいやあり得ませんから。大貴族のご令嬢に恋愛感情を抱くほど身の程知らずではないですし、そもそも他人の恋人に手を出すような真似は絶対にしません」という趣旨の回答をしたら、「後半は素晴らしいけど前半は再考の余地があるのでは？」と言われた。さすがに何となく言いたいことは伝わってきたけど、ごめんなさいお嬢様。俺、そこまで命知らずではないんですよ……。

で、そのラインハルト様だが、お嬢様の言葉通り、確かにものすごい美少女だった。幻想的というか、もはや異質な感じというか。生身の人間というより女神とか天使に近いイメージ？

……でも正直、自分より五歳も年下の女の子に対して大変失礼ではあるけど、彼女を見た瞬間浮かんできた感想は「自分の母親を思い出す」というものだった。もちろん、ラインハルト様の外見が母に似ているという話ではない。滲み出る絶対的な強者《きょうしゃ》の風格というか、目が合った瞬間ゾクッとしてしまうような、獲物を怖気《おじけ》づかせる捕食者のオーラというか……。

とにかく、剣を持った母の前に立った時のような、背筋が凍る感覚があった。「この人に逆らうと殺される」って感じ？　たぶん普通の人はラインハルト様の顔を見ただけではここまで感じ取れないと思うけど、俺の場合、その辺の感覚は母や姉からの英才教育と、冒険者生活で対峙《たいじ》した数々の魔物との死闘によって抜群に研ぎ澄まされているからね……。

そして、これはロ○コン疑惑待ったなしの危険発言ではあるけど、正直、俺は純粋な外見もラインハルト様よりお嬢様の方が好みだった。髪の色も、瞳の色も、お嬢様本人が「悪役顔」と自虐《じぎゃく》する少しだけ吊り目で黙っていると冷たそうに見える顔立ちと雰囲気も。そう、俺はその「黙っていると冷たそうに見えるお嬢様」が、俺を見つけた瞬間、無防備なまでに満面の笑みを浮かべる姿が正直めちゃくちゃ好きだった。……あれが嬉しくない男なんかいないと思う。

だからラインハルト様がどんなに完璧に整った美貌を持っているとしても、俺はお嬢様の方がより美しいと思う。少なくとも俺にとってはお嬢様の方がラインハルト様よりも美少女だよ。もちろん、俺の主観だけじゃなくて、客観的にもお嬢様はすごく美しい方なんだけどね。

……っていやいやいやいや、待って待って。さっきから俺、十二歳の子供相手に何を言ってるんだ？　見た目が十四、五くらいに見えてもお嬢様は十二歳だぞ。Twelve years oldだぞ。頭おかしいの？　余裕で犯罪だよ？　魔道王国を敵にまわすことになるよ？

数日後、俺はなぜかアラン様と二人きりでお茶をすることになってしまった。お嬢様はラインハルト様と新しい魔法の練習をするとかで、二人でお嬢様の魔法の練習場になっているプライベートビーチに向かわれてしまった。そしてアラン様に「よかったらその間、俺と少しお話をしませんか」と声をかけられ、彼の部屋に招待されたのである。

なんだろう。あれか？「大事な妹にどこの馬の骨ともわからん平民がくっ付いているのが気に食わん。速やかに屋敷から消え去れ、この身の程知らずめ！」ってやつ？　いやそれともあれか？「汚らわしいロ○コンめ、この俺が成敗してくれる！」ってやつ？

と思ったけど、今のところアラン様とのお茶は非常に穏やかな雰囲気である。実際に話してみたら見た目よりも砕けた感じの方で、意外と話しやすいし。……それにしても紅茶を嗜む姿が絵になるね、金髪の貴公子は。

「ベックフォードさんは、今お付き合いされている方はいますか」

「彼女ですか？　いえ、今はいないですね」

「そうですか。……では、気になっている方などは？」

いないわけではないんですけど、相手のことは口が裂けても言えません。特にあなたには。

「……今は特にいないですね」

「なるほど。ちなみにどんなタイプの子が好みですか」

「どんなタイプ……ですか。……うーん。どうなんでしょう。あまり考えたことがないかもしれません」

いやこれ何の問答だよ。……はっ、あれか？　ロリ○ン疑惑に対する取り調べか⁉

「なんでもいいですよ？　たとえば、顔のこのパーツにこだわりがあるとか、こんな性格の子に惹かれるとか、こういう仕草をされるとグッとくるとか。あとは……、そうですね。年上と年下ならどっちが好きとか」

……え、えええ？　まさかここで食い下がってくるとは。

「……そうですね。強いて言うなら外見と性格のギャップを感じたときはこの子、面白いなって思いますね。年齢はあまり気にしません」

「ギャップいいですよね！　わかるわかる。あ、ちなみに年齢は上下何歳までオッケーですか」

俺が言った「強いて言うなら外見と性格のギャップを感じたとき」というのは実は「黙っていると冷たそうに見えるお嬢様が俺に満面の笑みを向けてくれる瞬間」のことを指しているんだけど、もちろんそんなことといえるはずがない。

……てか続けるの、これ？　なんでほぼ初対面の男二人が優雅に紅茶を飲みながらガールズトークみたいな会話をしないといけないんだ？

結論からいうと、続いた。俺に対する取り調べ？　から自然な流れでアラン様とラインハルト様の馴れ初め《なそ》に話が移り、ローズデール家とラインハルト家の関係などでご両親に認めてもらえるまで大変だったとか、まだ婚約には至ってないからこれからも頑張っていろんな人を説得していく必要があるって話を聞かされた。

なるほど。お嬢様が真っ先にお二人の味方になって応援したんだね。でもその話をなぜ俺に一生懸命聞かせるんだろう、この貴公子は。あれかな？　自分の彼女が可愛すぎて初めて会う相手にはとりあえず惚気《のろけ》ておかないと気が済まない人？　……まあ、確かにそうしたくなる気持ちも分かるくらい美しい彼女さんではあるけど。

「結局、俺が何をお伝えしたかったかというとですね」

「はい」

「手が届かない存在に見えたり、周りから歓迎されない交際に見えたりするものが、実は案外そうでもないかもしれない、ということです」

「は、はぁ……」

「あと、当たって砕けるつもりで突撃してみたら、意外なところから味方が現れるかもしれません。少なくとも俺はそうでした」

「なるほど……」

いやあの……。そのまとめ方だと、まるで「俺が応援してやるからさっさとうちの妹に手を出せや、このヘタレロ〇コンが」という結論に見えるんですけど……。いやそんなわけないよね、きっとどこかで解釈を間違えたはずだ。

その後部屋の窓からお嬢様とラインハルト様が屋敷に戻ってくるのが見えたので、貴公子との謎のお茶会はお開きとなり、俺たちは玄関にお嬢様とラインハルト様を迎えにいった。そしてアラン様は「頑張れよ、兄弟！」って感じで俺に小さく頷いてから、自分の幻想的な彼女のところに歩み寄っていった。自分の仕事に納得した男の満足気な横顔をしていた気がする。

……謎だ、あの貴公子。

17話　ヤンデレを勧められました

剣術レッスンが楽しい。最初の一か月は我ながら酷いものだったが、メイソンが指導の仕方を工夫してくれてからは、今までの苦戦が嘘だったかのように順調に力がつくようになった。覚醒《かくせい》したメイソンの教え方がとにかくすごい。人に何かを教えることに絶対向いていると思う。

数か月前、私の様子を見かねたメイソンは、お父様にお願いしてまずは自分が公爵領に駐在している国の騎士から戦い方の基礎と理論の部分を学ぶことにしたらしい。そして自らが一から学んで理解した内容に自分の今までの経験や感覚的な部分を組み合わせ、それを分かりやすく噛み砕いて私に教えてくれるようになった。

そして、私が魔法感覚で剣術を学べるよう、剣の持ち方、構え方、振り方、足のさばき方や心構えなどをすべて文字や絵にしたテキストを作り、まずは理論とイメージを完璧につかんでから実践練習に移るという方法を考えてくれた。

彼が考えてくれた習い方は私にぴったりだった。そして「ここまでしてもらってもできないようなら、もはや修道院に行くしかない」と奮起した私が、それまで以上に訓練に励んでいることもあり、それ以降は順調に剣術の腕が上がってきている。

彼が作ってくれたテキストはもちろん大切に保管している。原本は私の一生の宝物にするつもりだけど、まとめた内容を将来『ベックフォード流双剣術』って感じのタイトルで出版することを密かに計画している。もちろん、メイソン本人の同意があれば、だけど。それくらい彼が作ってくれるテキストは素晴らしかった。私のように剣術の才能も素養も皆無《かいむ》な人間が読んでも内容を隅々までちゃんと理解できるよう、細かいところまで分かりやすく丁寧に解説されている。

だから私は彼のテキストをいろんな人に見てもらいたい、歴史に残したいと考えている。もっというと「私の旦那様（仮）はこんなにすごい人なんですよ。しかもこれ、私のために作ってくれたものなんです♡」ってことを世界中の人に自慢したい。……売れれば印税収入も狙えるしね。駆け落ちした後のことを考えると、出版は我ながら良い案だと思う。

ちなみにアイリーンの剣術の上達は私とは比べ物にならないスピードらしいのだけど、そこは気にしない。というかむしろアイリーンの才能が開花したことが自分のことのように嬉しい。天才と張り合っても仕方がないしね。

明日で魔道学園の夏休みが終わる。お兄様とお姉様の王都への出発の前に、私はお姉様に夏休み最後の魔法指導をしてもらって、今はビーチで海を眺めながら二人で雑談中である。

正直、お姉様が帰省する前は結構心配した。メイソンのことはもちろん信じているけど、何せお姉様の美貌はチートなのである。お姉様と出会った瞬間、メイソンがお姉様に一目惚れし、その後、隣にいる私の顔をみて「ゴブリンだ！　屋敷にゴブリンがいる！　おっ、珍しく金髪じゃん、このゴブリン」と思ってしまわないか心配だった。

実際にはそんなことは全くなくて、お姉様と初めて会った時のメイソンの反応は淡々としたもので、その後も一切自分からお姉様と関わろうとはしなかった。それを見た私の安心感と嬉しさときたらもう……。んんー！　やっぱ私の旦那様（仮）最高！　抱いて！　って感じだったね。……うん、チョロインだな、私。メイソンからするとたぶん普通に振る舞っているだけなのに、勝手にチェルシーちゃんの好感度がどんどん上がってる。

話を戻して、お姉様との雑談は、いつの間にか私とメイソンのお付き合いをテーマにしたお姉様による現状分析と私へのアドバイスといった感じになりつつあった。

「……なので、大きな流れとしては良い方向に進んでいると思いますわ」

やった。師匠から高評価をいただいたぞ。これよく考えたら精神年齢二十代の女が十五歳の子に恋愛のアドバイスを受けている構図になっているけど、そこはこの際気にするのをやめよう。私は十二歳、私は十二歳……！

お姉様による現状の評価はこうだった。メイソンを屋敷に住まわせて、できる限りたくさんの時間を一緒に過ごしているのは◎。彼にストレートに愛情表現しているのも◎。

彼が常時屋敷にいることによって、それだけで外の女との関わりを大幅に減らすことができる。となると、敵は主に屋敷内の女に絞られるが、屋敷の主《あるじ》の立場にある私が彼に対する好意を隠そうとしないから、屋敷内のライバルは彼に手を出しにくい状況になっていると。そもそも私といる時間が長ければ長いほど、屋敷内外を問わず他の女と関わる時間自体が減るから、私が暇さえあればメイソンを呼び出しているのは大正解だと。

私たちの年齢差、特に私がまだ十二歳であることから、メイソンは今すぐには手を出しにくいと思うけど、今の状況を維持・継続すれば、メイソンが落ちるのは時間の問題だと。だから焦らず、今の甘酸っぱい関係を楽しみながらゆっくり彼が落ちるのを待てばよいとのことだった。……なんか義妹に恋愛のアドバイスを送る義姉《あね》というよりは、武将に攻城戦の戦略を説明する軍師のようだね、お姉様。ヤンデレにとって恋は戦争なのか。

「ただ、一つだけ問題があります」

……⁉　なんですと？

軍師の言葉に耳を傾ける。

「私が見た感じでは……、もしかしたらベックフォード様は、今の契約期間が終了する段階で屋敷を離れることを検討しているかもしれません」

「…えっ⁉　なんで？　どうしてですか」

「理由はいくつかありますわ。まず……」

お姉様がそう考えた理由は三つだった。一つ目は、メイソンが屋敷の中の誰とも必要以上に親密になろうとしていない感じがすること。確かに私に対する呼び方も「お嬢様」を貫いているし、アイリーンに対しても「キャスカートさん」である。他にも同じ苗字が二人以上いて紛《まぎ》らわしい場合を除き、彼は基本的にファーストネームで相手を呼ばない。……うん、確かに言われてみればそうかもしれない。

それだけじゃなくて、意識してやっているのか無意識なのか、彼は自分の立場が「期間限定の傭兵」で「そのうちいなくなる人」であることを前提にした行動をとっていると感じたらしい。……心当たりはある。そんなにたくさんメイソンと話したわけでもないのにそれが分かっちゃうとは。ヤンデレチート恐るべし。

二つ目は、一つ目の理由とリンクしているが、いずれ冒険者に戻るのであれば、実戦のブランクが長くなりすぎるのは良くないだろうということ。それも確かにそうだ。メイソンが常に実戦感覚を気にしているのを私はよく知っている。

「そして三つ目の理由は、チェルシーさんですわ」

「私ですか⁉」

「ええ。私が見た感じでは、ベックフォード様はすでにチェルシーさんに惹かれ始めています」

「そ、そうでしょうか。えへへ……じゃなくて、それならどうして？」

「……想像してみてください。チェルシーさんは二十歳の旅の魔導士です。生まれは平民だったとしましょう」

「はい」

「旅の魔導士のチェルシーさんは、とある大貴族のお屋敷で、ご令息の専属護衛と魔法指導のお仕事をすることになりました」

「はい」

「そのご令息はとっても可愛らしい十二歳の男の子。そしてどうやらチェルシーさんに一目惚れしたらしく、チェルシーさんに対する好意や愛情を隠そうともしません」

「…はい」

「最初、チェルシーさんは彼の好意を受け流そうとしていましたわ。『まだ幼い少年の年上の女性に対する一時的な憧れに過ぎない』とか『世間知らずの貴族令息の気まぐれ』だと自分に言い聞かせながら」

「……はい」

「でも、チェルシーさんは気づいてしまったのですわ。少年が本気でチェルシーさんのことを深く愛していることに。そしていつの間にか彼のまっすぐな想いに心を動かされ、彼のことが好きになってしまった自分に」

「……」

「もしそういう状況になったら、チェルシーさんはどうされますか」

「……身を引く、かもしれません。私は彼に相応しい女じゃない、彼の将来のことを考えたらここで諦めて去るべきだって、自分に言い聞かせながら……」

なるほどそういうことか……。確かにありそう。特にメイソンはあの性格だ。彼、とても謙虚で誠実な人だけど、ちょっと謙虚すぎるというか、自己評価が低いところがある。あんなに素敵な人なのに。前世からなんとなくそういうところはあったけど、私は最愛の人に裏切られたショックでそうなったのだろうと思っていた。でもどうやらそれだけではなく、素《す》の性格でもあったらしい。

でも今の話だと、結局メイソンは遅かれ早かれ私のことを好きになってくれた段階で身を引くことを考えるようになってしまわないか。そんなのダメだよ。……どうしたらいいんだ？

「……どうしたらいいんだ？」

あっ、最後声に出てしまった。

「ヤンデレ、ですわ」

「……はい？」

その後はヤンデレチートさんからチョロインへの「ヤンデレのすゝめ」の時間となった。

「そう、ヤンデレですわ。先ほどの話に戻ってみましょう」

「は、はい……」

「チェルシーさんは、少年の将来を考えて身を引くかもしれない、そうでしたわね？」

「……はい、たぶん」

「では、もしその少年が、『チェルシーさんがそばにいてあげないときっと生きていけない』、『チェルシーさんが去ってしまったらこの子は間違いなくおかしくなってしまうわ』といった感じの方でしたらどうされますか」

「……なるほど」

……やばい、一見、文句の付けようがない完璧な結論に見える。でも騙されてはいけない。間違いなく根本的なところに何か重大な問題があるはずだ。というか今更すぎるけど、本当に大丈夫なのか、うちのお兄様。

「あ、もちろんおかしくなってしまえ、と申し上げているわけではありませんわ。それはそれでとても素敵なことだとは思いますけれど。……ポイントはベックフォード様にこう思っていただくことですわ。『お嬢様には俺がついていないとダメだ』、と」

アハハ……。恋が原因で頭がおかしくなってしまうのは「とても素敵なこと」なんですね。もう突っ込みませんよ。

「まずはアプローチの仕方を少し工夫してみるだけで良いと思いますわ。『大好き、ずっと一緒にいたい』という方向性だけではなくて、『私にはどうしてもあなたが必要』、『あなたがいないと私は生きていけない』というニュアンスを意識的に伝えてみましょう」

「……頑張ってみます」

「ベックフォード様をとことん甘やかして、堕落させて、チェルシーさんに依存させる作業も同時に進めるとなお良いでしょう。『もう冒険者になんか戻りたくない……』、こんな環境手放せない、俺、もうお嬢様がいないと無理かも……』、そう思っていただくのですわ」

「な、なるほど……。甘やかして堕落させて依存させる……」

「そうです。目指すは共依存《きょういぞん》、ですわ！　お互いがいないと生きていけない恋人同士……。ああ、なんて素敵なのでしょう！」

……うん、ダメだこの美少女。もう手遅れだわ。言っていることは頭おかしいのに外見がチート過ぎて、さも本当に美しいセリフのように聞こえるからタチ悪いよね。この際お姉様のヤンデレ加減とかうちのお兄様の将来とかはもう見て見ぬふりをするとして……。確かに最後のアドバイスには取り入れるべき部分もあるかもしれない。

あなたがいないと私は生きていけない、ねぇ。……うん、明日からちょっと意識してみよう。

18話　手玉に取られている件【メイソン視点】

お嬢様の俺に対する愛情表現は、夏が終わってからも一向に収まる気配がなく、むしろ勢いを増していた。しかも夏が終わってからは「大好きだから一緒にいたい」という、まだ幼い少女らしい初々《ういうい》しいものだけじゃなく、「私にはどうしてもあなたが必要」、「あなたがいないと私は生きていけない」といった危険な方向性のアプローチが増えてきた気がする。

最初のうちは正直、お嬢様の俺に対する好意は「まだ幼い少女が年上の男性に抱く一時的な憧れに過ぎない」とか「世間知らずの貴族令嬢の気まぐれ」だとしか思わなかった。いや、無意識にそう自分に言い聞かせていたのかもしれない。

だから数か月間、あえて肯定も否定もせず好意や愛情表現を受け流していれば、そのうち飽きるだろうと考えていた。でも、俺のその考えは甘かったのかもしれない。……というよりむしろ俺の考えは、すべて彼女に見抜かれていたらしい。

「……メイソンは、私のメイソンへの気持ち、『子供の年上の男性に対する一時的な憧れ』とか『世間知らずの貴族令嬢の気まぐれ』だと思ってるでしょう」

「いえ、そんなことは……」

「私、ちゃんと分かってますよ。でも、私、今は別にそれでもいいと思ってます」

「えっ？　そうなんですか」

「はい、かまいません。今の私には時間がたっぷりありますからね。そうじゃないってところ、これから時間をかけて証明すればいいだけの話です。焦っても仕方がないですしね」

普通はそこまで分かっているなら自分の想いに正面から向き合ってくれないことを怒るか、愛想を尽かすものではないの？　でも彼女は一切そのような素振りは見せず、むしろ俺の思い込みを今は受け入れたうえで、それが思い込みであることを時間をかけて証明すると言ってきた。

……お嬢様、大人じゃん。俺より大人かもしれない。年齢だけで判断していた俺が間違っていた。少なくとも今までの彼女の言動を見る限り、彼女の想いが「まだ幼い少女の年上の男性に対する一時的な憧れ」や「世間知らずの貴族令嬢の気まぐれ」ではないことは明らかだったはず。それなのに俺は……。

俺、反省しなければならない。きっと俺は、無意識にお嬢様を子供扱いし、彼女の想いを甘く見ていた。最初から十代前半とは思えないくらい大人びた言動をされる方だったはずなのに。

……うん、このままではいけない。真剣に一人の女性の俺に対する好意としてお嬢様の想いに向き合おう。これ以上彼女の想いをかわしたり、受け流したりするのは男として最低だ。今までの非礼もちゃんと謝罪しよう。

お嬢様の想いに真剣に向き合った場合、俺が出すべき結論は決まっていた。……でも、もしかしたら彼女は俺がどのような結論を出して、どう行動するかもすべて見通していたのかもしれない。

「……あれ？　私、メイソンに『お付き合いしてください』とお願いしましたっけ？」

俺が今までの非礼を詫び、俺は年齢も身分も何もかもあなたに相応しくない、今はつらいかもしれないが、将来あなたに相応しいパートナーがきっと現れる。だから俺のことは諦めてほしい……

思い切ってそう伝えたところ、お嬢様はキョトンとした顔で首を傾《かし》げながらそう答えた。

「……いえ。ただ」

「ダメですよ、メイソン。そういう『お断り』はちゃんと告白を受けてからにしないと。『この男、勘違いしてる』って言われて恥を掻くことになるかもしれません。……でも安心してくださいね、私、今日のことは誰にも言いませんので」

「……わかりました。勘違いしてしまって申し訳ございませんでした」

なるほど。お嬢様は自分のプライドを守るために、「俺に振られた」のではなくて「俺が痛々しい勘違いをしていた」という結論にしたいんだね。もちろんそれで全然かまわない。そういうことにしておきましょう。

……しかし、彼女の言葉の続きは俺の予想の斜め上をいくものだった。

「あ、いえ。今回の件に関してはメイソンは何も勘違いしていません。メイソンが思っている通り、私はメイソンのことが大好きで、メイソンさえ良ければ今すぐにでもお付き合いしたいと思っています」

「……えっ？」

「でも、もし私から告白したら今回のような答えになっていたんでしょう？　それも分かっています。だからあえて、『お付き合いしてください』と私からはお伝えしていないんです。メイソンに断られては困ってしまいますからね」

「……」

「子供の屁理屈《へりくつ》だって思ってるんでしょう。ふふ、私もそう思います。まあ、断られたところで諦めませんから、毎日告白して断られてもよかったんですけどね。……あっ、もしかしてそっちの方をご希望でしたか」

　言葉を失う俺。

「そっかぁ……。そうですよね。男の人って、自分に縋《すが》り付く女を見下して突き放すことで征服欲や加虐心《かぎゃくしん》を満たしたがる方もいらっしゃると聞きました。私、毎日メイソンに跪《ひざまず》いて懇願《こんがん》しましょうか。どうか私とお付き合いしてください、可愛がってくださいって」

「……お嬢様」

「……ごめんなさい。茶化すような真似をして……。実は私、今すごく取り乱しています。ちょっとだけ深呼吸させてくださいね」

お嬢様、取り乱していたのか？　俺にはとても落ち着いていたように見えたけど……。

しばらくしてから、お嬢様は諭《さと》すような口調で話を続けた。

「前にも言いましたけど、私、焦っていません」

「……」

「今私は十三歳で、メイソンは二十一歳ですよね。確かに今すぐお付き合いするとなると、世間から好ましくは思われないでしょう。……でもね、私が二十歳になったらメイソンは二十八歳で、私が四十歳になったらメイソンは四十八歳です。それくらいの年齢差の夫婦、そんなに珍しくないと思いますが、いかがでしょう」

「……確かに、それはそうですね」

「でしょう？　だから、少なくとも年齢に関しては『今だから』問題なんです。そして私は、メイソンが私の年齢のことが気にならなくなるまで、待つつもりでいます」

「……」

「だから、私に、もう少しお時間をいただけませんか」

いや……、なんかいつの間にか「俺は何もかもあなたに相応しくない」が「年齢だけの問題」にすり替わっている気がするけど……。でもここまで言われてそれもダメとはいえないよね。ダメといったところで、たぶん聞かないんだろうし。

「……わかりました」

「ありがとうございます！　……あ、もしかしたら『その間に俺、おじさんになっちゃうじゃん』って思っていらっしゃるかもしれませんが、それでも浮気は許しませんからね。手を出すなら私にしてくださいい。浮気がバレた瞬間、それこそ魔道王国を敵に回すと思ってくださいね」

「え、えーっと、お付き合いしていないのであれば、『浮気』ではないのでは……？」

「いいえ、ダメなものはダメです。私、独占欲強いのでちょっと本気で無理です。駄々をこねる子供だって思っていただいてかまいません。ものすごく権力を持った子供に捕まってしまった自分の不運を嘆いてください」

なんというか……。今の俺、「手玉に取られてる」とか「手のひらで踊らされている」という表現がぴったりだと思う。格好つけて上から目線で諦めてほしいと説得するつもりが、完膚《かんぷ》なきまでに論破《ろんぱ》されたうえにいつのまにか「半分くらい付き合っている」ような関係になってしまったのだから。

よく考えたら「身分」は俺が彼女に相応しくない理由の一つだったはずなのに、いつの間にか逆にその「身分」からくる権力を、浮気防止用に積極的に使うと宣言されてしまったし。本当に彼女が俺より八歳も年下で、十代前半なのかが疑わしくて仕方がない。征服欲とか加虐心って言葉は誰から教わったんだよ……。

……でも、心のどこかで彼女が俺の「お断り」を受け入れなかったことや、これからも今の関係が続くことに対する深い安堵と喜びを感じている自分がいた。いやヤバくない？　これ。たぶん俺、もうお嬢様のことが……。

その後もお嬢様のストレートな愛情表現は続いた。「焦らず待つとおっしゃっていたのでは？」というツッコミに対しては、次のような回答が返ってきた。

「もちろん私は待つつもりでいますよ。でもメイソンの方が待てないなら話は別じゃないですか。そして私はメイソンに『もう待てない』って思ってもらうための努力を怠《おこた》るつもりはありません」

そ、そうですか……。何事にも努力を怠らないことは素晴らしいことです。魔法も剣術もそうですもんね、お嬢様は……。

冷静に今の自分の気持ちを自己分析してみる。……うん、もはや陥落《かんらく》寸前といってもいいんだろうな。お嬢様は十三歳になってますます大人っぽさを増してきていて、しかも顔立ちや雰囲気は元々ものすごく好みのタイプ。見た目十五、六歳にも見える超タイプの美少女に、ほぼ毎日、いろんな方法でアプローチされまくっているのだ。

そりゃあ、好きになるよね。惚れるよね。というかぶっちゃけ、割と早い段階でいいなとは思ってたんだ。あのラインハルト様との初対面でも「でもうちのお嬢様の方がもっと綺麗」ってナチュラルに思っていたくらいだしね。

ロリ〇ンで申し訳ない。でも俺も最近まで自分がそうだってことに気づいてなかったんだ……！

……最近は、もうこの際、後先考えずこのままお嬢様と付き合っちゃうかって一日平均四、五回は考えているが、その度に次のようなことを自分に言い聞かせて必死に自分を抑えている。

「よくしてくださった旦那様と奥様を裏切るのか」

「俺が彼女と結ばれる方法はたぶん駆け落ちしかないぞ。まだ十三歳の子にそんな苦労を掛けて良いのか」

「現実的に考えろ。駆け落ちしたところで捕まって下手したら殺される。ローズデール家が簡単に俺を見つけ出したのを忘れたのか」

そして悶々とした毎日を過ごしているうちに当初の一年契約の満了日が近づいてきたので、俺はダメ元で行動を起こしてみることにした。

19話　副業許可を出してみました

「それは認められません。ごめんなさい」

ありがとう、メイソン。わざわざ事前に私に相談してくれて。正式な依頼主はお父様なんだから、直接お父様に話を持っていくという手もあったんだろうに。そうやっていつも私の気持ちを十分に配慮してくれるところ、私大好きよ。

……でもダメなものはダメ。

「……いやあの、別に契約を更新しないと申し上げているわけではないんです。そこは、ご理解いただいています……よね？」

「もちろんです。数か月間、実戦感覚を鍛え直すための修行の旅に出たい、次の契約は旅から戻ってから改めて締結《ていけつ》したいというお話でしたよね？」

「……はい、そうです」

「はい、ですからそれは認められません。ごめんなさい」

「……」

メイソンがうちの屋敷に来てくれてあと少しで一年が経とうとしている。今のところすべてが順調だった。私の魔法と剣術は両方とも日々順調に上達している。アイリーンはもっとすごくて、すでに冒険者でも騎士でも余裕でやっていけるレベルの剣士に成長したらしい。本人にその気は全くないらしいけど。

面倒な婚約の話も最近はあまり出てこなくなっていた。繰り返し使っている「家柄や身分の釣り合いだけで決まる結婚は望まない。能力や人柄も十分考慮して、自分でこの人が良いと判断した人と結婚したい。でも私はまだ子供だから人を見る目があるとはいえない。だからパス」という理屈っぽい断り方が良かったのかもしれない。

そして何よりも、メイソンとの毎日がもう楽しくて楽しくて仕方がない。お姉様のアドバイス通り、私は日々のアプローチにヤンデレテイストのものを取り入れてみた。それがよかったのか、それとも出会った時から継続的に押しまくった結果が出ただけなのかはわからないが、彼は私の想いに真剣に向きあってくれるようになった。

誠実な彼は、ある意味予想通りの行動ではあったが、自分は私に相応しくないから諦めてほしいと私を説得してきた。やっと想いに向き合ってくれるようになったかと思ったら即刻断りを入れてくるとはさすがに予想していなかったので、かなり取り乱してしまった。でもなんとか無事に返り討ちにしてやった。

……さすがに征服欲とか加虐心云々は言わなきゃよかったかな。ちょっと引かれてしまったかもしれない。もちろん、彼が実際に跪いて懇願しろって言ってきたらいくらでもやるけどさ。そういう問題じゃないよね。

「本当は君の方が彼に跪いて懇願したかったんじゃないの?」って思っている方もいるかもしれないけど、私そんなドMではないからね。メイソンの前ではほんの少しだけMっ気があるかもしれないけど基本はノーマルだよ。……たぶん。

……私がドMかどうかというどうでも良い話は一旦おいといて、なんというか、最近のメイソンからは、彼が私のことを憎からず思っていることが割と分かりやすく伝わってきてとても嬉しい。

私のアプローチに赤面したり、タジタジになったりするし。「効いてる効いてる、可愛い♪」って思ってついつい調子に乗っちゃう。私、もしかしたら魔性の女の素質があったのかもしれない。たぶんもう私のこと結構好きになってくれているけど、年齢とか身分とかくだらないことを気にして手は出せずに悶々とする彼を見ているのが正直楽しい。

いつになったら動いてくれるのかな？　私はいつでもいいよ、うふふって感じ？

……前世では彼と一緒にいられる時間は一週間しかなかったからね。「恋の駆け引き」的なことを楽しめる時間も余裕もなかった。もちろん、前世の最後に彼が作ってくれた、激しく燃え上がるような情熱的で刹那的《せつなてき》な恋の思い出は、私の一生の宝物だけどね。

でも今は前世とは違う。一週間後に強制的に彼と引き離されることはない。今の私には時間がたっぷりあるんだ。だからこれからゆっくり時間をかけて、それこそ私がいないと生きていけないくらい私のことを好きになってもらって、一生かけてたっぷり愛し合っていきたい。だから三年でも五年でも十年でも待つよ、私。

だって、うちの屋敷にいてもらって、私がしっかり監視をしている限りは、彼を誰かに取られるリスクはほとんどないからね。いわば彼は私が作った蜘蛛《くも》の巣にかかってしまった美しい蝶々。いつか私のところに堕ちてくるのは確定しているのだから、私は今の初々しくて甘酸っぱい関係と、私のために苦悩する彼の可愛い姿を存分に楽しめば良い。

……あれ？　私どちらかというとMかなってずっと思ってたけど、意外とSもいけるのかな？

私がメイソンのことをご主人様と呼ぶ未来だけじゃなくて、メイソンに私のことを女王様と呼ばせる未来もあり？　「お嬢様ぁ？　呼び方が違うでしょう、このブタッ！（バシッ！）」ってか？

……いやないな。マジでないわ。この妄想は今すぐ記憶から抹消しよう。

……なんか妄想が捗《はかど》りすぎてなかなか本題に戻れなかったけど、煩悩《ぼんのう》が限界に達したのか、メイソンが契約を更新する前に数か月間、実戦感覚を取り戻すための旅に出たいと申し出てきた。まあ、実戦感覚が衰えるのが心配というのも、もちろん本音だろうけど。

でもそんなの認めるわけがないじゃん。認められるはずがないじゃん。その数か月でせっかく盛り上がってきた私への気持ちが落ち着いてしまったら？　旅先で出会った他の女のことを好きになっちゃったら？　……旅先で、万が一彼が前世で付き合っていた元カノと出会ってしまったら？

「前にも説明しましたけど、そう遠くない未来に、私には命の危機が訪れる可能性があります」

「……はい」

「残念ながら、それが具体的にいつ頃なのかまでは見えてなかったんですが……。仮にそうなった場合、私の命を助けられるのはおそらくメイソンだけなんです」

「そう、でしたね。……ただ、前から思ってたんですけど、もし夢の中で俺がお嬢様の命を助けることができていたのでしたら、お嬢様の命に危機が迫るときにはいずれにしても俺はお嬢様のそばにいる運命、ということにはならないんでしょうか」

「……」

うっ。そこまで考えてなかった。確かにその通りです。さすが私の旦那様（仮）、頭脳も明晰《めいせき》。てかボロが出ちゃった。……やっぱ嘘なんかつくもんじゃないね。

「確かにそうかもしれませんが……、怖いんです、不安なんです。メイソンがそばにいてくれないと安心できないんです」

「……そうですか」

うわ……。嘘の上塗りになってしまった。どうしよう。収拾つかなくなってきたぞ。正直、命の危機が迫ったのは修道院に行く道中だったから、同じ時期に同じルートでセント・アンドリューズに向かわない限り、迫ってこないんだよね。しかも私が十八歳の時の話だし。

もちろん、メイソンがそばにいてくれないと安心できないってのは本当だよ？　他の女、特に前世の元カノに彼をとられてしまうんじゃないかという意味での「安心できない」だけど……。

……もう自分から「夢」の話を持ち出すのは絶対にやめよう。大好きな人に嘘をつく罪悪感に押しつぶされそう。……本当にごめんなさい。

……あっ、そうだ！　良いこと思いついた。

「……でも、実戦感覚を磨くことが必要というメイソンの意見には同意します」

「えっと、では？」

「私も連れてってください」

「……」

メイソンは一瞬驚いた顔をした後、なぜか頭を抱えてしまった。

うまくいった。娘に甘いのに同時に信頼もしてくれる両親をもって幸せです。お父様、お母様、ありがとう。前世のことはもう完全に水に流します。

結局どうなったか。メイソンの契約は空白期間なく更新された。しかも私の強い主張が通って今度は一年契約ではなく、私が魔道学園に入学するまでの約二年間の契約期間となった。よし、これで魔道学園に入学するまでの間、彼を私のところに繋《つな》ぎ止めておくことができる。やったね！　大勝利！

実戦感覚を鍛え直すための旅の件は、「旅」という形ではなく、今後は彼がローズデール・ラインハルトのギルドから日帰りか、数日以内に帰宅できる範囲で魔物討伐のクエストを受けることを認めるという形になった。いわば副業許可である。嬉しいことに、私とアイリーンが彼と同行して実戦経験を積むことも許可された。ダメ元で言ってみたら案外あっさり許可が出た。

今の私の実力ならよほど強大な魔物を狩りに行かない限り、身に危険が及ぶことはないだろう、メイソンとアイリーンが同行するならなおさらと、普通に許してもらえた。若いうちから実戦経験を積むのは良いことだと、むしろ歓迎された。

さすがに私がメイソンと二人で数か月間、修行の旅に出るという当初の提案は認められなかったけど、そこは最初から期待していない。メイソンが一人で旅に出ることを阻止できただけで十分です。クエストにも同行できるようになったしね！

それにしてもお父様とお母様は、私が思っているよりも私の魔法の実力を高く評価してくれているらしい。私自身は実戦で使ったことがないから自分の魔法がどこまで通用するのか少し不安だけど。……うん、その不安を払拭《ふっしょく》するための実戦訓練だもんね！　頑張ろう。

ということで、チェルシー・ローズデールとアイリーン・キャスカートの二人は、ローズデール・ラインハルト大都市圏の冒険者ギルドで正式に冒険者登録しました！　パチパチパチ！

……そう、これがのちにドラゴンスレイヤーとなる伝説の三人組パーティーの誕生の瞬間であった。というのはたぶん絶対違うけど、思ったよりも早く冒険者になれちゃった。しかも公爵令嬢の身分のまま冒険者登録することになるとは思わなかったな。

……特に何も考えずに本名で登録したものだから、ちょっとした騒ぎになっちゃったよ。公爵令嬢が冒険者登録ってそんなに珍しいのかな。ラインハルト公爵夫人も若い頃は冒険者やってたって聞いたけどな。彼女って結婚前はそんなに有力貴族ではなかったっけ？　忘れちゃった。いずれにしてもお騒がせしてすみませんでした。

そして明日は、いよいよメイソンと私、アイリーンの三人で初めての魔物討伐に出かけることになった。初陣《ういじん》である。緊張するし正直とても怖いし、命のやり取りがしたいかと言われたら、はっきり言ってしたくないけど、いつかメイソンと一緒になるために避けては通れない道だ。ならば割り切って、メイソンに「おっ、この女使えるじゃん。これなら将来旅に連れてってやってもいいかな」と思ってもらえるように頑張って活躍するぞ！

20話　本気を出してみました

ある夕方の移動中、しばらく無言で馬車を走らせていたメイソンが私に声をかけてきた。

「ねえ、チェルシー。君、魔法が使えるんだっけ？」

「…魔法？　一応使えるよ？　初級魔法を数種類だけだけど。……どうしたの？」

「じゃあさ、今すぐ自分にできる一番強い防御系の魔法を使って、外から見えないように隠れてて。そして俺が良いっていうまで絶対馬車から出ないでね」

「…えっ？　なんで？　どうしたの？」

「早く！」

「……!!」

メイソンが珍しく語気を強めたことで、私は非常事態が発生したことを理解した。そして黙ってすぐにメイソンの指示に従った。外から見えないように身を隠したことで、こちらからも外の様子は見えなくなったが、声と音は聞こえていた。

「よう、兄ちゃん、わりぃけど、ちょっとその馬車の積荷、俺たちに見せてくれな――」

「!?!?　ちょっとテメエいきなり何をすr――」

「……!!　この野郎よくも!!　野郎ども、かかれ!!」

その後は、怒号、悲鳴、複数の人間が慌ただしく動き回るような音、悲鳴、金属音、悲鳴、何かがぶつかる音、悲鳴。


――どん!!

一度だけ、私が隠れている馬車にも何かがぶつかってきた。私はメイソンに言われた通り、外から見えないように身を隠し、ただただ恐怖に震えて涙を流しながら外で行われている何かが早く終わるのを待つしかなかった。

「お待たせ」

しばらくして、メイソンが馬車に戻ってきた。パニック状態の私は、彼に何か返事をすることさえできず、ただ涙を流し続けていた。

「ちょっと移動してから休憩しようか。……あ、今は外見ない方がいいと思うよ。しばらくはそのままにしてて」

あれからどれくらい時間が経ったのだろう、パニック状態の私はとても長く感じたけど、たぶん実際には十分くらいだったのかもしれない。馬車が止まったかと思えば、しばらくしてからメイソンが馬車のドアを開け、優しく声をかけてくれた。

「もう大丈夫だよ」

「……う、うわあああん!!」

私に右手を伸ばして微笑んでくれるメイソンの顔を見た瞬間、彼に抱きついて泣き喚く私。……十八にもなった女がみっともない。赤ちゃんかよ。

「よしよし、怖かったね。もう大丈夫だからね」

メイソンは私が落ち着くまで私を抱きしめたまま、ずっと優しく頭をなで続けてくれた。


賊の襲撃を受けたらしい。今までは見通しのいい海沿いの道路を通ることがほとんどだったけど、今日の午後に入ってから内陸側の森の中を通るルートになっていたからね。どうやら運悪くその夕イミングで私たちの馬車を見つけた地元の賊が、積荷を奪うつもりで襲ってきたらしいとのことだった。

「どっちかというと俺の方が彼らを襲う感じになっちゃったけどね」

メイソンによると、彼は何かを守りながら戦うことがあまり得意ではないらしい。でも私の身に何かあるといけないから、私を守るための最善の手段として、問答無用で彼の方から賊に斬りかかったと。最初の二、三人で実力の差を見せつけたらすぐに戦意喪失《そうしつ》するかと思ったら意外とそうでもなかったらしく、かなりの人数の賊を斬ってしまったらしい。

戦闘中、一度だけ馬車にぶつかってきたものの正体は、馬車のドアの外側と車輪にべっとりついていた赤黒い血の跡を見てすぐに理解できた。

……私が自分の身を守れるだけの魔導士だったら、もしくはあの場にいたのがメイソン一人だったら、メイソンはもっとスマートに戦えたのかもしれない。無用な人殺しは避けることができたかもしれない。

……私、お荷物だね。役立たずだね。もっと魔法の勉強を頑張ればよかった。自分の身くらいは自分で守れるようになっておけばよかった。魔力自体はかなり強いはずなのに。

ローズデール・ラインハルト大都市圏から北西に約三時間、私たちはアルミラージやゴブリンなどの下級モンスターが多く生息するという名もない森の入り口に来ていた。

メイソンはいつもの冒険者風の服装に愛用のロングソードとマン＝ゴーシュ。とてもよく似合っていてカッコいい。

アイリーンはシンプルで動きやすそうな軽装の女剣士風の装いで、右手にロングソード、左手にはスモールシールドを持っていた。いつもはメイド服だから新鮮！　ちなみに彼女、最初はメイソンと同じマン＝ゴーシュを使った二刀流だったらしいが、途中から今のスタイルがより自分に合うということで変更したらしい。

……まだ剣術を習い始めて一年しか経っていないはずなのに、すでに師匠とは異なるオリジナルの戦い方を自ら編み出してしまうとは。天賦《てんぷ》の才とは恐ろしいな。まあ、メイソンのマン＝ゴーシュの使い方はほとんど防御用だから戦い方としてはベックフォード流双剣術（私が勝手にそう呼んでる）の枠から大きくははみ出ないらしいけどね。

そして私はというと、フードと袖の部分に禍々しい模様が描かれた黒と深紫のフード付きローブという、どうみても悪の魔導士にしか見えない服装をしていた。いや、ドレスで来るわけにはいかないし、ローズデール家の魔導士であることを証明する豪華な青のローブも冒険者の戦闘服としては微妙だし。だから今回の遠征のために私がもっとも高い適合性を持つ闇属性の魔力を増幅・強化してくれる効果があるという、高価な魔力付きローブを購入したのだけど……。

うん、闇属性だからね。こういうデザインになっちゃうよね。自分の悪役顔にとてもよく似合っている気がしてちょっと悲しい。……でもビジュアルは気にせず実用性重視でいきます。

一応私用のロングソードとマン＝ゴーシュは持ってきてはいるけど、たぶん使わせてもらえないだろうな。剣術の実力も物足りないし、何よりメイソンとアイリーンが二人とも剣士なのだから唯一魔法が使える私は後方でサポートに徹するのが理に適《かな》っている。正直、接近戦で魔物を斬りつける勇気もまだないし、今日は魔導士としての役割に専念しよう。

「ではこの辺で、本日の戦い方と注意点を説明します。まずお嬢様、俺とアイリーンさんが前衛に立ちますので、お嬢様は後方での魔道支援をお願いします」

「わかりました」

最初からそのつもりです。……でもアイリーンは「キャスカートさん」から「アイリーンさん」に呼び方が変わったのに、私は「お嬢様」のままなのが大変不満です、隊長。

「アイリーンさんは基本的に自由に戦ってもらってかまいません。俺がフォローします。ただ、俺から言うまでもありませんが、お嬢様を守ることが最優先という意識は常に持っていてください」

「はい、もちろんです」

ムッ、それではまるで私がまたお荷物のようではないか。ふーんだ、今日は文字通り生まれ変わった私の本気を見せてやるんだからね。……もちろん、二人とも私のことを超大事にしてくれていることがよく伝わってきてとても嬉しいけどさ。

「アイリーンさんは間違いなく強いので、この森にいる魔物に後《おく》れを取ることはまずないはずです。ただ、一つだけ気をつけてほしいのは、相手を斬ること、殺すことを少しも躊躇してはいけないということです。ほんの一瞬躊躇したり、相手に同情したりしただけで、次の瞬間自分が殺されると思ってください」

「……はい。肝に銘《めい》じます」

「そしてここからはお二人にお願いです。これは実戦です。敵は生き残るために必死に抵抗してきます。敵を甘く見るのは絶対にやめてください。力の出し惜しみも絶対にしないでください。生きて帰るために、全力で戦ってください。よろしいでしょうか」

「「はい！」」

「では、行きましょう。よろしくお願いします」


森の中を三十分ほど進んだだろうか。少し広場のようになっている空間で、頭に長く鋭い角が生えた巨大なウサギの群れと出くわした。ウサギなのに一匹一匹が大型犬くらいのサイズあるぞ。数は七、八匹くらい。あれがきっと「アルミラージ」なのね。あっ、向こうもこちらに気づいた。

……よし早速来た、私の見せ場。ここなら見通しも悪くないし、まだ距離もあるからメイソンかアイリーンを巻き込むこともない。生まれ変わった私の本気、恋する乙女の全力、見せてやる！

「ここは私にまかせて」

無言で静かに頷き、私をかばうように剣を構える二人。身体に流れる魔力を左腕に溜めると同時に、頭の中で魔法の発動をイメージする。そして口では呪文を唱える。

しばらくして、すべての準備が整った。十分に溜まった魔力を具現化すると同時に、頭の中のイメージと「力ある言葉」で衣をつけた自分の魔力を解き放つ……！

『ゲーティア！』

21話　お嬢様の本気が恐ろしかった件【メイソン視点】

『ゲーティア！』

――フハハハハハ……ハーッハハハハハハ!!

その瞬間、夜になった。実際にはおそらく俺たちがいる森の小さな広場が闇に包まれただけだとは思うけど、感覚としては一瞬にして昼が夜に変わったように感じた。どこからともなく野太い悪魔の笑い声が鳴り響く。ものすごく耳障《ざわ》りで不愉快な笑い声だ。そしていつの間にか広場の地面が黒紫の濃い霧に覆われていたことに気づいた次の瞬間。

「……っ!!」

いつもはポーカーフェイスなアイリーンさんの目が見開き、恐怖と嫌悪感に染まる。霧の中から伸びてきた無数の真っ白な手が、逃げ惑《まど》うアルミラージたちを一匹残らず捕まえて……。

うん、これ以上の詳細な説明は控えよう。周りが薄暗くなったことで詳細がはっきり見えなくて本当によかったと思う。一応戦闘の結果だけ伝えておくと、アルミラージたちはお嬢様の呪文によって「できれば直視したくないような状態の何か」に変わり果てていた。もちろん全滅である。

「……」

「……」

「……えーっと、『ゲーティア』って実戦で使うとこんな感じになっちゃうんだ……。アハハ、失礼しましたぁ……」

言葉を失う俺たちと、とても気まずそうなお嬢様。

「……あ、いえ。あのー、うん、素晴らしかったと思います。ほら、出し惜しみするなって言ったのは俺ですし！　……次もぜひ、この調子でいきましょう」

「そ、そうですよ、お嬢様。……次！　次行きましょう」

たぶん早くこの場から離れたいんだろうね、アイリーンさん。気持ちはわかるけど。

「……はい。でも一応、次は他の魔法を使うね……」

その後も「敵を甘く見るな、出し惜しみはするな」という俺の言葉をとても素直に受け止めてくれたお嬢様が、魔物と遭遇する度に魔法の先制攻撃でそのほとんどを殲滅《せんめつ》してしまった。俺とアイリーンさんの仕事といえば、魔法が間に合わなかった場合の対応と、たまに討ち漏れがあった時に残りの敵を処理するといったレベルのものだった。

最初の『ゲーティア』ほど強烈なインパクトがある魔法が出てこなかったのは幸い……、いや、嘘だな。ターゲットの体内から黒紫の細かい爆発が連鎖的に発生する『イル』ってやつは『ゲーティア』と同じくらいインパクトあったわ。……闇属性の魔法ってなんというか、ビジュアルが相当あれなものが多いんだね。

初めて見るお嬢様の本気の魔力は、想像をはるかに超えるものだった。正直、ますます護衛の必要性に疑問を抱くようになってしまった。だって、彼女に防げない命の危機を俺がなんとかできるの？　逆にこのレベルの魔導士に防げない命の危機って何？　ドラゴンの襲撃？　魔王の復活？

……まあ、現実的に考えて腕の立つアサシンによる暗殺の試みとかなら、あり得るかも。でも俺の戦い方は超攻撃型で、何かを守る方向で戦うことにはあまり向いていないんだよなぁ……。うーん、逆に守りに入らず、お嬢様に近づく前にアサシンを討ち取るつもりでいけば良いのかな。

その日の帰り道、ちょっとだけ引き気味の俺に「私が出しゃばりすぎて、あまりメイソンの実戦訓練にならなかったのでしょうか……」と少ししょんぼりしながらも、「でも私、意外と役に立つでしょう？　もしメイソンが将来冒険者に戻るとしたら、パートナーの魔導士として良い感じだと思いません？」としっかりアピールしてきたお嬢様。

いやいや、今みたいな半分趣味の領域ならともかく、なんで公爵令嬢がフルタイムの冒険者にならないといけないんですか……。というかその実力なら王国軍の主力にもなれると思いますよ。それこそ「四天王」なんかも普通に狙えるんじゃないですか。今の四天王って四人中三人が高齢だって聞きますし。

……と心の中ではツッコミを入れたものの、彼女にはそこまでは伝えず「俺みたいな普通の冒険者のパートナーにはもったいないと思います」とだけ言っておいた。俺の回答にとても不満げな顔のお嬢様。……たぶん彼女は俺が将来冒険者に戻るなら、本気でついてくるつもりだろうな。

……俺はこれからどうするべきなのかな。もちろん契約を更新した以上は、契約期間は遵守《じゅんしゅ》するつもりである。こうやって実戦感覚が衰えないように他のクエストも受けられるのであれば、ローズデール家から離れないといけない理由が何もないのは事実だ。給料もいいし、働きやすいし、何よりも護衛対象のご令嬢、めちゃくちゃ可愛いし。

でも、お嬢様との関係はこの先どう考えれば良いのだろうか。年齢は彼女の言うとおり、時間が経てば気にならなくなる問題だとしても、彼女は公爵令嬢で俺は平民。そして今日見た限り、彼女の魔導士としての実力も、はっきりいって俺の剣士としての実力をはるかに上回る。もちろん、内面や外見の部分の釣り合いだって全くとれていない。

俺が彼女の相手として相応しい要素、一つもないじゃん。いくら考えても本当に何一つないぞ。彼女は将来、望めば王妃にでも何にでもなれるだろう。彼女が本気で冒険者としての道を望むなら、俺なんかじゃなくて大陸最強クラスの精鋭を集めた豪華なパーティーを作って伝説の冒険者を目指すことだってできるはずだ。

そんなすごいお嬢様が今、俺のことを好いてくれているからって、俺が彼女のそばにいることは許されるんだろうか。そうすべきだろうか。そして、今の彼女の気持ちが本物だとして、その気持ちは今後もずっと変わらないだろうか。きっとお嬢様にはこれから王族、貴族、天才、金持ち、美男子……。いろんなすごい男からの求愛が絶えないはずなのに。

……落ち込んじゃうな。やっぱり俺にお嬢様は高嶺の花だと思う。でもなんだろう、この感情。誰にも渡したくない、ずっと俺のそばにいてほしい、ずっと俺のことを好きでいてほしい、その太陽のような笑顔を見せるのは俺だけにしてほしい、俺だけのお嬢様でいてほしい……。そんな気持ちでいっぱいだった。

「お嬢様」

「はい？」

「よかったらまた、一緒に実戦訓練しましょうね」

「……はい！」

弾けるような笑顔を見せてくれるお嬢様。改めて「この笑顔を一生独占したい」と強く願ってしまった。いつから俺は、こんな身の程知らずの男になってしまったんだろう……。


その後、頻繁に魔物討伐に出かけるようになった俺たちは、なんと地元ではちょっと名の知れたパーティーになってしまった。ローズデール公爵家のお嬢様が本名で活動しているとあって最初から話題性は抜群だったし、実戦を経験したことでお嬢様とアイリーンさんの実力がさらに急激に伸びて、実際に相当力のあるパーティーになっちゃったし……。

もっとも意外だったのは、旦那様と奥様の反応。こっちとしては大事なお嬢様がこんな訳のわかんない平民の男と日々魔物討伐に明け暮れていて良いのかと思ってしまうのだけど……。

どうやら「魔道王国の貴族」には独特の価値観があるらしく、まだ魔道学園に入学もしていない娘が早くも魔導士として名前が売れていることが誇らしくて誇らしくて仕方がないといった反応だった。そしてローズデール公爵家が全面的に俺たちの活動をバックアップしているものだから、最近は高難易度クエストの指名依頼まで届くようになってしまった。

……いやあの、どうしてこうなった？

22話　貢《みつ》いでみました

落ちそうで落ちない。私が十四歳になった今も戦局は膠着《こうちゃく》状態が続いていた。……おかしいな、十二歳でメイソンを見つけた時は、今頃長男か長女が生まれて14才の母になっているかもしれないなと思ってたんだけどな……。

何が足りないのだろうか。押しが足りない？　いや、そんなことはないはず。これで押しが足りないというなら後はもう夜這《よば》いをかけるくらいしか方法がなくなる。もっとヤンデレテイストを出した方がよいだろうか？「もしあなたがこのまま私の想いを受け入れてくれなかったら、そのうちあなたの目の前で自らをターゲットに『ゲーティア』を解き放って自害してやる」くらい言った方がいい？

……とは言ってみたものの、実は進展がない理由は自分でもなんとなく分かっている。たぶん、彼は自分が私と釣り合わないって本気で思い込んでいる。一緒に魔物討伐をするようになって、私の魔力を目の当たりにしてから、それがさらにひどくなったみたい。

それまでは「身分と年齢」を主に気にしていた様子だったけど、私が魔導士としてちょっと名前が売れるようになってからは、「そもそも能力面でも自分は私に釣り合わない」って思っていることが日々の言動から滲み出るようになった。実際には私たち三人はセットで名前が売れているわけで、メイソンとアイリーンも十分高評価を得ているし、特にギルドの皆さんは私たちパーティーのリーダー格が私ではなく、メイソンだってこともちゃんと分かってくれている。

世間で私の名前が先行しているのは魔法が重視されるこの国の特性と、「ローズデール」という名前がもたらす話題性と付加価値がその理由である。それなのに彼ときたら……。「仮にお嬢様が本気で冒険者の道を目指すなら、俺なんかより遥かに腕の立つメンバーを集めることだって簡単にできると思います」と、もう意味が分かんないことを言ってくるんだよね。

いやあの、私はあなたと一緒になるために冒険者を目指すわけであって、ですね……。正直、彼がここまで自己評価の低いヘタレ系男子だとは思わなかった。前世では結構グイグイきてくれてたからね。言ったたっけ？　一緒に旅するようになって四日目にはベッドに引きずり込まれたって。

まあ、たぶん前世の彼は、私と一緒にいられる時間が一週間しかないことをよく分かっていたから、難しいことは何も考えず本能に身を任せて私に愛情を注いでくれたのかもしれない。……今回もそれでいいのにな。

彼がウジウジしてるのを見て愛想を尽かしたかって？　もちろん、そんなことは全くない。上等だよ。いくらでも悩めばいい。彼がいくら自分は私に相応しくないとか訳のわかんないことを考えたところで、私に言わせると私に相応しい相手は彼しかいないんだから。

王侯貴族に言い寄られたら心変わりするんじゃないかって心配しているなら、何があっても私の気持ちが変わらないってところを見せてあげる。私はあなたの元カノとは違うからね。……まあ、元カノといっても前世の元カノで今回の時間軸では彼と会ったこともないはずだけど。

……うん、そうだね。焦ることはない。思ったより時間がかかっているだけで、今の状況を維持していけば良いんだ。まだ魔道学園への入学までは時間があるし、魔道学園に行くとしても彼に同行してもらうか、少なくとも王都には一緒に来てもらえば良い。

どんなに時間がかかってもいいから私のことをまた死ぬほど好きになってもらって、心から信頼してもらって、今度は一生かけてたっぷり愛し合っていくんだ。私は十四歳。まだあわてるような時間じゃない。


「これは……！」

「お気に召していただけましたかな」

「……ええ。もちろん」

「光栄に存じます」

私はうっとりした顔で目の前の双剣を改めて鑑賞する。エッジと切っ先の狭い部分は一般的な銀色だが、広めのフラーからグリップにかかる剣のほとんどの部分は私の髪の色と同じシャンパンゴールド。そのシャンパンゴールドの部分にはつや消し加工が施されていて、全体的なデザインはとても上品でおしゃれ。そしてポメルには私の瞳と全く同じ色のサファイアがはめ込まれている。

そして、それぞれの剣のフラーの部分には「チェルシーより、愛をこめて」という文字が筆記体でスタイリッシュに彫り込まれている。……正直にいうとこれ、二番煎《せん》じだけど、前世でとある敵がやったことのパクリだから今回の時間軸では私のオリジナルである。……敵の策だとしても、良いものは取り入れなきゃね。

それにしてもさすがローレンス商会だわ。オリジナルのロングソードのコンセプトをここまで完壁に再現したマン＝ゴーシュを作ってくれるなんて。まるで最初から双剣として製作されたものみたい。しかもアーティファクトに文字の彫刻まで普通にできちゃってるし。

何をやっているのかって？　メイソンへのプレゼント用の品が完成して、出来上がった商品を見て私がうっとりしているところである。アーティファクトのロングソードの購入費用と、ロングソードに寄せたデザインでオーダーメイドしたマン＝ゴーシュの製作費用、合計でなんと約五十二万ゴールド。

あ、ちなみにアーティファクトというのは、主に古代の技術で作られた特殊な能力付きの武器や道具で、現代の魔道技術では再現できないものをいう。その「特殊な能力」がどんなものかにもよるけど、基本的にものすごい高値で取引される。今回の剣なんかも、私が今までの冒険者活動で稼いだお金と、こそこそやっていた、魔宝石に闇属性の魔力を込めて販売するバイトで溜めたお金をすべて合計しても不足があったので、お父様にも一部出してもらった。お父様は全額出してくれるって言ったけどさすがに申し訳ないから足りない分だけお願いした。

……あーあ、私ってやっぱり計画性のない女だ。勘当されたり逃亡生活になったりして収入が不安定になることに備えてバイト頑張って結構な大金を貯めていたのに、今回のお買い物で一瞬で貯金を使い果たしてしまった。「まるでお嬢様をイメージして作られたような美しい剣でございます」という言葉巧《たく》みな営業にまんまとやられた。

アーティファクトのロングソードに秘められた力は『魔殺し』と呼ばれるものだった。防御系の魔法を貫通したり、飛んでくる攻撃魔法を弾き飛ばしたりできるらしい。魔力を持たない戦士が魔導士と戦うためにこれ以上ないほど最適な能力である。

その話を聞いた瞬間、私は「これだ！」と思った。『魔殺し』の特殊能力付きの剣。その剣を一流のソードマスターであるメイソンが持てば、彼はいわば『魔導士の天敵』と呼ぶべき存在になるだろう。相手がお姉様みたいなチートならともかく、私くらいの魔導士なら余裕で斬り伏せることができるようになるはずだ。

だから私はこの剣を彼に渡すことで、「これであなたは、もし私があなたを裏切ったらいつでも私の命を奪える」、「いくら魔力が強くても、これで私はあなたに絶対に敵わない。あなたがいくらでも好きなようにできる存在だよ」というメッセージを彼に伝えて自信を持ってもらいたい。

……あれ？　私ってやっぱりドMなのかな。今、自分でも少し思った。

この素晴らしい剣が私の手元に届いた経緯だが、ロングソードを仕入れた、ローズデール家と長年の付き合いのあるローレンス商会の会長（私が魔宝石を仕入れて、闇属性の魔力を込めたうえで独占的に販売する取引先でもある）が、剣を見た瞬間私の顔を思い浮かべてくれたらしく、うちの屋敷への定期訪問時に「とっておきの品が入った」といいながら見せてくれたのがきっかけだった。

会長は最初、私が持つ武器として考えていたらしく、私が二刀流の使い手と聞いているので、このロングソードにデザインを合わせた短剣も作れますよって営業をかけてきた。その話に飛びついた私はマン＝ゴーシュの製作も依頼し、同時にプレゼント用にするのでロングソードとマン＝ゴーシュにメッセージを彫刻できないか相談した。

彫刻したいメッセージの内容を聞いた時、おそらく会長は内心「ははーん、さてはこの小娘、男に貢ぐつもりだな」と思ったんだろうけど、そこは洗練されたビジネスマン。詳細は何も聞かずに対応してくれた。その結果出来上がったのが、今私がうっとり見つめているシャンパンゴールドの双剣なのである。

ちなみに剣にメッセージを入れてプレゼントするというのは、おそらくメイソンの前世の元カノのアイディアである。前世で彼が持っていたマン＝ゴーシュの目立つところに「マリーより、愛をこめて」というメッセージが彫られてあったからね。

それを見ただけではそのマリーとやらが問題の元カノで間違いないかということに確信を持てなかった。でも眠っている彼が「マリー、行かないでくれ……」と呟きながら苦しそうにうなされているのを見て、確信した。「私と愛し合った夜にどうして他の女の夢を見てるのよ」と正直少し、いやかなりムカついたけど、そこは惚れた弱みと最愛の人に裏切られた痛みを共有する者同士という関係性。私は優しく彼を抱きしめて「大丈夫。私がそばにいるよ」と囁《ささや》き続けたのである。

……意趣返しじゃないけど、奪い取ってやったぜ、そのマリーとやらが前世でメイソンに行った愛情表現。しかもたぶんプレゼントの値段、百倍はするはずだよ。この調子で、彼が前世で元カノと一緒に過ごした時間よりも、百倍幸せな時間を私がメイソンに作ってあげるんだから！

23話　とんでもないものをもらっちゃった件【メイソン視点】

「……これを俺に、ですか」

「はい！」

俺の大好きな、太陽のような笑みを浮かべて楽しそうにこちらを見つめてくるお嬢様。彼女が俺に渡してきたものは、とても上品でおしゃれなデザインのシャンパンゴールドの双剣だった。まるでお嬢様をイメージして作られたような美しい剣だな。

……恐る恐る聞いてみる。

「あの……、これ、ものすごく高価なものでは……?」

「メイソンが気にすることではありませんよ。愛する方に貢ぐことは貴族の嗜みで、どれだけ高価なものを貢いでいるかが貴族のステータスになるんですから」

うん、ここはさすがに突っ込んでおくべきだろうね。

「そんな嗜みもステータスも聞いたことがありません……」

「冗談ですよ～。うちの家が昔から取引している商人の方から安く譲ってもらったんです。あと、メイソンが強くなればなるほど私がより安全になるわけですから、これは自分の身を守るための投資なんです」

「……わかりました。では、ありがたく頂戴《ちょうだい》します。大事に使わせていただきますね」

「そうしてくださいね♪　その剣は私の分身ですからね。離れている時もそれを見て私のことを思い出してくださいね」

「……はい、そうします」

離れている時自体が割と少ない気もするけど、そこは突っ込まないでおきましょう。

「よろしい♪　あ、ちなみにロングソードの方はアーティファクトですからね。マン＝ゴーシュは普通ですけど」

「……はい!?」

いやいやいやいや、アーティファクトだって？　えっ、それヤバくない？　だとするとこれ、とんでもない値段だったのでは……？

「いいリアクションですねぇ。能力は『魔殺し』と呼ばれるもので、防御系の魔法を貫通したり、攻撃魔法を弾き飛ばしたりすることができるんだそうです。今度私の魔法で試してみましょうね」

マジか。となるとこれを持ってる剣士は、いわば『魔導士の天敵』のような存在になっちゃうね。

……てかこれいくらしたの？　五十万とか百万とかしたんじゃないの？

……あれ？　よく見るとなんか文字が彫られている。しかも古代文字じゃない。

「チェルシーより、愛をこめて……」

「気づいていただけましたか。いいでしょう？　特殊能力だけじゃなく、私の愛情もたっぷり込められているんです♪」

「……お嬢様」

「負担に思うことはありませんよ。もちろんお返しも必要ありません。私が勝手に押し付けただけですからね。でも今更『いただけません』は受け付けません。先ほどメイソン、ありがたく頂戴しますって言いましたし」

「……ありがとうございます。少しでもお嬢様のお役に立てるよう、これからも誠心誠意努めて参ります」

数日後、お嬢様と二人でビーチを訪れた俺は、お嬢様が放つ攻撃魔法をロングソードで弾き飛ばしたり、お嬢様が防御系の魔法をかけた丸太を斬ってみたりして性能実験を行った。その結果、お嬢様からいただいた剣は予想以上にすごい性能だったことが判明した。いや本当にヤバいよこれ。上級魔法まで普通に弾き飛ばせるし、飛んでくる魔法を切り落とすなんてこともできちゃう。丸太を斬ってみたらかかっているはずの防御魔法が完全に無効化されてしまって、切れ味自体も抜群だから簡単に真っ二つになったし。

今までは主にマン＝ゴーシュが最低限の防御のための道具で、ロングソードは専ら攻撃用という位置付けだったけど、その戦い方を多少変える必要があるとしても、この双剣を積極的に使いこなす価値は十分あると思う。

『ゲーティア』とか『イル』みたいな特殊な魔法には対処できない可能性はあるけど、魔導士との戦闘においてはほぼ無敵に近い感じになっちゃうからね、この剣があれば。特殊能力抜きにしても剣としてのベーシックな性能自体、素晴らしかったし。

実際の性能を見たお嬢様は、「イメージ通り」といった顔でとても満足気だった。そして今は実験終了後のビーチで二人並んで座って海を眺めながらいつものように談笑中である。

「私がその剣をメイソンにプレゼントしようと思った理由、話してもいいですか」

「はい、もちろん」

「一つ目の理由は、色がなんとなく私っぽいから。メイソンもそう思うでしょう？」

「そうですね。色だけじゃなくて、おしゃれで上品なところもお嬢様とよく似てると思います」

「……ありがとう。もう、照れるじゃないですか。……とにかく、私はメイソンに私の分身のような剣を持っていてほしかったんです。それが一つ目の理由」

「……ありがとうございます」

「そしてその剣が気に入った理由はもう一つあるんです」

「どんな理由ですか」

「それはね、その剣が『魔殺しの剣』だったことです」

「…なるほど？」

ちょっと今の言葉だけじゃ真意が読めないな。どうしてそれがよかったんだ？

「ちょっとよく分からないって顔をされてますね。ふふ」

「……すみません」

「いえ、分からなくて当然だと思います。で、その剣の能力が気に入った理由なんですけど」

「はい」

「……その剣があれば、メイソンは簡単に私の命を奪えるからなんです」

「……はい？」

うん、ますますわかんなくなってきましたね。

「ほら、その剣を持ったメイソンっていわば『魔導士の天敵』のような存在になっちゃうじゃないですか」

「……そうですね」

「だから私に多少強い魔力があるとしても、その剣を持っているメイソンには絶対に敵わないわけです」

「そう……でしょうか」

たとえば『イル』で体内から壊す方法を使えば、この剣を持っていたとしてもお嬢様が勝つと思うけど。てか、そもそもなんで殺し合う前提なんだ？

「はい、一流のソードマスターのメイソンが、魔導士を狩ることに特化したアーティファクトを持ったわけですからね。私が敵うはずがありません」

「はぁ……」

ここで反論したところで話がややこしくなるだけだから、とりあえず続きを聞こう。

「だから……、もしね、そんなメイソンに敵うはずもない存在の私が、自分の立場をわきまえずにメイソンのことを裏切ったり、悲しませたりしたら……、斬っちゃえばいいんですよ、そんな女は。その『魔殺しの剣』で」

「……」

「そうでなくても、もし私がメイソンの言うことを聞かなかったり、私の行動で少しでもメイソンの気に入らないところがあったら、メイソンはその剣を突き付けて私にこう言えばいいんです。『殺されたくなければ俺の言うことを聞け』って」

「……」

「どうでしょう。少しは私のこと、お手頃な存在に見えるようになりましたか」

なるかー！　愛が重い。重すぎるよ！　最近ちょっとヤンデレ色を出しすぎですよ、お嬢様。

でもあれだね、お嬢様の今の言葉を聞いてよく分かったけど、彼女は今、俺が彼女に対して思っていることをほぼすべて見抜いているんだね。……彼女に『見える』のは本当は未来なんかじゃなくて人の心なんじゃないの？

「……むしろ前よりも『この人には敵わないな』って思うようになりました」

「えええ⁉　どうしてそうなるんですか」

「だって、お嬢様は俺の気持ちが全部わかっているから、そんな風に言ってくださったんでしょう？　たとえば、俺は自分がお嬢様に釣り合うところが一つもないと思っているところとか……、近い将来、俺なんかより遥かにすごい人たちがお嬢様の前に現れたら、お嬢様の気持ちが変わっちゃうんじゃないかって心配しているところとか……」

「……そりゃあ、まあ、ずっと見てますからね。メイソンのこと」

「本当、こんなヘタレのどこがいいんですか」

「全部です。そのちょっとヘタレで可愛いところ含めて」

「……ありがとうございます」

「どういたしまして」

「……俺、もっと真剣に考えてみます。お嬢様との今後のこと」

「……！　はい♪」

数日後、俺は自分の今の考えや気持ちを包み隠さずお嬢様に伝えた。お嬢様は王妃にでも四天王にでもなれる人だと本気で思っていること、でも俺と結ばれるとなると、おそらく駆け落ちがもっとも現実的な将来像になってしまうこと、そうすることによって、お嬢様の未来に広がる無限の可能性をすべて俺なんかのために使わせて良いのか、俺が奪ってしまって良いのかまだ確信が持てないこと。

そのうえで、俺が考えた二人の今後のことについても提案した。来年、お嬢様が魔道学園に入学したら俺も王都を拠点に冒険者として活動するつもりだと。彼女が魔道学園に在籍する三年間、少しでもお嬢様に釣り合う男になれるように死ぬ気で頑張ってみると。でも休日はできるだけ一緒に過ごそうと。

そしてお嬢様の気持ちが魔道学園を卒業しても変わらないのであれば……。

その時は駆け落ちでも何でもしよう、と。

我ながら結論を先延ばしにしているだけの時間稼ぎの提案で、しかも「魔道学園でどんな男と出会っても君の気持ちが変わらないことを証明してね」と上から目線でお嬢様を試すような主張でもあり、もしかしたらお嬢様はとても不愉快に思ってしまうんじゃないか心配した。

でも正直、この提案が理由でお嬢様に愛想を尽かされるなら、それはそれで仕方がないって気持ちもあったかもしれない。どこまでもヘタレだよ、俺は……。

でもお嬢様は……。

「はい、もちろんそれでいいですよ。私とのこと、真剣に考えてくださってとても嬉しいです」

と俺の大好きな笑顔でそう答えてくれた。

「……まさか喜んでいただけるとは思いませんでした」

「そうですか……？　だって、あと四年待てばいいんでしょう？　あと十年はかかるかもしれないと思ってたので、なんだか得した気分です」

俺のヘタレと優柔不断がいつの間にかお嬢様の忍耐力を強く鍛えてしまったんですね。……申し訳ない。

「でも魔道学園を卒業しても私の気持ちが変わらなかったら、ちゃんと引き取ってくださいね。その時になって『やっぱ要らない』って言われたら、私メイソンの目の前で自分自身をターゲットに『ゲーティア』を解き放って自害しちゃいますからね」

「……もちろんです。その時はお嬢様がどんなに嫌がっても強引に掻っ攫《さら》って俺の妻にします」

「……それいいかも。嫌がるフリをしますので、掻っ攫ってもらってもいいですか」

「どうぞ。そういう時のための『魔殺しの剣』ですから」

「んんー、素敵！　やっぱり多少無理をしてでもその剣を手に入れて正解でした」

「えっ、やっぱり無理をされてたんですか⁉　知り合いの商人から安く譲ってもらったのでは？」

「……あっ」

こうして俺は、自分が釣り合っているとは到底思えない美しい公爵令嬢と、条件付きではあるが将来のことを約束してしまった。……少しでも、ほんの少しでも彼女の隣に立つに相応しい人間に近づけるよう、これから毎日死ぬ気で頑張らなきゃ。

……うん、頑張ろう。

24話　二度目の入学式でした

というわけで、またやってきました、王都ハート・オブ・ベルティーン。……しかも今度はこれから三年間、こちらで過ごすことになる。そう、今日は私の約十年ぶり二度目の入学式。前までは魔道学園に入学する前にメイソンと駆け落ちして、ここには来ないかもしれないと思ってたけど、メイソンが学園は卒業してほしいって。

あまり良い思い出がない場所だから、正直また来たかったかというと来たくなかったけど……。ほら、私ってもうメイソンの言葉には絶対逆らえない立場だし？　あと、学園卒業まで私の気持ちが変わらないことを証明すればその瞬間からメイソンは私のものになって、一生私だけを見て、死ぬまで私だけを愛してくれるって約束してくれたから、まあ、よしとしよう。

……あれ？　彼、そこまでは言ってなかったっけ？

改めて学園を見渡してみる。王都の東の端にあるシスカイン島の約二割を占める広大な敷地に建てられた美しい建物の数々。敷地の南側に位置する正門は島の中心部に通じているが、「水の都」にある施設らしくその北側と西側はほとんどが運河に面しており、本土や王都内の他の島には学園から直接ボートを利用して移動することもできる。

「平等・自由・責任」が学園の理念で、教育方針でもある。「平等」は、学園の門を潜《くぐ》った瞬間から身分の差は意味をなさず、生徒はみな平等な立場で知識やスキルを身につけながら切磋琢磨《せっさたくま》していくことが求められるというもの。実際には身分の差が全く意味をなさないというわけではないし、そもそもこの国における魔力保有者は圧倒的に貴族が多いため、実質的に魔道学園はほぼ貴族向けの高等教育機関兼士官学校の性格を持った学園とはいえる。

ただ、うちの国の人たち、特に貴族は「魔法がよくできるやつが無条件でえらい」という偏《かたよ》った考え方をしているところがあり、実際に身分が低くても強い魔力や優れた魔道スキルを持った生徒は在学時から優遇され、卒業後は軍や国の研究所などにスカウトされて出世していく。だから確かに平等といえば平等な学園だと思う。

「自由」に関してもそうだ。一応全寮制を採用しているが、外出や外泊は比較的自由だし、受講したい講義は自分の興味や魔力適合性を考慮して自ら選んでいくスタイルである。だから士官学校の役割も担《にな》っている割には堅苦しい空気は一切ない。

「責任」は、「自由」に伴う責任は生徒本人が持つべきという考え方である。私自身が前世において自由に行動したことに対する全責任を問われる形で、卒業直前の退学処分から勘当、その後修道院への護送中の事故死という悲惨な結末を迎えたことで、その理念が嘘や建前ではないことを、身をもって証明してみせた。

……まあ、退学処分以外は学園の理念や教育方針と全く関係ないけど。

壇上でカイル王子が新入生代表挨拶を行っている。彼の顔見るの、いつぶりだっけ？　覚えてないや。でも相変わらず美しい顔の少年である。なんか前よりも凛々《りり》しさや逞《たくま》しさが出ていて、ますます非の打ち所がない美少年、いや美青年？　に成長してるね。

会場にいる多くの女子生徒がうっとりした顔で彼の話を聞いているのも頷ける。……でもあなたたち、やめておきなさいな。彼はあと数か月もすればこの学園で運命の相手と恋に落ちてしまうから、今あなたたちがいくら熱っぽい視線を彼に向けても何の意味もないよ。

そう、彼はこのキャンパスで運命の人――一年に数名しか入学しない平民出身の生徒で、しかも私の闇属性よりもその数が少ないことで知られる光属性の適合者、レベッカ・ウェストウッドと恋に落ちるのだ。

ちなみにこの光属性は、よく聖属性と混同されるが、別物である。聖属性は浄化、治癒、防御がメインの、割と一般的で適合者も多い属性で、光属性は「光」の性質を持つ強力な攻撃魔法がメインのレア属性。そして光属性の適合者は基本的に聖属性にも適合するので、みんな攻撃も治癒も寝取りもできるオールラウンダーである。……最後のは違うか。

私はすでに彼女の姿を確認していた。淡いピンクの長い髪と濃い臙脂色《えんじいろ》の大きな瞳、少し小さめながらも筋が通った形の良い鼻に、みずみずしい唇。少し垂れ目なところが柔らかい印象を与え、全体的に細身なのになぜかそこだけ立派に育った胸が世の男性の視線を釘付けにする。

お姉様が天使や女神のような異質的な美しさを誇る絶世の美女だとすれば、彼女は「世の男性の理想をかき集めて平均値を出したものをそのまま具現化した美少女」とでもいうべきだろうか。清楚系のゆるふわ女子って感じの外見で、私と真逆のイメージである。彼女が慈愛の聖女で、私が邪悪な魔女ってところだな。……言ってて悲しくなってきた。

で、その邪悪な魔女の私は、もちろんカイル王子の美しいご尊顔には微塵《みじん》も興味がなく、壇上後方の教員席でやや緊張した面持ちで座っている、黒髪の青年に熱視線を送っていた。

うん、私が選んだ衣装、とてもよく似合っているよ、せんせ♡

「次は新任教員のご紹介です。ベックフォード先生、よろしくお願いします」

きたきた！

「初めまして。今年から剣術教科を担当するメイソン・ベックフォードと申します。皆さんの将来に少しでも役立つ内容をお伝えできればと考えています。特に将来、軍や冒険者を進路として考えていらっしゃる方は、ぜひ受講をご検討いただければと思います。もちろんそうでない方でも、少しでも剣術にご興味がある方はぜひ見学にきてください。これからよろしくお願い致します」

うんうん、割とシンプルな自己紹介だけど彼の謙虚で誠実な人柄が滲み出ているね！　さすが私の旦那様（予定）！


そう、メイソンは私の入学と同じタイミングで、魔道学園で新設された剣術教科の講師として採用されることになった。どうしてそうなったか？　そこには私のヤンデレチートなお姉様のアドバイスと全面的な協力があった。

「……甘いですわ」

「……えっ？　そ、そうでしょうか」

「ええ。甘いです。というか私、チェルシーさんがそのようなお話を受け入れたことに驚いてしまいました」

メイソンと将来のことを約束したあと、私は帰省したお姉様に嬉々《きき》として詳細を報告した。魔道学園の卒業後に正式に交際を始めることになったこと、私が魔道学園に在籍している三年間、彼も一緒に王都にきてくれる予定で、彼は王都を拠点に冒険者として活動しながら休日はできる限り一緒に過ごしてくれることになったこと。

私としては、それまではいつまで待てば良いかが分からない状況だったのに、これで「魔道学園卒業日」という明確な期日が設定されたわけだから、非常に大きな進歩だと考えていたけど……。

どうやらお姉様から言わせるとそんなことはないらしい。

「どこがいけなかったのかわからない、という顔をされていますね」

「……はい、正直。私としては『これで私の人生のハッピーエンドは約束された』と思って、とても喜んでいたので……」

「……はぁ。仕方がありませんわ。可愛い義妹のために一肌脱ぐとしましょう。……ではまず、どこが良くなかったのかご説明いたしますわ」

「お願いします……」

「チェルシーさんが学園で過ごす三年間、ベックフォード様はどこで何をなさるんでしたっけ」

「ハート・オブ・ベルティーンを拠点にして、冒険者活動をすると言っていました。……少しでも私に相応しい男になるために死ぬ気で頑張るって言ってくれましたよ？　すでに相応しいどころかむしろ私なんかを引き取ってくれる気になってくださってありがとうございますご主人様、って感じなのに」

「……チェルシーさんが今、『どうですか。私の旦那様、素敵でしょう？』と強く主張したいということはよくわかりました。否定もいたしませんわ。ただ、問題はそこです」

「……？」

「チェルシーさんは、そんな素敵な未来の旦那様を、お二人で過ごす休日以外はチェルシーさんの目の届かないところで野放しにするおつもりですか。ベックフォード様、きっと冒険者として大活躍されるんでしょうね。あれだけ優秀なソードマスターの方が、死ぬ気で努力されるんですもの」

「……!!」

「それってまるで王都に住むすべての女性に向かって『どうぞ私の素敵な旦那様を奪っていってください。今なら無料ですわ』と宣伝しているようなものだと思いませんか。そしてベックフォード様に対してはこう言っているようなものです。『どうぞ三年間、毎晩毎晩好きなだけ浮気をしてきてくださいね。私待っています』と」

「……」

そ、そうか……。魔道学園で誰に言い寄られても私の気持ちが変わらないことを証明すればクリアと思っていたが、そんなことはなかったんだ。王都でメイソンがモテまくってしまう可能性を全く考慮していなかった。

そもそもメイソンを早めに探し出して屋敷に住まわせた理由はなんだったんだよ。マリーとやらの魔の手から彼を守るためじゃなかったのか。メイソンが私の目が届かないところで冒険者活動をしているうちに、そのマリーとやらに出会ってしまう可能性をなぜ考えなかったんだ。

……ふ、不覚。メイソンが将来を約束してくれたことに舞い上がってしまって十分な検討と冷静な判断ができなかった……。

「もちろん、お互いのことを信頼することはとても大切なことです。でも、そもそもお互いのことを裏切ることができないような状況を作ってしまう方が、より適切で目指すべき恋人同士の姿だと、私は思いますわ」

「……ど、どうしましょう？　お姉様」

うろたえる私。お姉様の価値観の正当性についてはこの際、深く考察するのをやめよう。とにかくお姉様の言う通りだ。あれだけ素敵なメイソンが今までよりも頑張って冒険者活動をするとなると、そりゃモテるでしょ。モテてモテてモテてモテまくるに決まっている。

そして私は、もちろんお姉様ほどではないとは思うけど、嫉妬深さと独占欲の強さには定評がある女なのだ。それで一回身を滅ぼしているくらいだから。……メイソンがカイル王子のように積極的に浮気をするとは思わないが、彼が他の女にモテている姿を想像しただけで腸《はらわた》が煮えくり返る。

というかモテるモテない以前に、彼が私の目が届かないところで女性の冒険者と一時的にでもパーティーを組んだり、ちょっとでも一緒に活動をしたりすることとさえも絶対に遠慮してほしい。でも魔法の総本山であるこの国には、他国に比べても女性の冒険者が多いんだよね……。魔法は男女の身体能力の差なんか一切関係ないから。

「大丈夫ですわ。私にお任せください。……ベックフォード様は確か、剣術の指導がものすごくお上手で、人に何かを教えることにとても向いていらっしゃるというお話でしたよね？」

お姉様はすぐに動いてくれた。士官学校の役割を兼ねている学園ならば、軍人としての基本的な素養の一つといえる接近戦の基礎を身につけられる環境を生徒たちに提供すべきである、また接近戦の基礎を身につけることは、将来冒険者の道を目指す生徒たちにとっても間違いなく役立つと強く主張してくれた。

学園始まって以来の天才で、現役の生徒会長にして卒業と同時に四天王への就任が決まっているお姉様の主張。そして彼女の実家で、軍部にもっとも強い影響力を持つラインハルト公爵家も彼女の主張を全面的に後押ししたため、学園側はすぐに次の学年から剣術教科をカリキュラムに追加することを決めてくれた。

そして剣術教科の講師の人選に関しても、あっという間にメイソンが選ばれた。地元で三本の指に入る有名パーティーのソードマスターで、実戦経験豊富。パーティーメンバーであるチェルシー・ローズデール公爵令嬢が来年魔道学園に入学する予定のため、それ以降、所属パーティーは活動を休止する可能性がある。

同じパーティーのもう一人のソードマスター、アイリーン・キャスカートに一から剣術を教え込み、わずか数年で王国トップレベルの剣士に育て上げた実績あり。また魔導士に対する剣術指導に独自のノウハウを持っており、そのことは彼の弟子の一人であるチェルシー・ローズデール公爵令嬢から提供された素晴らしいクオリティーの自作テキストによって裏付けされている。

といった趣旨の推薦状がラインハルト公爵名義で学園に届いたとのことで、すぐに学園側から彼が所属するローズデール公爵家に対して身分照会があった。結果、「偶然にも」来年の学期が始まる直前に彼とローズデール家との契約が満了することが判明したので、学園からローズデール家に対して契約終了後に彼を移籍させてもらえないかという打診が行われた。

ここまで私がやったことといえば、大事に保管していた『ベックフォード流双剣術』のテキストのコピーをお姉様に渡したことと、お父様とお母様に対して「もしかしたら学園からメイソンのスカウトの話が届くかもしれないから、その際には認めてほしい」と根回しをしたことくらいだった。後はすべてお姉様に丸投げ。……一生ついていきます、お姉様。

うちのお父様は強《したたか》かな人だなと思ったのが、最初から移籍を認めるつもりでいながらもお父様は表面上、不快感と難色を示した。「彼はローズデール家にとって必要不可欠な人物。今回の二年契約が終了する段階で、永久的にローズデール家で雇い入れるつもりだった。突然の移籍要請に困惑しているし、簡単には受け入れられない」と。

その後も何度か学園側と交渉したり、王家からも移籍の了承《りょうしょう》を求める書簡が届いたりして、ローズデール公爵家から学園と王家に恩を売る形で「渋々」移籍を認めることにしたらしい。

あ、魔道学園は「王立」魔道学園だからね。バックには王家がいるんですよ。まあ、実際には学園側が作った手紙に王家の誰かがサインしただけだと思うけどね。

ここまでの一連の流れに巻き込まれてもっとも困惑していたのは他ならぬメイソン本人だった。特にラインハルト公爵からの推薦状の内容を見た際には「いや……。これ誰だよ。過大評価しすぎだろ……」とちょっと青白い顔になって呟いていた。

そう？　事実だけを客観的に述べていると思うけど。

でも優しい彼は、私がどうしてもずっと彼と一緒にいたくて、お姉様とお父様に無理を言ったって伝えたら、笑顔で許してくれた。そして「俺もこれからも一緒にいられることを嬉しく思います」とも言ってくれた。

んんー、好き！　勝手なことしてごめんね。もし慣れない生活でストレスがたまったらベッドで私相手に発散してね。

……はい、自重します。

25話　仲間外れ感が半端ない件【メイソン視点】

魔道学園で剣術を教えている。……うん、俺も正直、意味がよくわからない。「魔法」を教えるはずの魔道学園にどうして「剣術」教科が新設され、その講師として騎士でもなければこの国の出身でもない俺が選ばれてしまったのか。

どうやらお嬢様……じゃなくてチェルシーとラインハルト様が裏で動いた結果らしいが、いくらなんでも強引過ぎない？　そもそも魔法を学ぶための学園に剣術科目を設置したところで、そんなもの受講する生徒がいるのだろうか。……まあ、チェルシーは受講してくれるんだろうけど。

俺が学園で講師として働き始め、チェルシーが生徒として同じ学園に入学することになったので、俺たちは今までの呼び方を改めることにした。彼女の希望は「チェルシー」の呼び捨てで、俺は「チェルシーさん」でどうかと提案したが、彼女は今度こそは譲れないということで、二人きりの時やアイリーンと三人でいる時は「チェルシー」と呼び捨てにすることになった。しかもその流れで敬語もやめることになった。未だに慣れない。

もちろん、男性講師が特定の女子生徒のみをファーストネームの呼び捨てにするのはまずいので、他の生徒の前では「ローズデールさん」と呼んでいる。そして彼女は俺のことを「先生」と呼ぶようになった。他の生徒と一緒の時以外は基本的に今まで通り「メイソン」だが、あえて少しだけ舌足らずの「せんせ♡」って呼び方にするのが気に入ったらしく、二人きりの時もよく「せんせ♡」と呼んで甘えてくる。……あざと可愛いな、もう。

ちなみにチェルシーのことを呼び捨てにすることになったタイミングで、チェルシーの専属メイドとして一緒に学園に来ているアイリーンとも呼び捨てで呼び合うことになった。彼女としてはずっと前から呼び捨てでよかったとのことで、チェルシーの呼び方を変えたこのタイミングでついでに自分の呼び方も変えてはどうかと提案された。アイリーンとは同性の親友のような間柄だから、こっちはしっくりくる。

で、心配した剣術教科なんだけど……。意外なことに、割と人気教科になってしまった。元々卒業後の進路として軍や冒険者の道を考えている生徒たちにとって、接近戦の基礎を学べる講義はニーズがあったらしい。また、今までローズデール・ラインハルト大都市圏で魔物討伐に精を出していたことにより、俺の名前は地元だけじゃなくて王国全域でそれなりに売れていたらしく、「あの有名人の剣技を生で見られるなら、それだけでも見学に行ってみる価値はある」とのことで、見学希望者が殺到した。……チェルシーとパーティーを組んでたから有名になっただけなのに。

そして、見学に来てくれる生徒たちのためにはエンターテインメント的な要素も必要かと思い、アイリーンに協力をお願いし、俺とアイリーンで実際に手合わせをしてみせたのもよかったんだと思う。多くの生徒が感嘆の声をあげながら、夢中になってみてくれていた。

……ボロ負けしなくてよかったよ。なんとかまだ互角の実力でついていけている、あの天才に。

俺から彼女に教えられることはもう何もないけどね。

デモンストレーションが効いたのか、見学に訪れた生徒の中には軍や冒険者志望でもないのに受講を決めてくれた生徒も結構いた。たとえば、この国の第二王子のカイル殿下もそうだね。いや、王子はある意味、将来は軍の指揮官でもあるのか？　……それにしてもまさか王子に剣術を教えることになるとは思わなかったよ。人生何があるかわかんないね。


とまあ、剣術教科には思いのほかたくさんの生徒が集まり、指導自体も順調に進んでいるものの、正直俺は学園でかなり居心地の悪さを感じていた。考えてみてほしい。この学園は基本的には魔法を学ぶ学園である。ということは、教員も生徒も基本的に全員が魔導士。そしてこの国の魔力保持者は多くの場合、貴族なので、教師も生徒もほとんどが貴族出身である。

そんな中、俺は魔力を一切持たず、出身は平民でしかも外国人。まるで白鳥の群れに迷い込んだカラスだなと思ってしまう。仲間外れ感が半端ない。

チェルシーは暇さえあれば俺のところに来てくれるし、アイリーンもローズデールの屋敷にいる時よりも仕事が少なくなったのか、前よりも頻繁に雑談や手合わせに付き合ってくれるようになった。でもはっきり言って俺の心が休まる時はその二人と一緒にいるときだけだった。そんな中、入学テストで筆記でも実技でもトップの成績を叩き出したチェルシーは、生徒会執行部に選ばれた。

この学園の生徒会執行部には王族か有力貴族の生徒か、圧倒的に高い魔力を持つ生徒、あとは入学テストで極めて優秀な成績を残した生徒が選ばれるとのことで、チェルシーは文句なしでどの条件も満たしているので順当な選出だった。

で、その生徒会執行部というものは、単なる学園の生徒会の仕事を取り仕切るメンバーなわけではなく、それに選ばれることによって将来は魔道王国のエリートコースに入ることが約束される、いわゆる「インナー・サークル」に該当《がいとう》する集団らしい。まあ、いずれにしてもチェルシーが選ばれるのは当然だと思うけど。

それに選ばれてどうなったかというと、チェルシーはかなり忙しくなってしまった。普段の授業や研究に加えて、執行部の仕事もやらないといけなくなったわけだから。多忙な中でも俺との時間を最大限確保するために睡眠時間を大幅に削ろうとしていたから、それはやめるようにとやんわり注意した。

「でも……」って食い下がってきたから、珍しく「俺の言うことは何でも聞くんじゃなかったの？」って少し強めに言ってみたら、なぜかちょっと嬉しそうな顔で「……はい♡」って答えられてしまった。……前から少し思ってたけど、もしかしたらチェルシー、少しMっ気があるのかな？

とはいえ正直、心のオアシスでもあるチェルシーとの時間が減ってしまったことを誰よりも残念に思っているのは俺自身だった。しかも、彼女と一緒に仕事をしている生徒会執行部というのが美男子揃いというところも、正直気にならないといえば嘘だった。

もっとも目立つのはやはり第二王子のカイル殿下だろう。ラインハルト様の男版とでもいうべきかな？　一言でいえば完璧な美少年だった。嫌味なまでに整った顔に紳士的で物腰柔らかい性格、気品と威厳に満ち溢れたオーラ。能力面も申し分なく、入学テストの結果は筆記でも実技でも二位だったらしい。しかもそんな彼が王族にしては珍しく、なんと十五歳になった今も婚約者が決まっていないと。

もう一人女子生徒の憧れの的になっているのが、二年生のルーカス・ヴァイオレット。ローズデール家と同格の「三大公爵家」のご令息である。無口な一匹狼タイプで、女子からの評判は「どこか危険な香りがする冷血系イケメン」だそうだ。

他にも「お色気担当の遊び人」とか「知的なイケメン生徒会長」とか、生徒会執行部にはいろんなタイプのイケメンが揃っているらしい。なんかね、生徒会執行部のメンバーのプロフィールを聞いていると、やっぱりチェルシーがいるべき世界はあちらであって、俺の隣じゃないって感じがして、とても惨《みじ》めな気持ちになる。……俺、やっぱ身の程知らずだよなって。カイル殿下とチェルシーなんかもう最高にお似合いじゃん。


そんなストレスフルな学園生活の中で、俺は一つだけ楽しみを見つけていた。それは、ジャンクフードの買い食いだった。ローズデールの屋敷は繁華街から少し離れたところにあったし、一応、俺はチェルシーの専属護衛という立場だったからなるべく彼女のそばにいることを心がけていた。だから気軽に庶民の味を楽しめる環境ではなかった。でも学園はなんと正門から五分も歩けば地元の商店街があり、しかもさすが王都というべきか、数々のグルメが揃っていて、中には俺の生まれ故郷の郷土料理を出す店まであった。

久々にジャンクフードをたっぷり堪能できるようになった俺は、最近はチェルシーと一緒に食事をとる時以外は専ら商店街の店を利用していた。そして俺が庶民の味を楽しむお気に入りの方法の一つは、ジャンクフードをテイクアウトして、学園のベンチに座って一人でそれをまったり楽しむというものだった。もちろん、お店で食べた方がおいしいものはそうするけど。

で、この学園の運河側のベンチは景色が良いとあって、ランチタイムは非常に込み合うが、ほとんど人が来ない山側にある旧校舎の近くには、まるでぼっち飯《めし》のために存在するかのようなベンチがいくつか並んでいて、そこが俺のお気に入りのランチの場所になっていた。

その日も俺は商店街に出かけ、最近ハマっているフィッシュアンドチップスをテイクアウトしてきていつものベンチに腰をかけた。次の休日はチェルシーとアイリーンを誘って久しぶりに三人でクエストにでも出かけようかなと思いながら最初のポテトを口に運ぼうとした瞬間、誰かから声をかけられた。

「……ベックフォード先生？」

どこかで聞いたことのある女性の声だった。えーっと、誰だっけ？

「……？　あー、ウェストウッドさん」

そこには、俺の剣術授業を受講してくれている生徒の一人で、確か聖属性だっけ？　光属性だっけ？　とにかくチェルシーと同じくらい珍しい属性の魔法を操るということで校内から注目されているレベッカ・ウェストウッドさんが立っていた。

「こちらでお食事ですか」

「……はい。ウェストウッドさんも？」

「はい、これから。……ってああっ！　フィッシュアンドチップス！」

気がついたらフィッシュアンドチップスに興奮したウェストウッドさんが俺と同じベンチに居座っていた。どうやら彼女は平民出身らしく、入学以来ジャンクフードを食べていないのでそろそろ食べたくなっていたとのことで、どこに行けばフィッシュアンドチップスが買えるのかと、目を輝かせながら質問をしてきた。

正門から徒歩五分の商店街です、他にもいろんなジャンクフードが買えますよと説明して、俺としては話を終わりにしたかったのだけど……。なんと彼女はそこからこの学園で平民としてやっていく難しさや受けたカルチャーショックについて話題を広げてしまった。まあ、確かに話の内容は共感できる部分も多々あったけど……。

このままだと彼女は成り行きで持ってきた弁当を広げて食事を始めてしまうな……。うーん、誰にも邪魔されないぼっち飯を楽しむつもりだったのに。というか俺が他の女子生徒と二人で飯なんか食ってる姿をもしチェルシーが見たら、いい気はしないと思うんだよね。こんなところに来ないとは思うけどさ。

ということで、ウェストウッドさんに失礼にならないよう、少しだけ話に付き合った俺は、タイミングを見計らって昼休みのうちに片付けないといけない仕事があったことを忘れていたフリをして、その場から退散した。うう、数少ない楽しみだった俺のぼっち飯が……。

26話　誤解されていました

やはりメイソンは人に何かを教えることにとても向いていた。彼の剣術講座は、忽《たちま》ち魔道学園の人気講座の一つになったのである。まず、見学日に行ったデモンストレーションがすごかった。内容はシンプルで、メイソンとアイリーンが手合わせをしてみせただけなんだけど……、いやこれがもう本当にすごかった。

どれくらいすごかったかというと、何度も一緒に戦っているはずの私でさえ口をポカーンと開けて情けない声をあげながら見惚れてしまうくらいすごかった。本気の二人ってこんなにもすごいんだって感動してしまった。結局最後は引き分けで終わったんだけど、終わってからみんなしばらく拍手してたもん。二人とも普段よりは若干《じゃっかん》「魅《み》せる」ことを意識して動いていた気もするけど、いずれにしても二人とパーティーを組んでいる私としては鼻高々だった。どうだ！　私の仲間二人はめちゃくちゃすごいだろ！　ってなぜか私がドヤ顔をしたくなった。

そしてデモンストレーションに感動した生徒たちが受講を始めると、そこは私のような「身体が剣を握ることを拒否しているレベルの子」でさえもそれなりの実力に育ててくれたメイソンの手腕である。ちゃんと努力している生徒はみんな順調に実力が伸びていくから、生徒たちの満足度も高いらしい。……さすがすぎる、私の旦那様（予定）。もう何度目なのかも忘れたくらい「いつものこと」になっちゃっているけど、また惚れ直しちゃった。

そういえばやっと、本当にやっと、彼からファーストネームの呼び捨てをしてもらえるようになった。ここまでくるのに三年かかったよ。前世ではベッドまで四日だったのに……。今回は学園入学をきっかけとして、学園で「お嬢様」と呼ばせるわけにもいかないし、もうローズデール家と雇用関係があるわけでもないからそれは適切でもないと言って、私が無理やり「チェルシーと呼べ」と迫った。

最初は「チェルシーさん」でどうかとかまた訳のわかんないことを言ってきたから、あと三年もすればあなたの妻になる相手にさん付けなど不要だっていって、今度こそは譲れないと駄々をこねて無理やり「チェルシー」と呼ばせることに成功した。ついでに敬語もやめさせた。

他の生徒の前では「ローズデールさん」と呼ばれている。私は他の生徒の前でも「チェルシー」で良いと言ったのだが、メイソンからするとやはり講師という立場上、それはまずいとのことだった。まあ、それなら仕方がない。

とまあ、順調にいっている部分もあるが……。実はそうでないところもあった。まず、なんとなくメイソンが学園で居心地が悪そうにしていた。私にはそんなこと一言も言わないけど、「ここ馴染めないなぁ……」と感じているだろうなというのがひしひしと伝わってくる。強引に学園に彼を連れてきた私としては、申し訳なくて死にたくなる。

もちろん私は暇さえあれば彼のところに行って彼を癒してあげようと頑張っているし、私と同じことを感じ取っているのか、アイリーンもそれとなくメイソンのことを気遣ってくれている。さすがは『神メイド』である。剣術も天才だけど気配りも剣術と同じくらい天才だよ。

ちなみに私のことが恋愛的な意味でも大好きなアイリーン（もう見て見ぬふりをするのをやめて

現実を受け入れた……）はメイソンに対して恋愛感情はもちろん持っていないけど、剣の師匠として、ともに戦ってきたパーティーメンバーとして、深い信頼と友情は感じているらしい。魔物討伐中に一度、メイソンに命を助けてもらったこともあるしね。そりゃ友情くらい芽生えるよね。

そんな中、私は生徒会執行部に選ばれてしまった。確か前世でも選ばれていて、その時は選ばれて当然だと思ってたし、カイル王子と一緒に過ごせる時間が増えるとか言って喜んでいたけど、今回は面倒なだけで正直デメリットしかないなと思った。

選ばれると執行部の仕事で忙しくはなるのに、私の場合、卒業後は高い確率で駆け落ちルートだからこの国のエリートコースに入って人脈作りしたところであまり意味がない。入ったら忙しくなるとしても入ろうかなと思うのは、入ることに何かメリットがある場合であって、私の場合、生徒会執行部に入ったら意味もなくただ働きをするだけになっちゃうんだよねぇ…。

そんな時間があったらメイソンともっと一緒にいたいし、メイソンが忙しい時は図書館でここにしかない珍しい魔導書でも読んだ方がよっぽど有意義な時間の使い方になると思う。ということで、最初は「勉学に集中したい」という理由で辞退したのだけど……。

ダメだった。身分、魔力、入学前の実績に入学テストの成績まで、すべてが申し分ない私が生徒会執行部に所属しないとなると、ちょっと前代未聞の事態になっちゃうとかで、教員や先輩、執行部OB・OGの方々からしつこく勧誘・説得された。まあ、たぶんこの生徒会執行部って国による早期の人材の囲い込みという側面もあるだろうからね……。

結局もっとも恐ろしいOG様から「入ってあげてください」との短い連絡が届いてしまったので、そのOG様、つまりお姉様には生涯絶対服従を誓っている私は、その時点で無駄な抵抗をやめて生徒会執行部に加わることになった。あ、そういえばお兄様とお姉様の婚約が先日発表された。おめでとうございます！　あと少しで「お姉様」じゃなくて「お義姉様」ですね！

で、実際に生徒会執行部に入ってどうなったか。案の定、私はかなり忙しくなってしまった。なんか前世の時よりも大量に仕事を押し付けられて非常に多忙である。でも忙しさを理由にメイソンと過ごす時間を減らしたくはなかったので、睡眠時間を削ってでもメイソンと一緒の時間は確保しようとした。

でもメイソンも私のことをよく見てくれているから、睡眠時間を削っているのがバレてしまった。そして自分と過ごす時間を無理やり作ろうとして体調を崩してほしくないから、睡眠時間を削るのはやめるよう注意されてしまった。

「でも……」って口答えしたら、珍しく「俺の言うことは何でも聞くんじゃなかったの？」って少し強めに言われてしまって、思わず「……はい、ご主人様♡」って返事しそうになっちゃった。なんとか後半のセリフは自主規制できたけど。

……やっぱ私、メイソンの前ではドMちゃんなのかな。こっちもそろそろ見て見ぬふりをやめて現実を受け入れるべきかもしれない。

学園における私の交友関係も、前世とはかなり異なるものになっていた。前世の私は入学前から王都のお茶会などに足しげく通っていて、そこですでに出来上がった人間関係をそのまま学園に持ち込んでいた。つまり「ザ・貴族令嬢」って感じの方々を取り巻きにしていた。

前世の私の交友関係は恋愛小説に登場する悪役令嬢とその取り巻きのテンプレのようなもので、私の「友人」たちは嫉妬に駆られた私によるレベッカさんへのいじめ、嫌がらせに積極的に加担し、実行犯になってくれていた。主犯格の私が退学処分になった際には、彼女たちにもそれぞれ罰が下されたのを覚えている。

で、今の私はというと、王都のお茶会などはどうしても断れないもの以外は参加せず、参加しても自分から積極的に誰かに関わろうとはしなかったので、当然ながら前世の取り巻きたちとの交友関係はできていなかった。そして入学してからも特に彼女たちと親しくしようとは思わなかった。

というか、正直新しく友達を作るよりもメイソンやアイリーンとの時間を大事にしたいなと思っていたから、私は学園に来てからもあまり積極的に他の生徒と関わろうとはしていなかった。もちろん、あえて他の生徒を遠ざけようともしていなかったけど。一言でいうと去る者は追わず来る者は拒まずって感じだね。そしてどのような者たちが「来てくれた」のかというと……。主に武闘派女子たちである。

どうやら同級生たちの私に対する評価は「公爵令嬢の身分なのに入学前から冒険者登録をして、ソードマスターを二人引き連れて時々自分でも双剣を振り回しながら地元で暴れまくっていた、ちょっと手が付けられないレベルのやんちゃなお嬢様」というものらしい。

で、騎士志望とか冒険者志望とかの武闘派女子たちは私の武勇伝と、その武勇伝を裏付ける、実技の授業中に見せる魔法の火力や剣の腕などに心惹かれたらしく、彼女たちにとって私は憧れの存在になってしまったのである。結果、いつの間にかできた私のグループは前世とはまるで性格の異なるものになっていた。

「そういえば前から気になってたんだけどぉ、やっぱりメイソン先生とアイリーンさんって付き合ってんのかな？」

「……!?」

いや今思いっきり吹きそうになったんだけど。いきなり何を言い出すんだ!?　あんたのその色気たっぷりの目は実は節穴だったの？

「そうだな。確かにデモンストレーションの時の二人は、心からお互いのことを信頼して高め合っている関係に見えた。恋人同士と言われても違和感はない」

お前もか！　毎日鍛練を頑張るのもいいけど、もう少しちゃんと状況を把握《はあく》する力も身につけないと将来、優秀な指揮官にはなれないぞ。

ある日のランチタイム。直前の授業で一緒だった友人の武闘派女子二人との食事中のことだった。……武闘派女子って言ってもやっぱりガールズトークは大好物だからね。別に食事中も効率の良い魔物の狩り方とか手っ取り早く相手を無力化する方法とかの会話で盛り上がっているわけではない。

最初に頓珍漢《とんちんかん》なことを言い出した子はリズ・アレキサンダー嬢。男爵家出身だけど学園入学前から一年ほど冒険者として活動していて、もちろん卒業後も冒険者を続けるとのこと。まだ十五歳なのになぜか妖艶な人妻のような色気が漂う娘で、中身も見た目通りで快楽主義かつ刹那主義。スリルのない人生は耐えられないらしい。新入生で二人しかいない現役の冒険者同士ってことで仲良くなった。

リズの的外れな言葉に同意した子はメラニー・クレスウェル嬢。代々優秀な騎士を輩出し続けているクレスウェル伯爵家のご令嬢で、本人ももちろん騎士志望。外見も性格も「凛とした女騎士」

そのもので、将来「くっ殺」的な展開に巻き込まれないかお姉さん心配である。ちなみに公爵令嬢の身分でありながら愚直なまでに強さを求め続ける私の姿勢に感銘を受けたらしい。

「だよねぇ。お似合いだよねぇ、あの二人。カッコいい大人のカップルって感じで」

「ああ。私も将来、あのようにお互いを高め合えるパートナーに巡り合いたいと思う」

もうやめて！　とっくにチェルシーのライフはゼロよ！

「……二人はそういう関係じゃないはずだよ。というか、どうして先生と『アイリーンが』付き合ってると思ったわけ？　一応、私も同じパーティーのメンバーなんだけど」

「あらそうなのぉ？　お似合いかなと思ってたのに」

「そうなのか。……となると、ベックフォード先生は今お付き合いされてる相手はいないのか？」

おい女騎士、お前今何を考えた。正直に言え。正直に言えば手足ふん縛《しば》ってオークの群れに投げ捨てるくらいで許してやる。

「ううん、将来を約束している相手がいるよ、先生。てか二人とも完全にスルーしてたからあえてもう一回聞くけど、どうして『アイリーンと』先生が付き合っていると思ったわけ？　ほら、私と先生が付き合っている可能性だってあるじゃない」

「チェルシーとメイソン先生がぁ……？」

「……」

顔を見合わせる二人。結論から言うと、私とメイソンが付き合っているという可能性は「非現実的過ぎて」考えたこともなかったらしい。年齢も十歳近く離れているし、絶望的なまでの身分の差もあるからまずあり得ないだろうと。

むしろ私という共通の主人に仕える凄腕の剣士二人が、実は恋人同士で、心から愛し合っていながらも「二人ともお嬢様に命を捧げよう。どちらかが先に死んだら生き残った方が最後までお嬢様を守ろう」って感じの誓いを立てて私への忠誠を優先しているという感じの妄想の方が異常なまでにしっくりくるらしい。

てかこれ、単なる妄想ではなく、現役の小説家として活動中の学園のとある女子が、誰がどう見ても私たち三人をモデルにしているようにしか見えない、同内容の小説を最近出版しはじめていて、巷《ちまた》では割とヒットしているらしい。……いやモデルにするなら一言断れ。てか監修させろ。家の権力を使って禁書にするぞ。

そしてもう一つ判明したのが、「誰があの規格外の公爵令嬢、チェルシー・ローズデールを落とすのか」というのが、男女問わず盛り上がる鉄板の話題として学内で大変好まれているらしい。ちなみに本命視されているのがカイル王子で、有力な対抗馬とみなされているのがヴァイオレット先輩だと。

……いやとっくに落とされているから。心の隅々まで余すところなく完堕ちしててもうメイソンの言うことなら何でも聞いちゃう従順なペット状態だから。てか何でみんなわかんないんだ？　さすがに「先生と将来を約束している実質恋人同士のような関係です」ってところまではオープンにはできないけど、私みんなの前でもメイソンに対する好意を一切隠していないはずなんだけどな。メイソンの前では常時、目がハートになっているんじゃないかって自分では思うんだけど。

それにしてもカイル王子にヴァイオレット先輩か。歪曲《わいきょく》された情報がメイソンに伝わって変な誤解をされたらいやだな。……少し様子をみて、場合によっては何か対策を考えないといけないかもしれない。

27話　勘違い女になってやることにしました

私、意外とモテていたかもしれない。メイソン以外の人にモテたいとは全く思ってないし、そもそもモテているかどうかに興味さえなかったので今までは気づかなかったけど、リズとメラニーと話をしてから自分の周りの状況を少し注意深く観察してみると、いろいろと不審な点が出てきた。

まずはカイル王子。この人に関しては興味がないというよりも、私にとっては最悪の別れ方をした元カレのような存在なので、むしろ相当なマイナス感情を持っていた。もちろん自国の王子に対してケンカを売るほど愚かではないので、丁寧で失礼のない対応は心掛けているけど、私の彼に対する態度は他の誰に対するものよりも事務的でドライな感じだったはずである。

でも思い返してみると、前世であれほど彼に恋焦《こ》がれて尽くしまくっていた私には目もくれなかったくせに、今の彼はやたらと私に興味津々でしかも友好的な気がする。もしかしたら彼は自分のことを愛してくれる女には興味がなくて、自分に素っ気ない女にだけ惹かれるドMくんなのかもしれない。残念、私もドMちゃんだから相性は最悪ですね！

……実際にはたぶん、双剣を振り回す公爵令嬢が物珍しいとか、入学テストで自分よりも良い成績を出した女に興味をもったとかそんな感じだろうけど、いずれにしても大変迷惑な話である。てかこいつ何でまだ婚約してないんだよ。婚約者の純情を冷酷に踏みにじって心をズタズタにしてからポイ捨てするのがあんたの使命でしょうが。

……真面目な話、どうせ彼はレベッカさんと結ばれる運命なのだから、彼に婚約者がいなくてよかったと思う。被害者は前世の私だけで十分だよ。まあ、前世の私の場合は、結局被害者じゃなくて加害者になっちゃったけど。

で、もう一人の問題児がルーカス・ヴァイオレット公爵令息。二年生の生徒会執行部のメンバーで、寡黙《かもく》な一匹狼タイプのイケメン。苗字が「紫」なのになぜか髪の色は黒。でも瞳が綺麗な紫。

正直、前世ではほとんど絡んだことがなかったので、あまり印象に残っていない。彼から私に話しかけてきたことなんて一度もなかったんじゃないかな。

今の彼はというと、相変わらず無口であまり感情を顔に出さない人ではあるが、割と私のことを気にかけているのが伝わってくる。何も言わずに私の仕事を手伝ってくれたり、一時期睡眠不足が続いていた頃、執行部の部室でうっかり眠ってしまった私に毛布をかけてくれたり。

実際には他の人がかけてくれた可能性もあるけど、目が覚めた時には部室に彼しかいなくて、「……風邪ひくぞ」とか言いながら温かいコーヒーを差し出してきたから、毛布をかけてくれたのもたぶん彼で間違いないと思う。

……ちなみにその時、私はメイソン以外の男の人の前で無防備に眠ってしまったことを深く反省して心の中でメイソンに泣きながら土下座していた。仕事中に眠った時は間違いなく私一人だったけど、部室は他の部員も自由に出入りできる場所だから、もっと気をつけるべきでした。ごめんなさい、と。

ヴァイオレット先輩の話に戻って、最初彼は無口ポーカーフェイスなだけで誰に対しても優しい

「実は意外と面倒見の良い兄貴分」かもしれないとも思ったけど、少し彼の行動を観察しただけでそれは違うなってことがわかった。……思い出してみると、前世の私の扱いなんかもう「無」だったしね。私のどこがよかったのかさっぱり分からないが、どうやら今のヴァイオレット先輩は私のことをそれなりに気に入ってくれているみたい。

やっぱ前世とは違って闇属性ってことが判明しているから謎の仲間意識が芽生えたのかな。それとも私からは一切話しかけないのがコミュ障の先輩にとっては心地がよかった？　いずれにしても気にかけてくれるのはありがたいし、カイル王子とは違って「今更何ですか」って気持ちも湧いてこないけど、だからといって私がヴァイオレット先輩に対して何か特別な気持ちを抱くことはもちろんない。

メイソンと結ばれるためだけに死の運命すらも捻《ね》じ曲げて舞い戻ってきた執念深い女なんだよ、私は。よそ見などありえない。

とはいえ、カイル王子やヴァイオレット先輩が私に対して何か具体的なアクションをとってくることもなかったから、私はしばらく状況を静観することにした。しかし偶然三人で書類仕事をすることになったある日の会話がきっかけで、私はこの二人の貴公子をなんとかしないといけないことを痛感した。

「……ローズデールとラインハルトが結ばれるなら、ローズデールとヴァイオレットが結ばれてもおかしくはない」

「「……⁉」」

それまで無言で作業を進めていたヴァイオレット先輩が、突然ボソッとそんなことを言い出して会話に乱入してきたのは、カイル王子と私がお兄様とお姉様の交際の話をしていた時だった。何度も私に話しかけてくるカイル王子にうんざりして「ぺちゃくちゃ喋ってないであっちのコミュ障貴公子みたいに黙って手を動かせよ。私は早く帰りたいんだ！」と心の中で毒を吐いていた私だけでなく、カイル王子まで驚いて作業していた手を一瞬止めてしまった。

ちなみに憎たらしいことにこの腹黒有能王子は、それまではずっと私にちょっかいを出しながらも一度も手を止めず、私よりもはるかに速いスピードで作業を進めていた。そして一瞬だけ驚いた顔で固まっていた王子は、すぐにいつもの穏やかな笑顔に戻って、いつもの柔らかい口調で話を続けた。

「それはどうでしょう。それだとローズデールが少々難しい立場になってしまうのでは？」

「……ヴァイオレットは影。我々とのつながりがローズデールに新たにもたらすものは何もありません」

「そうでしょうか。自分の中のもう一つの『頭脳』が勝手に自分の『右腕』を動かす力を手に入れて、次は『影』まで操れるようになると思ったら怖くありません？　それに、ローズデールとラインハルトが結ばれるのであれば、同時に王家とのつながりも重視する姿勢を見せた方がバランスが良いと思うんですよ。チェルシーさんもそう思いません？」

……なんだこのピリピリした空気。てかヴァイオレット先輩、なんで急に訳のわかんないことを言い出した。そして腹黒浮気王子、この空気の中で私に話を振るな。……あー、もう！　早く帰りたい。メイソンに甘えまくって癒されたい。

ちなみに二人の言い分に関しては、正直カイル王子の方が圧倒的に理にかなっている。つまり王子はこう言ってるのだ。「ローズデールとラインハルトが結ばれるだけでも権力が強くなりすぎるのに、もう一つの三大公爵家のヴァイオレットともつながるなんてありえないだろう、むしろ王家とも婚約して王家に対する忠誠心を国内外に広く示すべきでは？」と。

それに対してヴァイオレット先輩は「ヴァイオレットは主《おも》に王家の裏の仕事を担っていてあまり表舞台には出てこない特殊な家。ローズデールやラインハルトのように目に見える権力を持っているわけではないから、ローズデールがヴァイオレットとも結ばれたところで、ラインハルトとの婚姻に比べると影響は小さいはずだ」と言っている。

ちなみにローズデールは王家の頭脳、ラインハルトは王家の右腕、ヴァイオレットは王家の影と呼ばれている。

「……えーっと、ほら、あれですよ。ヴァイオレット先輩はきっと、一般論をおっしゃっているんです。ローズデールとラインハルトが結ばれることがあり得るなら、いつかローズデールとヴァイオレットが結ばれることも当然あり得るねーという」

「……」

「ああ！　そうですね。確かにそれはそうだ。僕、誤解をしてしまいましたね。失礼いたしました。そういえばヴァイオレット先輩には美しい婚約者の方もいらっしゃいますしね」

「……」

……やっぱ冷酷だ、この王子。深手を負って倒れた相手にも丁寧に止《とど》めを刺すタイプだわ。私を地獄に落とすときも、二度と立ち直れないくらいの深いダメージを負わせるために、できるだけあくどいやり方を一生懸命考えて実行してくれたもんね。うん、この人はこういう人だ。間違っても深く関わってはいけない。てか早くこれ引き取っていってよ、レベッカさん。

そして先輩も、助け船出してやったんだからさっさと乗れよ、不機嫌な顔して黙ってないで。しかもあんた婚約者いたのかよ。知らなかったよ。今知って逆に安心したけど。

その後、ヴァイオレット先輩は一言も喋らず、カイル王子は微妙な空気を微塵も気にせず私にちょっかいを出し続け、その日私はメンタルに多大なダメージを受けて自室に帰還することになった。

……そして私は決めたのである。痛々しい勘違い女と思ってもらって結構。恥くらいいくらでも掻いてやる。どうぞ好きなだけバカにして嘲笑《あざわら》いなさい！　……公衆の面前で婚約破棄された時に比べたら勘違い女の汚名くらいどうってことない。

だから、もうこの二人がこれ以上面倒なことを言い出す前に、こちらから動いてやる！

28話　勘違い女になりました

ヴァイオレット先輩と話をする機会はすぐにやってきた。例のカイル王子との一件があってから数日後、二人きりになった部室で、まるでその瞬間を待っていたかのように、彼から私に話しかけてきたのである。

「……婚約は、俺の意思とは無関係だった」

何を言い出すかと思えば。ま、ちょうどいいや。

「でも成立しています」

「……別に珍しい話でもないだろう、婚約破棄は」

やっぱこいつもカイル王子と同類だな。私、大っ嫌いなんだよね、自分の気持ちだけを優先して自分のことを愛してくれる女を蔑《ないがし》ろにする男。まあ、彼が言っているとおり、当事者がまだ幼い頃に成立した婚約が、後から何らかの理由で破談になるケースが少なくないのは事実だけどね。私も前世でまさにそのパターンで婚約破棄されたわけだし。

「私、自分のせいで誰かが涙を流すのは嫌です」

「……」

私がここ数日でリサーチした情報によると、ヴァイオレット先輩の婚約者のフローラさんはヴァイオレット先輩のことをちゃんと愛しているらしい。……この男やっぱカイル王子と同じくらい最低だ。メイソンと出会ってなかったとしても全力で遠慮したい。奪われる側の気持ちを誰よりも知っている私に奪う側になれって？　冗談じゃない。

あ、ここはカイル王子を見習ってちゃんと丁寧に止めを刺しておかないと。

「それに、私には心からお慕いしている方がいます。……ごめんなさい」

「……わかった」

この人とは無駄に話が長引くことがないからその点は楽だけどね。まあ、もしかしたら彼もそういうところが良いと思ってくれたのかもしれないね。

フローラさんはなんとか彼に振り向いてもらいたい、愛されたいと思って必死に頑張っているらしいから、それが逆効果になっているのかもしれない。……フローラさん、前世の私にそっくり。そう考えると私は目の前のイケメンに嫌悪感さえ抱いてしまう。

なんで王族貴族の男ってこうも自分勝手なのかな。好きでもない相手と婚約したくないなら断固拒否して家出でも何でもしなさいよ。それをしないで婚約を受け入れたなら、自分の行動に責任をとってちゃんと自分の婚約者を大事にしろ！

……いずれにしてもヴァイオレット先輩の件はこれで一件落着。次は因縁と怨念《おんねん》の相手——カイル王子だ。


数日後、私は、今は使われていない山側の旧校舎の屋上で人を待っていた。空は夕焼け色に染まっていて、左手はちょっとした山？　いや小高い丘？　の景色、中央と右手には人々で賑《にぎ》わう夕方の王都の日常が広がる。そして遠くに見える、空と同じ色に染まり始めた海。この風景も悪くないけど、やっぱり自分の部屋のベランダから見える風景の方が好きかな。そんなことをぼんやり思いながら夕焼けを眺めていたら、目的の人物が屋上のドアを開けて現れた。

「お待たせ」

「……本日はお時間をいただき、ありがとうございます」

深々と頭を下げる私。

「チェルシーさんから僕に話があるって新鮮ですね。もしかしたら初めてじゃないかな」

「そうかもしれません」

前世では数えきれないくらい私から話しかけたけどね。数百回、数千回、数万回？　あなたは決まって適当にあしらってたよね。

「ちょっと嬉しいな。……それにしても学園にこんな場所があったんですね」

「はい。私も最近知りました」

うそ。前世から知ってる。この建物の中にあなたの愛しのレベッカさんを閉じ込めて放置したしね。てか嬉しいのか。あなたに喜んでもらえるなら前世に私、たぶん何でもしたと思うよ？　どれだけあなたのために頑張っても、少しも喜んではもらえなかったけどね。

その後も少し嬉しそうな様子で世間話を続ける王子。彼が発する言葉一つひとつに必ずと言っても良いほどどこかにツッコミどころがあって、なんか段々楽しくなってきた私。そもそも少し嬉しそうな様子ってところから私にとってはツッコミどころだしね。

「それで、今日はどうされましたか」

「……殿下にお聞きしたいことがございます」

「なんでしょう」

「もし私の勘違いでしたら、痛々しい勘違い女だと罵っていただいてかまいません」

「……」

「殿下は、もしかして私のことを、……異性として、憎からず思ってくださっているのでしょうか」

「はい。やっと気づいていただけましたか」

ハハハ……。もう笑いが止まらないよ。私が前世で約十年間、あれほど求め続けていたものは、

それが全く必要でなくなった今になって、私の手に入っていたらしい。

「……」

「最初は、チェルシーさんが僕との婚約を断った理由が、興味深いなと思ったんです。確か『家柄や身分だけで決まる結婚は望まない。自分でこの人が良いと判断した人と結婚したい。でも子供の自分にはまだその判断ができない』というものでしたよね？」

「……その節は、大変なご無礼を……」

「とんでもない。僕、良い意味で衝撃を受けたんですよ。僕と同じ年の子が、自分だけの明確な考えを持っていて、大人相手にもそれを堂々と貫き通す。しかもそんなすごい子が自分は未熟な子供であることを素直に認めている。その子に比べると、僕はまだ赤子のような存在だったんだなと思い知らされました」

「……恐縮です」

「実は僕、チェルシーさんの断り文句、拝借《はいしゃく》して使い続けていたんです」

そういって楽しそうに笑う王子。……まさか私が適当に思いついた理屈っぽい断り文句が知らない間にカイル王子の婚約阻止に役立っていたとは。というかあんた、何で突然私のことが好きになった理由を語り出したの？　そういうの結構ですよ。どんな理由があったとしてもお断りなので。

……でもさすがに王子の話を途中でぶった切って「お断りでーす♪」という返事を叩きつける勇気はない。

「次に伺ったチェルシーさんのお話は、ローズデール公爵令嬢は冒険者として、魔物討伐で素晴らしい活躍を見せているらしい、というものでした。その話を聞いた時は驚いて椅子から転げ落ちそうになりましたよ。彼女が王宮のお茶会にほとんど出席してくれない理由は、魔物討伐で忙しかったからなのかって」

心底おかしそうに笑う王子。……う–ん、この話いつまで続くの？

「そしてやっと学園で再会できたあなたは、こんなにも美しい女性になっていた」

……それさ、前世の私に言ってくれていたら私嬉しすぎてその場で昇天してたかもよ。そしたら私は安らかに眠れたんだろうし、あなたも心置きなくレベッカ嬢と愛し合えたはずなのにね。惜しかったね。

「しかも当然のように入学テストでは僕の上をいってしまいますしね。これでも誰にも負けないくらい毎日努力してきたつもりなのに」

「……」

いや、私は入学テスト二回目だったからできすぎて当たり前。そこは気にしなくていいぞ、王子。あなたが超有能でしかも努力家なのは私もよく知っている。

「話が長くなってしまいましたね。僕の悪いくせです」

そういって突然片膝をつくカイル王子。

あっ、いやちょっと待って。ストップ、スト–ップ!!

「……チェルシー・ローズデールさん。僕はこれから生涯、あなたを愛し続けることを誓います。どうか僕と、お付き合いしていただけませんか」

……あーあ、阻止するタイミングを逃しちゃったよ。どうすんのこれ。てかそのセリフさ、付き合ってくれってか、もう九十九パーセントプロポーズじゃん。重すぎるんだけど。まあ、十五歳にもなった王子と公爵令嬢が付き合うとなったらもう実質婚約になっちゃうのは分かるけどさ。

っていやいや、ボーッと状況の分析をしている場合じゃなかった。こうなったらもう、正面突破するしかないね！

私は勢いよく頭を下げた。

「ごめんなさい」

「……」

「……私、心からお慕いしている方がいます。その方のためなら私の命を差し上げても良いくらいその方を愛しています。…どうかお許しください」

「……そうですか」

「……」

黙って頭を下げたままの姿勢を維持する。

「……ごめんなさい、チェルシーさん、僕、あなたに勘違いをさせてしまったかもしれません」

「……えっ？」

顔をあげてみると、王子はいつもの穏やかな顔で微笑みながら立っていた。

「あなたは優秀な魔導士で、信頼できる友人だと思っています。でも申し訳ございませんが、あなたのことを女性として意識したことは一度もないんです」

「……殿下」

「……これでお望み通り、あなたは痛々しい勘違い女ですよ。……チェルシーさんの幸せを、心から願っています」

「……ありがとうございます！」

私の意向を尊重してくれるだけでなく、「王子の告白を断った」という事実さえもなかったことにしてくれるってことね。なんというか……、うん、言いたいことはまだいろいろあるけど、ここは素直に感謝しなきゃ。この人の場合、さすがに彼が前世で私にしたことを完全に水に流すことはできないけど、ほんの少しだけなら見直してやってもいいかな。……そして今度は、あなたとレベッカさんのこと、ちゃんと祝福するね。

29話　現実を思い知った件　【メイソン視点】

学園での生活にも少しずつ慣れてきた。やっぱり何か一つでも楽しみがあるって大事だね。商店街の多種多様なB級グルメに感謝しなきゃ。……そう、相変わらず俺は、毎日のように学園前の商店街でグルメを堪能していた。最近は、商店街への最短ルートまで見つけてしまった。

学園内にある俺の部屋と実技講義を行っている屋外練習場はいずれもキャンパス内の東側にあって、そこから正門を通って商店街に向かうとなると一旦キャンパスの真ん中を通っている大通りに出て、正門を出て少し歩いてから左に曲がるルートになる。つまり上空から見ると「C」のような形で大回りすることになるのだ。

ある日、近道がないか校内を探検していた俺は、練習場の裏側に細いけど人が通れる道があるのを発見した。その道をずっと南に歩いていけば、旧校舎の近くを通って、そのまま正門の東側にある小高い丘に突き当たる。道は丘の上まで続いており、そのまま丘を登ると小さい出入り口が出てきて、そこから学園を出れば、そこはもう商店街の北端だった。

このルートを使うことで短縮できる移動時間はせいぜい五分程度だろうけど、やっぱ少しでも近い方がいいじゃん。しかもこの裏道はほとんど人が通らないので、こっそり商店街に行ってB級グルメを買って戻ってくる用途には最適だった。ほら、一応教員だから、あまり買い食いばかりしているって思われるのもよくないかなって。……事実ではあるけど。

グルメ以外の学園生活はどうかというと……。相変わらずチェルシーは忙しい。忙しい中でもなるべく俺との時間を作ろうと頑張ってくれてはいるけど、前より一緒に過ごす時間がかなり減ったのは間違いない。正直すごく寂しい。どちらかというと最近はアイリーンと過ごす時間の方が長くなってきたんじゃないかな。チェルシーが忙しくなればなるほど、彼女と俺は暇になるからね。

そのアイリーンのことだけど、なぜか最近、俺とアイリーンが付き合っているのかと女子生徒から聞かれることが多い。「いや、彼女はローズデールさんのことが恋愛的な意味でも大好きだから俺と付き合うことはあり得ない」と正直に言うわけにはいかないから、普通に「信頼するパーティーメンバーで大事な友人だけど、恋愛関係ではない」とだけ答えている。

まあ、他の女性との噂ならともかくアイリーンとの噂ならチェルシーが誤解することはまずないだろう。アイリーンの気持ちはチェルシーもよく理解しているから。そもそもアイリーンと俺が本格的に仲良くなったのも、俺が「そうなる可能性は低いと思うけど、もし本当に俺がお嬢様と結ばれることになっても、俺はあなたのお嬢様への気持ちを理由にあなたをお嬢様から引き離そうとするつもりは一切ない」と宣言してからなんだよな……。

アイリーンの言動を見てると、チェルシーが世界の中心というか、彼女の世界すべてがチェルシーって感じなんだよね。もちろん、相手が女性だからといって俺が全く嫉妬しないかといったらそれは違うけど、たぶんアイリーンを強引にチェルシーから引き離すと彼女は高い確率で廃人になると思う。剣術に関してももう俺からアイリーンに教えられることは何もないけど、それでも彼女はいつまでも俺の可愛い教え子で、大切な友人でもある。俺の独占欲を満たすためだけに彼女を廃人にして良いかというと、答えはもちろんＮＯである。

だからチェルシーがアイリーンの気持ちを理解したうえで、それでも彼女とずっと一緒にいることを望んでいて、アイリーンもチェルシーのそばにいるだけでいいなら、俺に異論はない。……ってまるで、すでにチェルシーの彼氏や旦那にでもなったような言い方だね。図に乗ってはいけない。気をつけよう。

あと、最近の学園生活で変わったことというか、少し困っていることがあるとすれば、ある女子生徒がやたらと絡んでくることだった。その生徒は俺にフィッシュアンドチップスの購入先を聞いてきたレベッカ・ウェストウッドさん。

彼女は俺の剣術の授業を受講してくれていた。そしてどうやら最近は冒険者の道を進路の一つとして検討しているらしく、剣術や冒険者生活に関する質問を頻繁に、そして大量にしてくるようになっていた。授業の後に残って質問してきたり、空き時間に俺のところにやってきたり。

最初はものすごく真面目な生徒で、冒険者を進路として検討するにあたって現役冒険者である俺からどんどん経験と知識を吸収したいのかと思った。でも、剣術と冒険者生活に関する質問からスタートした会話を、途中で他の話題に切り替えることが増えてきたあたりから「うん？」と思いはじめ、手作りのクッキーをもらったり、二人きりのランチに誘われたりするようになってからは正直、困り果てている。

もちろん、彼女は別に俺に恋愛感情なんか一切持っていなくて、俺とは学園では数少ない平民同士ということで、共通の話題も多いし話しやすいから仲良くなりたいだけなのかもしれない。でも問題は彼女が俺のことをどう思っているかではなく、彼女の行動が第三者に、具体的にいうとチェルシーにどう見えるかってところなんだよね……。

ただ、ランチなどは断るとしても、クッキーの受け取りまで拒否するのは逆に意識しすぎという か、頭おかしい気もするし、また教員である以上、自分の担当教科や卒業後の進路に関する生徒からの質問や相談に応じないわけにもいかないから困っている。……単に俺がヘタレだから冷たく突き放したり強く言い聞かせたりすることができないだけかもしれないけど。

その日も俺は、いつもの裏ルートを使って商店街に向かっていた。夕飯にはちょっと早いけど、その日やらないといけない仕事はすべて終わっていたし、一人で街を少しぶらぶらしてからレストランに行こうと思っていた。そして小高い丘を登り切り、特に意味もなく一度振り返って学園側を見た。本当に何か意図があったわけじゃない、ただ山とか丘を登った後って、なんとなく登ってきた道を振り返ってみたくなる時あるじゃん？　俺としてはただそれだけだった。

でも次の瞬間、俺の目に入ったのは、信じられない光景というか、見たくなかった現場というか、恐れていた現実というか……。うまく表現できないけど、とにかく俺にとってはものすごくショッキングな場面だった。

俺が振り返った場所の高さは、旧校舎の屋上よりも少しだけ上の方といったところで、振り返った俺の視野には旧校舎の屋上が入っていた。そして旧校舎の屋上には、チェルシーとある貴公子……確信はできないが、髪の色と体格、服装から推測するとおそらくは第二王子のカイル殿下が立っていた。

旧校舎の屋上までは結構距離があり、俺がいるところは木々に囲まれていたから、たぶん向こうからは俺の姿は見えないと思う。しかも何やら話し込んでいるみたいだし。一方で俺のところからは、二人の顔や話している内容までは分からないけど、少なくとも屋上にいる女性がチェルシーであることを確信できるレベルでは屋上の様子が見えていた。

いや、もしかしたら屋上にいる女性がチェルシーでなければ、誰だか分からなかったかもしれない。きっとチェルシーだからこの距離でも彼女だってことがわかったんだ。そして相手がカイル王子だって推測したのは、髪の色や体格、服装もあるけど、ここ最近ずっと気になっていた不快な話題が頭のどこかに入っていたからなんだと思う。

「誰があの規格外の公爵令嬢、チェルシー・ローズデールを落とすのか」男女問わず盛り上がる鉄板の話題として学内で大変好まれているというこのテーマにおいて、本命視されている生徒がまさにカイル王子だった。確かに身分、外見、能力など、すべての面においてチェルシーのお相手として申し分ないと思う……。

——見るべきではない。今すぐここから立ち去れ。

頭の中から誰かがそう警告してきた。自分でもそうすべきなのは分かっていた。でもなぜか俺は、その場から一歩も動くことができなかった。夕焼け色に染まる屋上で会話を交わす王子様と公爵令嬢。まるで物語の中のワンシーンだった。幻想的で美しい光景だった。

「……‼」

しばらくして、王子がチェルシーに向かって片膝をつく。

——プロポーズ。

次の瞬間、やっと身体が言うことを聞いてくれた。これ以上見ていたら、心に二度と立ち直れないくらいの大ダメージを受ける可能性があるから、それを防ぐために身体が勝手に動いてくれたのかもしれない。

いずれにしても、王子がチェルシーに向かって片膝をついた瞬間、俺は次の場面は絶対に見たくない、見てはいけないと本能的に感じたかのように、大急ぎでその場から立ち去った。要するに、今まで薄々感じていながらも目を背《そむ》けていた現実を目の前に突きつけられて、その現実を受け止めきれず逃げ出したのである。

30話　生徒に慰《なぐさ》められた件【メイソン視点】

「……はぁ。何も変わってないね、あんた」

腹部を押さえて地面に崩れ落ちた俺を冷たい目で見下ろしながら、彼女は「情けない……」というニュアンスを全く隠そうともせずそう言い放った。あの獰猛な目つきから放たれる人を貫くような絶対零度《れいど》の視線……。この人はやろうと思えば視線だけで人を殺せるんじゃないかな。

……チェルシー、よく自分の顔が悪役顔だって言うけど、本当の悪役顔というのはこういう顔のことを言うんだよ。彼女のこの顔をチェルシーにも見せてやりたいわ。

「…かっ…はぁ…くはぁ…」

うまく息ができない。目がチカチカする。吐き気がする。膝蹴《ひざげ》りを入れられた腹部には激痛が走っている。彼女は俺の斬撃《ざんげき》を避けると同時に、俺が前進していた力も利用する形で容赦《ようしゃ》なく全力の膝蹴りを入れてきた。そしてそれが腹部にクリーンヒットしたのだから、当然である。心底失望したような表情で俺を見下ろしながら、彼女は話を続ける。

「ねぇ、なんで一度も勝てないんだと思う？」

「…はぁ…はぁ…」

わかんないよ。そしてまだ喋れないよ。

「同じ人から生まれて、同じ人から剣術を学んでる。しかもあんたは男なんだから、昔ならともかく、今は純粋な身体能力ではあんたの方に分《ぶ》がある」

「……」

やっと呼吸が落ち着いてきた。

「それなのに一度も勝てないどころか、互角に戦うこともできない」

「……」

この人は俺の心を完全にへし折りたいのか？　そういうわけじゃないっていうのは分かってるけど、いつもながらドSすぎる……。姉さんこそ何も変わってないよ。

騎士になって上京した姉が半年ぶりに帰省した。そして帰ってくるなり俺を練習場に連れ出す姉さん。半年ぶりの姉弟の手合わせは、半年前と何も変わらず、弟が一方的にボコボコにされる「いつもの結果」で終了した。

「言っとくけどさ、別に才能とか経験の差じゃないかんね」

「……そう、なのか？」

やっと喋れた。

「当たり前じゃん。あたしとあんたの間に、大した才能の差なんかないわよ。あんたがそう思いたいだけ」

「……じゃあ何？　俺の努力が足りないって？」

「それも違う。腕自体はだいぶ上がってる。よしよし、よく頑張ってまちゅねー」

倒れている俺の隣にちょこんと座り、小馬鹿にした感じでよしよしと頭をなでてくる姉さん。ぐったりしてまだ身体を動かすことができない俺は、されるがままの状態。

「メンタルだと思うよ、理由は」

「……メンタル？」

「そう。あんた、戦う前から『姉さんに勝てるはずない』とか『胸を借りるつもりで』とか情けないこと考えてない？」

「……」

「図星か。そして何回か攻撃を防がれると『やっぱ通用しないのか……』って勝手に絶望して、反撃されて少しガードを崩されそうになると『やっぱ今日もダメだ……』って勝手に諦めて自暴自棄の攻撃をしかけてくる」

ぐうの音《ね》も出ない。

「……ま、性格だから仕方ないかー。でもそれ直せないんだったら、騎士には絶対なんない方がいいよ。そのうち戦死することになるから」

俺は別に騎士を目指しているわけではないけど……。ここまではっきり「今のままだとお前に騎士は絶対無理だ」って断言されるとさすがにムカッとくる。

「でも冒険者とかならいいかもね。あんたのそのとてつもなくヘタレな性格なら、きっと確実に成功できるクエストしか受けないだろうし。手堅く稼げるんじゃない？」

「……ひでぇ」

「何がよ？　弟の将来を心配して言ってるじゃない」

「いや、でも言い方っていうのが……」

「なんであんたなんかに気を使った言い方をしないといけないわけ？　何年経ってもあたしに一度も勝てないどころか、互角に戦うこともできないようなやつに？」

そのセリフ今日二回目。そろそろ泣くぞ、俺。号泣するぞ。

「……真面目な話、根本的なところから直せないなら、逆に今のままでいいと思うよ、あんたは」

「……？」

「中途半端にヘタレが直って、変な勇気を出してどっかで野垂れ死にするくらいなら、今のままの方が良いって言ってんの」

「……」

「絶対勝てる相手としか勝負しないんなら、負けて死ぬことはないかんね。騎士はそういうわけにはいかないけど。……だからあんたは騎士なんか目指さないで、絶対勝てる勝負だけしていきな。『勝てないかも』とか『分が悪い』って思ったらすぐに逃げるの」

納得はいかないけど、姉さんが言いたいことも分からなくはない。たぶん俺の将来を心配してくれているというのも本当だろうな。

「ヘタレなあんたにはそういう生き方がちょうどいいんだよ、きっと。そしてそれは別に、悪いことでもない」

「……そっか」

「……ま、もしそうじゃなくて、ヘタレを根本から直したいっていうなら、あたしのところに来てもいいよ。鍛え直してあげる。もちろん金はとるけど」

「金とるのかよ！」


旧校舎の屋上でチェルシーとカイル王子の姿を目撃してから一週間が経った。……俺は酒に逃げていた。仕事が終わったらすぐに商店街に向かって酒、仕事がない日は昼間から酒、とにかく酒浸《びた》りの毎日だった。今も当然のように一人で酒場にいる。

昨晩、久々に見た姉さんの夢を思い出す。今の俺を姉さんが見たらまたあの心底失望したような表情をするだろうか。もしかしたら「ヘタレなあんたにはそれくらいがちょうどいいんじゃない」って言って小馬鹿にしながらも慰めてくれるかもしれない。……いやありえないか。

（もうこの仕事やめて、姉さんに会いにでも行こうかな……）

ボーッとそんなことを考えてみる。たぶん会いに行ったら、また再会したその日に手合わせに付き合わされてボコボコにされるんだろうな。……でもそんな姉でさえも母に比べると激甘だよなって自然と思えてくるあたり、やはりうちの母は規格外なのかもしれない。

ここ一週間、チェルシーとまともに会話をしていない。彼女は俺の様子がおかしいことにすぐに気がついて、めちゃくちゃ心配しながら自分に相談してって何度も言ってくれた。でも彼女に相談できる内容でもないし、何よりも俺は彼女の顔をまともに見ることができなかった。

だから彼女に何度「何かあったの？」って聞かれても毎回「ちょっと疲れやストレスがたまっているだけだから気にしないで」とだけ答えて、彼女から逃げるように毎日商店街の酒場に入り浸ってお酒ばかり飲んでいる。

アイリーンも何度か声をかけてくれて、自分でよければ一緒に飲みにいかないかと誘ってくれたけど、申し訳ないけど今は一人にしてくれって言ってお断りした。最低だな、俺。二人の善意を踏みにじって……。

頭では分かっている。チェルシーがカイル王子のプロポーズを受け入れたかどうかはまだ分からないって。むしろ今までのチェルシーの言動からすると、断ってくれた可能性の方が高いって。でも本当にそれで良いのか？　もしそうだとしたら、俺がチェルシーと中途半端な将来の約束を交わしたせいで、彼女は王子の妃になるチャンスを逃したことになる。王子の怒りを買って立場が悪くなったかもしれない。カイル王子が国王になる可能性もある以上、チェルシーはそれこそ俺の第一印象通り、王妃になれたかもしれないというのに。

……いや、違うな。俺はきっと怖いだけなんだ。自分よりも遥かにチェルシーに相応しい相手が現れたことによって、チェルシーの心が変わってしまうことが。実はチェルシーがもうあの日のプロポーズを受け入れたか、今はまだ回答を保留にしていて、これから俺との約束をなかったことにしようとするんじゃないかってことが。

そして嫉妬だ。俺は間違いなくカイル王子に嫉妬している。彼が持つ条件が何もかも完璧なまでにチェルシーに相応しいことを妬《ねた》み、そんな彼がチェルシーに恋愛感情を持ってしまったことを恨んでいる。自分より十歳近く年下の少年に対して大人の男がこんなにも醜い嫉妬心を抱くなんて……。やっぱ最低だ、俺。

もうね、心の中では「俺の女に手ぇ出そうとしてんじゃねーよ」という幼稚なものから、「王子だろうがなんだろうが彼は魔導士。チェルシーからもらったこの剣があれば、あとは自分も死ぬ覚悟さえ持てば彼の命を奪える」という自暴自棄なレベルのものまで、カイル王子に対する理不尽《りふじん》な恨みつらみが止まらない。

チェルシーの立場に立って考えると、「あれだけ何度も好きって伝えたのに結論を学園卒業まで先延ばしにした、ヘタレなあなたが悪い」、「試すような真似をするからいけないんだ」っていくらでも言えるよね。しかも全くもってその通りだし。……ダメだ、どうしても思考がネガティブな方向にいってしまう。まだ振られるって決まったわけではないのに。

やっぱ飲もう。もう結構酔っ払っているのが自分でもわかるけど、それでも飲もう。明日は休日だし、今夜は部屋に戻らず一晩中飲んでしまおう。飲んで忘れよう。すべて忘れよう。

「お隣いいですか」

「……？」

いや他の席空いてんじゃん、なんで人の隣に……。って返事する前に座っちゃったし。

「すみませーん！　レモネードくださーい！」

「はいよ！」

「……ウェストウッドさん？」

「…もう、レベッカでいいって何度も言ってるじゃないですか」

そう言いながら彼女は悪戯《いたずら》っぽい笑みを見せた。


ウェストウッドさんは、授業が終わってから友人と商店街に食事に出かけていたところ、俺が寂しそうに一人で酒場に入っていく姿を偶然見かけたらしい。彼女も最近、俺の様子がおかしいことが気になっていたから、もし食事が終わっても俺がまだ酒場にいるようなら少し話がしたいなと思ったと。そして友人との食事を終えてから俺が入っていった酒場に来てみたところ、俺がまだいて隣の席が空いていたので、問答無用で座って声をかけてきたとのことだった。……なんというか、君、問答無用で隣に座るのが好きなんだね。旧校舎のベンチでもそうしてたよね。

「で、どうしたんですか、先生」

「……どうしたって言いますと？」

「……とぼけるんだ？　ここ一週間、女子の間で話題になってますよ。ベックフォード先生失恋した？　とか。メイドさんの彼女とケンカしたのかな？　とか」

「……アイリーンとはそういう関係じゃないって何度も言ってるのに」

「えっ、じゃ失恋したっていうのは当たりなんですか？」

……女の勘ってすごいな。失恋って当たらずとも遠からずだよね……。てか俺、そんなに授業中も負のオーラ出しまくってたのかな。一応仕事はちゃんとこなしていたつもりだったのに。

「いや、別にそういうわけでは……」

「……誰かに話したら少しは楽になるかもしれませんよ？　毎日一人でお酒ばかり飲んでないで」

「……どうして毎日飲んでることがわかったんですか」

「やっぱり毎日飲んでたんですか⁉　ダメですよ～、先生」

誘導尋問だったのかよ！

……でも、まあ、いっか。確かに誰かに話せば少しは楽になるかもしれない。そう考えた俺は、今までのことを、相手の女性がチェルシーであることがバレないように大量の暈しを入れながらウェストウッドさんに話した。というか愚痴《ぐち》った。

「つまり、先生には友達以上恋人未満の関係の彼女さんがいて」

「……まだ彼女ではないですけど」

「そこはシンプルに彼女さんって呼び方にしましょうよ。いちいち『彼女候補さん』とか面倒じゃないですか」

「……はい」

「で、その彼女さんに先生よりも遥かに条件の良い男がアプローチしてきたと」

「はい……」

ゴクッゴクッと目の前の酒を飲み干す。

「もう、飲みすぎですよ！　ちょっと休憩！」

「……はい」

十五歳の子、しかも自分の生徒に怒られる大の大人。

「もう……。続けますよ？　偶然それを知ってしまった先生は、彼女さんを問いただすどころか彼女さんとまともに会話をすることもできず、悶々としながら一週間酒浸りの状態になりましたと」

「……そんな感じです」

「……」

「……？」

「……先生って、実はとてつもなくヘタレな人だったんですか」

……だよね。やっぱそう思うよね。

「あっ、ごめんごめん。そんなしゅんとしないで。……でも意外。見学の時のあの戦神みたいなソードマスターと同一人物とは思えない」

「……これが素です。幻滅しましたか」

「いいえ全っ然。むしろ最高ですよ、そのギャップ。もう先ほどから私は漲《みなぎ》る母性本能を抑え込むのに必死です」

そ、そうですか……。

「……これは女の勘というか、まあ、普通に考えると当たり前のことなんですけど」

「……？」

「たぶん彼女さん、先生のこと選ぶから心配しなくていいですよ」

「……どうしてそう思うんですか」

「そのアプローチしてきた男というのがどんなすごい条件の男なのかは知らないですけど……」

めちゃくちゃすごいよ。具体的に言うとこの国で一番目か二番目くらいじゃないかな。

「先生より素敵な人なんてめったにいないですから。彼女さんが正常な判断ができる方なら、普通に先生の方を選びますって」

は？　……なんだその超特大の過大評価は。

「……そして、もしね、先生の彼女さんがそんな普通の判断もできないような人だったら」

「……？」

「……私が彼女さんのバカな選択に感謝して先生のことをもらっちゃいます！　だから安心してください、もし振られてもこんな美少女が手に入ります♪　むしろ積極的に振られに行った方がいいんじゃないですか」

「……いやいや、学園の生徒に手を出すわけないでしょう？」

……今この場で「彼女さん」と呼ばれている人、学園の生徒だけどね。

「そう？　そんなこと気にする必要ないと思うんだけどな。……それにしても、あーあ、私の方が失恋しちゃったのか。……いやまだ分かんない、諦めないぞ。どうか先生の彼女さんが表面的な条件に目がくらむような方でありますように……！」

「こら」

「……あ、そうだ。先生。先生の話を聞いてて気になったことがあるんですけど」

「なんでしょう」

「先生、何度も自分は彼女さんに釣り合わないって言ってましたよね」

「……言いましたね」

「それ、間違ってます。先生に釣り合わない女性はたくさんいても、先生が釣り合わない女性なんてほとんどいないですから、そこも安心していいと思います」

やたらと俺に対する評価が高いんだね、君。

「ほら、誰かに話したら少しは元気になったでしょう?」

「……はい。おかげさまで」

「ふふ、お役に立ててよかったです!」

「……ありがとう」

「先生」

「はい」

「……先生の彼女さんが万が一、先生を選ばなかったらって話……。私、本気ですからね」

「……わかりました」

何が分かったのか自分でも分からないけど、とりあえずそう答えるしかなかった。そして彼女と話をして、元気が出たのも事実。感謝しなきゃね。うん、やっぱ夜通し飲むのはやめて自分の部屋に帰ろう。

……うっ、飲みすぎた、フラフラするぞ。

そういえば俺、酔って呂律《ろれつ》が回らなくなったり変なテンションになったりすることがほとんどないから、周りは酔っていることに気づかないけど、実はとっくにアルコールに平衡《へいこう》感覚をやられてまともに歩けません、ってなるタイプなんだよね。我ながら厄介《やっかい》な酔い方だよ……。

……俺、自分の部屋にたどり着けるのかな。

31話　片思いの始まり【レベッカ視点】

五歳になるまで、私、レベッカ・ウェストウッドは普通の子供だった。何の特徴もない地方都市で、どこにでもあるような小さな宿屋を経営する両親の長女として生まれ、二歳年下の弟と毎日のようにケンカをしながら育った。裕福な家庭ではなかったが、特別貧しくもなかったと思う。少なくとも食べるものに困ったことは一度もなかった。

私が身体の中の「何か」に違和感を覚えたのは五歳の頃だった。正体が分からない「何か」がずっと身体の中で激しく流れているのを感じて、神経を集中させるとその「何か」の流れを止めたり、変えたりすることができた。私は自分の違和感を両親や友達に説明したが、私の違和感に理解を示してくれる人は誰もいなかった。

そして痛みがあったり、その違和感が原因で何か日常生活に不都合が出ていたりしたわけではなかったので、そのうち私は自分の違和感をあまり口にしなくなった。

私の運命が大きく変わったのは、八歳の時。うちの宿屋に宿泊した旅の魔導士が子供好きな人で、私の話し相手になってくれたことがきっかけだった。特に深い意味もなくその魔導士に自分が感じている違和感のことを口にしたら、魔導士は驚いた顔をしてから「君はきっと魔力を認識できているんだよ」と言ってきた。

魔導士はうちの両親にその話をしてくれたらしく、両親は喜んで私を地元の魔導士協会に連れていった。そして簡単な問診と測定を行った結果、私が魔導士の素質を持つことが確定した。ただ、まだ魔力制御が全くできていないから、まずは三年から五年、魔力制御の練習が必要ということで、そのためのテキストを買わされた。結構高かったらしい。

十二歳になって、私はなんとか自分の魔力を制御できるようになっていた。次のステップは、各属性の基本的な魔法の習得に挑むことで、自分の魔力がどの属性に適合するのかを把握することだった。その結果、私が聖属性にのみ高い適合性を持っていることが判明した。あとから実際には違っていたことが分かったけど。

貴族の家庭とは違い、うちには魔導士の家庭教師を雇う余裕などなかった。だから私は実家の手伝いと十二歳でもできるバイトを掛け持ちしてお金を貯め、魔導士協会の図書館（利用は有料である）に閉じこもって独学で魔法を学ぶしかなかった。

聖属性の初級魔法で、比較的軽いケガを治癒できる『リカバリー』をマスターしてからは、状況が一気に楽になった。実家の宿屋で宿泊者向けのサービスとして有料でケガの治療をして、冒険者ギルドでも同様のバイトをすることで割と簡単にお金が稼げるようになったのである。自分で稼いだお金はほとんど魔導書の購入や図書館の利用料金にあてた。

そして十三歳で私の運命はもう一度大きく変わる。聖属性のものと勘違いして独学で習得した魔法が実は「光属性」の初級魔法だったことから、私がもっとも適合者の数が少ないことで知られる光属性の適合者であることが判明した。最初からずっと独学で勉強していて、光属性と聖属性の違いがちゃんと分かっていなかったからこそ起きた偶然だった。

そして光属性の適合者であることが判明してから、私は突然国からの支援を受ける存在になった。学費全額免除で王立魔道学園に入学することが決まり、地元の魔導士協会から無料で家庭教師が派遣されるようになった。といっても、その家庭教師は聖属性のみに適合する方だったので、光属性の魔法に関しては国から送られてきた魔導書や魔導士協会にあった数少ない光属性の魔導書を読んで引き続きほぼ独学で習得するしかなかったけど。

ちょうど光属性を持つことが判明したあたりから、私は容姿でも周りからチヤホヤされるようになった。数えきれないほど男子から告白され、同年代の女子のほぼ全員に嫌われた。地元ではちょっとした有名人になっていた私にケンカを売ってくる子は少なかったが、たまに出てくるそういう子はみんな自力で返り討ちにしてやった。

私は段々、自分自身に対して変なプライドを持つようになっていた。それは珍しい光属性の魔力持ちであることとか、容姿が優れていることに対するものではなかった。私に芽生えた謎のプライドは、貴族出身ではなく、裕福な家庭の生まれでもない私は、幼い頃から自分の力だけで自分の道を切り開いてきたという、「自分はたたき上げの実力者だ」という種類のものだった。

魔法は独学で学び、その独学に必要な教材も幼い頃から自分が稼いだお金で購入している、光属性の魔力の適合性を見つけたのも偶然とはいえ自分自身でだし、自分に敵対してくる子たちは自分の力でねじ伏せている。私は最初から自分の力だけでここまで来た。恵まれた環境で育っている貴族出身の魔導士とは根性が違う。そう思っていた。

そんな状態のまま魔道学園に入学した私は、ある新任教員のプロフィールに興味をひかれた。今年から新設された剣術教科の講師、メイソン・ベックフォード先生。まだ二十代前半の若い講師だけど、すでに冒険者として豊富な実績を残していて、ここ数年はあの三大公爵家のローズデール家に雇われていたらしい。

学園入学前から冒険者登録をして地元で暴れまわっている破天荒《はてんこう》な公爵令嬢チェルシー・ローズデールの護衛で、彼女のパーティーメンバーの一人。同じパーティーに所属するアイリーン・キャスカートに一から剣術を教え込み、わずか数年で国内トップクラスのソードマスターに育て上げた実績あり。当然、本人も凄腕《すごうで》のソードマスター。

学園入学前からローズデール公爵令嬢とそのパーティーの噂は聞いていた。私と同い年の大貴族の娘と、その護衛のソードマスター二人がローズデール・ラインハルト大都市圏近辺の魔物を狩り尽くす勢いで大活躍していると。当時は珍しいな、でもそのチェルシーって子は暇なのかな、としか思っていなかった。でも実際に学園にきて先生の詳細なプロフィールが分かって彼の噂もいろいろ聞いて、私は彼に興味を持たずにはいられなくなっていた。

先生は、外国の平民出身で、しかも魔力を一切持たないとのことだった。そんな人が剣術教科とはいえ「魔道学園」の教師に抜擢されたのだ。さらに噂によると、彼のことを厚く信頼していた前の雇い主のローズデール公爵は、彼を学園に出すことを最後まで渋っていたらしい。最後は王家からの公式な書簡まで届いたので仕方なく移籍に同意したと。また、彼を学園に強く推薦したのはもう一つの三大公爵家のラインハルト家だという話もあった。

この国、特にこの国の貴族の間では、魔力には絶対的な価値があるという考え方が割と一般的である。それなのに魔力を持たない彼のことをこの国の王族と大貴族が挙《こぞ》って高評価し、彼は大貴族の家から国に引き抜かれたのである。

私は、高い身分も魔力も持たない彼が、その剣の腕と指導力だけでこの国に根強い偏見や差別にすべて打ち勝ち、魔道王国の王族貴族に自分の実力を認めさせたというストーリーに大変感銘を受けた。私自身も「たたき上げ」だと思っていたけど、彼は私の上をいく、この人はすごい人かも。そう思った。

そして見学の授業で彼とキャスカートさんによる剣術のデモンストレーションを見て、私の「この人はすごい人かも」という期待は、「この人はすごい人だ」という確信に変わった。平民出身だろうが魔力なしだろうが、この実力があれば誰もが認めざるを得なかったんだろうな、と納得した。

別に私に剣術の素養や経験があったわけではない。彼らの動きの何がどうすごかったのか説明しろと言われてもできない。でもとにかくすごかった。まるで「神々の戦い」のようだと思った。見学に訪れていた生徒全員が、先生とキャスカートさんの動きに最初から最後までずっと見惚れて、手合わせ終了後はしばらく拍手を続けていた。

そして私は、恋に落ちた。

32話　片思いの盛り上がり　【レベッカ視点】

学園に来てしばらくして、私の考え方は前とはかなり変わっていた。変なプライドがなくなったというか、天狗の鼻をへし折られたというか……。

理由は簡単。この学園にはすごい生徒が多すぎた。生まれ育った環境とか今までの教育レベルの差だけでは到底説明できないくらい、私とは比べものにならないほど力を持った生徒が何人もいたし、そういう化物級を除いても全体的なレベルがめちゃくちゃ高かった。私なんか光属性の魔力の特殊性を除けばせいぜい「中の中」の実力といったところだった。

そして多くの場合、優秀な生徒たちは今の実力に満足せず、毎日ものすごく努力していた。彼らが今までも環境に甘えることなく努力し続けてきただろうなということは、彼らの姿を見ていると容易に想像できた。「私は甘やかされて育った貴族とは根性が違う」そう考えていた自分が恥ずかしくなった。

もっと恥ずかしい事実というか、誰にも言えない黒歴史なのは、私が入学前はこの国のエリートコースの第一歩って呼ばれる「生徒会執行部」にたぶん選ばれるんじゃないか、もし選ばれなかったらそれは身分の問題で、「平等」という学園の理念は建前にすぎないって結論になるね、と本気で思っていたことだった。……誰にも言わなくて本当によかった。

結局どうなったかって？　もちろん選ばれるわけがない。魔力は属性が変わっているだけで「比較的強い」というレベルにすぎず、入学テストではちょうど真ん中くらいの成績。そんな生徒が光属性持ちという理由だけでエリートコースに選ばれたら、それこそ「平等」という理念は嘘なのかって話になっちゃう。

まあ、実際には王家や三大公爵家出身の生徒はほぼ無条件で選ばれるらしいから、「平等」は建前なのかと聞かれれば、たぶん答えは部分的にYESだと思う。実際に今年の新入生に関しても生徒会執行部には王家と三大公爵家出身の生徒が選ばれているし。でも今年選ばれた彼らが身分だけで選ばれたかというと、その答えは全面的にNOだった。

実は先ほど説明した「私とは比べものにならない力を持った化物級の生徒」の代表格がその王家と三大公爵家出身の生徒だった。特にチェルシー・ローズデール公爵令嬢は規格外？　もはや奇想天外？　といった感じのチートキャラだった。

私の光属性と並ぶレア属性である闇属性の魔力を持ち、その闇属性の魔法はすでに最上級魔法まで操ることができるらしい。魔力ばかりが注目されがちだが、実は剣術に関しても相当な実力者らしい。彼女が十三歳の時から活動を始めた、彼女の所属パーティーは、今や地元ローズデール・ラインハルトの冒険者ギルドで三本の指に入るトップパーティーになっているらしい……。

そして実際に彼女が実技の授業中に見せる魔法の威力や、剣術の腕を見ていると、たぶん彼女の噂はほぼすべてが事実に基づくものだろうなと思ってしまう。ちなみに入学テストでは筆記も実技も当然のように学年トップの成績を叩き出していた。

外見はまさに「高貴な身分のご令嬢」というイメージの上品な美少女で、とても凄腕の冒険者には見えない。ただ、黙っていると結構冷たそうに見えるし、本人はどちらかというと物静かなタイプで自分からはあまり他の生徒と係わろうとしないから、私はまだ彼女と話をしたことがほとんどない。正直にいうと、ちょっと、いやかなり怖い。

彼女と仲の良い人たちの話によると実際には全然怖い人ではなく、むしろ気取ったところが全くないフレンドリーで優しい人らしいけど……。まだ私から声をかけてみる勇気はなかった。ちなみに彼女と仲良くなれている人たちは、彼女が放つ氷のようなオーラが与えるプレッシャーを乗り越えて自分から積極的に話しかけた猛者《もさ》たちである。


学園に来てへし折られた私のプライドはそれだけではなかった。この学園には、私が持っていた、自分の女の子としての魅力に関するプライドを粉々にした人物もいた。その人物は私の片思いの相手であるベックフォード先生だった。

先生に恋した私は、当然ながら剣術講義の受講を決めた。先生の教え方とテキストはめちゃくちゃ分かりやすく、私はまるで新しい魔法を習得するような感覚で剣術を学んでいくことができた。剣術に関する才能も悪くないようで、私の剣の実力は順調に伸びている。

でも肝心の先生は、私がどんなに頑張ってアプローチをかけても全く興味を示してくれなかった。私は自分から男の人にアプローチをかけるなんて人生初だから、私のやり方があまり上手ではなかった可能性ももちろんあるとは思うけど、それにしても、である。

私がどんなに好意をアピールしても、わざと隙を見せてみても、彼は完全に無反応だった。髪型変えてみたり、メガネをかけてみたり、自慢のお胸を強調した服装にしてみたり、もういろんなことを試してみたけど、先生は私が何をしても私に目もくれなかった。というかたぶん私の外見や服装に全く興味がないから、変化に気づいてもいないと思う。

旧校舎のベンチでジャンクフードを食べようとしている先生を偶然見つけて、チャンスだと思って一緒にランチしようとした時なんかは、明らかに私を避けるような感じでそそくさと仕事に戻っていった。正直めちゃくちゃ傷ついた。

しばらくして、先生はキャスカートさんと付き合っているという噂が出回った。言われてみれば、誰に対しても苗字で呼ぶことを徹底している先生は、彼女のことだけは「アイリーン」とファーストネームの呼び捨てで呼んでいた。しかも長い付き合いだし、師弟関係だし、パーティーメンバーだし。……これ以上ないくらいお似合いだし。

なーんだ、そういうことだったのか、あそこまで先生に一途《いちず》に想われてるキャスカートさんうらやましい爆発しろーと思ったけど、諦めるにしても先生本人に確認してからにしたいと思って先生に聞いてみた。そしたら「アイリーンは信頼するパーティーメンバーで大事な友人だけど、恋愛関係ではない」と言われた。やったまだいける！　と思ってまたアプローチを頑張ってみたものの、先生の反応は何も変わらなかった。

先生の態度からは、教員として生徒の私に対して剣術や冒険者の道に関する指導やアドバイスはするけど、それ以外はお断りって姿勢が明確に伝わってきた。手作りクッキーは引きつった顔で受け取ってくれたけど、ランチの誘いは三回も断られた。……今まで美少女としてチヤホヤされてきた私のプライドは木《こ》っ端微塵《ぱみじん》になったけど、正直、逆に燃えた。

「私をこんな風に扱った男はあなたが初めて、ますます興味が湧いてきたわ」とか「悔しい。絶対に振り向かせてやる」と、物語に出てくるちょっと残念な美少女のように意地になった部分も、正直少しはある。

でもそれ以上に、光属性の魔力にも私の外見にも一切興味を示さない先生にどうにかして私のことを好きになってもらえたら、彼は素の私自身を心から愛してくれそうな気がした。それこそ何かの理由で私が魔力を失っても、年を取って可愛くなくなっても。

そう、彼は私の光属性の魔力にも全く興味を示してはくれなかった。まあ、彼は魔導士じゃないからね。光属性の何がどう珍しいのか分からないだろうし、特に興味もないんだろうね……。

……いや少しは興味を持ってよ。この大陸に十人もいないんだよ？　超レアキャラだよ？　あなたが少しでも興味を持ってくれたら私、喜んで光属性の特殊性とかすごさとか、いくらでも説明するのに……。


先生の様子がおかしい。突然魂が抜けたような感じになってしまった。一応仕事はちゃんとこなしているけど、最近の彼の顔の生気のなさと言ったら……まるでゾンビのようだった。こっそり浄化魔法でもかけてみようかと思っちゃったくらい。

彼の異変に気づいたのは私だけではないようで、剣術授業を受講している女子の会話は先生に何があったのかという話題で持ちきりになった。ローズデールさんと仲が良いリズが、先生と長い付き合いのローズデールさんにも聞いてみたらしいけど、彼女も全く原因が分からないらしく、むしろ何か分かったらすぐに教えてほしいと頼まれてしまったらしい。

女子の間で出した結論は「おそらく失恋したんじゃないか」というもので、どうも先生に気があるように見えて私が内心警戒しているクレスウェルさんは「傷ついた男性の心を癒すにはどうしたら良いだろうか……」と真剣な顔でつぶやいていた。……いやあんた名門伯爵家の娘だろう。平民との交際なんかまず無理だから諦めなさいよ。あの完璧超人のカイル王子の方があんたにとってはまだ可能性高いんじゃないの？

そして、先生の様子がおかしくなってから約一週間、友人たちと一緒に商店街へ食事に出かけた私に、千載一遇《せんざいいちぐう》のチャンスがめぐってきた。例の死人のような生気のない顔で、一人寂しく酒屋に入っていく先生を見かけたのである。

33話　片思いの終わり【レベッカ視点】

「お隣いいですか」

「……？」

返事を待つことなく問答無用で隣の椅子に腰かけてしまった私を、先生は少し睨《にら》んできた。先生、こんな怖い顔するんだ……。

「すみませーん！　レモネードくださーい！」

「はいよ！」

「……ウェストウッドさん？」

「…もう、レベッカでいいって何度も言ってるじゃないですか」

あ、いつもの優しい表情に戻った。顔色は相変わらずゾンビ状態だけど……。

しばらくしてレモネードが運ばれてきて、私はちびちびレモネードを飲みながら自分が酒場にやってきた経緯を説明した。そして少しだけ適当に世間話をしてから、早速本題に移ることにした。

「で、どうしたんですか、先生」

「……どうしたって言いますと？」

「……とぼけるんだ？　ここ一週間、女子の間で話題になってますよ。ベックフォード先生失恋した？　とか。メイドさんの彼女とケンカしたのかな？　とか」

「……アイリーンとはそういう関係じゃないって何度も言ってるのに」

「えっ、じゃ失恋したっていうのは当たりなんですか？」

「いや、別にそういうわけでは……」

「……誰かに話したら少しは楽になるかもしれませんよ？　毎日一人でお酒ばかり飲んでないで」

「……どうして毎日飲んでることがわかったんですか」

「やっぱり毎日飲んでたんですか!?　ダメですよ～、先生」

……毎日飲んでたんかい！　ダメだこの人、ダメな大人だ……。

意外なことに、先生はぽつりぽつりと最近落ち込んでいる理由を私に話してくれた。あまり自分のことを話したがらない人だから、こんなにも簡単に話してくれるとは思わなかった。相当弱ってるのかもしれないな、先生……。

「つまり、先生には友達以上恋人未満の関係の彼女さんがいて」

「……まだ彼女ではないですけど」

そこ、こだわる？

「そこはシンプルに彼女さんって呼び方にしましょうよ。いちいち『彼女候補さん』とか面倒じゃないですか」

「……はい」

「で、その彼女さんに先生よりも遥かに条件の良い男がアプローチしてきたと」

「はい……」

ゴクッゴクッとお酒を飲み干す先生。ちょ、そんな一気に……！

「もう、飲みすぎですよ！　ちょっと休憩！」

「……はい」

……素直に反省したらしい。

「もう……。続けますよ？　偶然それを知ってしまった先生は、彼女さんを問いただすどころか彼女さんとまともに会話をすることもできず、悶々としながら一週間酒浸りの状態になりましたと」

「……そんな感じです」

「……」

「……？」

「……先生って、実はとてつもなくヘタレな人だったんですか」

率直な感想を伝えてみる。あっ、今、分かりやすくしょんぼりした。

「あっ、ごめんごめん。そんなしゅんとしないで。……でも意外。見学の時のあの戦神みたいなソードマスターと同一人物とは思えない」

「……これが素です。幻滅しましたか」

「いいえ全っ然。むしろ最高ですよ、そのギャップ。もう先ほどから私は漲る母性本能を抑え込むのに必死です」

幻滅なんかするもんか。めちゃくちゃ可愛いじゃん。母性本能をくすぐる天才かな？　むしろますます好きになっちゃったよ。……今の話だとたぶん私にチャンスなんかなさそうだけど。ま、しょうがないか。悲しいけど。

「……これは女の勘というか、まあ、普通に考えると当たり前のことなんですけど」

「……？」

「たぶん彼女さん、先生のこと選ぶから心配しなくていいですよ」

「……どうしてそう思うんですか」

「そのアプローチしてきた男というのがどんなすごい条件の男なのかは知らないですけど……、先生より素敵な人なんてめったにいないですから。彼女さんが正常な判断ができる方なら、普通に先生の方を選びますって」

驚いた顔をして私を見つめる先生。たぶんこの人、あり得ないくらい自己評価が低いんだろうな。今の話でなんとなく理解できた。

「……そして、もしね、先生の彼女さんがそんな普通の判断もできないような人だったら」

「……？」

「……私が彼女さんのバカな選択に感謝して先生のことをもらっちゃいます！　だから安心してく

ださい、もし振られてもこんな美少女が手に入ります♪　むしろ積極的に振られに行った方がいいんじゃないですか」

「……いやいや、学園の生徒に手を出すわけないでしょう?」

いやそこは柔軟に考えようよ。うちの学園は「自由」の学園でもあるんだよ。

「そう?　そんなこと気にする必要ないと思うんだけどな。……それにしても、あーあ、私の方が失恋しちゃったのか。……いやまだ分かんない、諦めないぞ。どうか先生の彼女さんが表面的な条件に目がくらむような方でありますように……!」

自分勝手だけど、できればそうであってほしい……。

「こら」

「……あ、そうだ。先生。先生の話を聞いてて気になったことがあるんですけど」

「なんでしょう」

「先生、何度も自分は彼女さんに釣り合わないって言ってましたよね」

「……言いましたね」

「それ、間違ってます。先生に釣り合わない女性はたくさんいても、先生が釣り合わない女性なんてほとんどいないですから、そこも安心していいと思います」

たとえば光属性の魔力持ちの美少女なんかにも余裕で釣り合いますよ、先生は。逆に私の方が相当頑張らないと釣り合いがとれません。

「ほら、誰かに話したら少しは元気になったでしょう?」

「……はい。おかげさまで」

「ふふ、お役に立ててよかったです！」

「……ありがとう」

「先生」

「はい」

「……先生の彼女さんが万が一、先生を選ばなかったらって話……。私、本気ですからね」

「……わかりました」

分かったって言った！　今、分かったって言ったね！　絶対忘れないからね！


その後、私は千鳥足になった先生を彼の部屋まで送ることにした。どんな凄腕のソードマスターだろうが、こんな酔っ払いが夜中一人で歩いてたら危ないからね。てかいつの間にこんなに酔っ払ってたんだ、この人。普通に喋ってたから全然酔ってないのかと思ったよ。

……はっ、これってもしかして酔ったフリをして、私に自分をお持ち帰りできるチャンスを作ってくれてる？　先生って実はあざとい系男子ですか？　私、誘われてる？　……そんなわけないか。

逆に私が一緒に学園に帰ると宣言すると、先生は「誰かに見られたら……」とか言って難色を示した。私が「えっ、私に一人で夜道を歩いて帰れって言うんですか」って抗議したら渋々一緒に学園に帰ることを了承してくれたけど。

私たちは先生が知っているという学園への「裏ルート」（細い山道だから先生は何度も転びそうになってた。酔っ払いがこんな道選ぶなよ……）を通って、無事に先生が住んでいるという教員用の居室の近くまでたどり着いた。

「ふぅ……。なんとか無事につきましたね！」

「……すみません、ご迷惑を……」

そう言いながら先生がフラフラした足取りで部屋のドアに近づこうとする。彼が転ばないよう見守りながら、どういう別れの挨拶をすれば最高に良い印象を彼に残せるかを考えていた、そのときだった。

「……どうして？」

先生の部屋は中庭のような感じの共有スペースに直接部屋のドアが面している、一階の部屋だった。そして先生の部屋のドアから少し離れたところにはベンチがあり、どうやらそのベンチに人、おそらくは女の人が座っていたようだった。暗くて全然気づかなかった。でも向こうはこちらに気づいたらしく、ゆっくりとした歩みでこちらに近づいてきていた。

……えっ何これめっちゃ怖いんだけど。幽霊？

「どうして？　どうしてあなたがメイソンと一緒にいるの？　……レベッカ・ウェストウッド」

えっ私？　……てかメイソン？

「……チェルシー」

乾いた声で先生が呟く。そしてゆっくりとこちらに近づいてきた人物の顔を、私もやっと認識することができた。その人物は……公爵令嬢チェルシー・ローズデールだった。でも何か様子がおかしい。明らかにおかしい。

月明かりに照らされた美しい顔は、恐怖や絶望に染まっているように見えた。見開いた目からは絶え間なく涙が溢れ出ていて、瞳はまるで青く燃え上がっているようだった。そしてその瞳から放たれた怒りと憎悪、もしかしたら殺意までこもっているかもしれない恐ろしい視線が、まっすぐ私をとらえていた。

「……！」

彼女の怒りの理由は全くわからない。身に覚えがない。でもそんなことはどうでもいいと思っちゃうくらい、とにかく怖かった。本気でこの場で殺されるかもしれない、すぐにでも走って逃げるべきだと思った。でもあまりの恐怖に私は一歩も動くことができず、何か言葉を発することもできなかった。

私たちの目の前までやってきたローズデールさんが、怒りと憎悪に満ちた顔で真っすぐ私を見つめる。全身が細かく震えていることがわかる。何なのこの威圧感は。悪魔？　死神？

……なんでもいいけど逃げなきゃ。せめて何か言わなきゃ！

「……どうして？」

恐ろしい表情のまま、私を凝視しながら首を傾げるローズデールさん。この質問に対する回答を間違えると私はこの場で殺されると直感的に思った。背筋が凍って全身に鳥肌が立った。

「……ご、ごめん、チェルシー、俺が酔っ払ってフラフラしてるのを見つけて、危ないからって部屋まで連れてきてくれたんだよ」

「……」

その瞬間、少し慌てた声で先生が彼女に向かって何やら弁解の言葉をかけてくれた。私は全く状況が飲み込めていなかったけど、とにかく何度も大きく首を縦に振った。本能的にそうすべきだと思ったから。先生の言葉を聞いて、無言で私たち二人をじーっと見つめるローズデールさん。

……怖いよぉ。

「本当にごめん」

「……そう」

少しだけ落ち着きを取り戻した様子のローズデールさん。よかったぁ……。何が何だか分かんないけど、とにかく落ち着いてもらわないとこちらとしては大変困る。

一瞬だけ俯《うつむ》いたローズデールさんは、次の瞬間、私に向かって優雅な動作で頭を下げてきた。

「どうか先ほどのご無礼をお許しください、ウェストウッドさん」

「……！　あっ、いいえ！　こちらこそ！」

いや冷静に考えると私何も悪いことしてないけどね、たぶん。……でも怖いからとにかく謝っておこう。

「ご親切にありがとうございました。メイソンがご迷惑をおかけして申し訳ございません。もう大丈夫ですよ」

「……ありがとうございます、ご迷惑をおかけしました」

丁寧な口調ながら「速やかに消え去れ」という意図がひしひしと伝わってくるローズデールさんの言葉に、御礼と謝罪を述べながらもなんとなく目で「早く逃げた方がいいよ！」と訴えかけているように見える先生。言われなくてもすぐに立ち去りますよ。

「あっ、いえ！　では私はこれで……！　おやすみなさい！」

「うん、おやすみなさい！」

「……おやすみなさい」

最後の挨拶の時のローズデールさんの表情からは、幸いにも先ほどの激しい怒りや憎悪の色は消えていた。でも最後まで私のことを見つめる目はとても冷たかった。

誰だよ、彼女がフレンドリーで優しいとか訳の分からないことをいってたやつは。やっぱめちゃくちゃ怖い人じゃん。危険人物じゃん。


その後、自分の部屋に戻ってなんとか冷静さを取り戻した私は、今日の出来事を思い出して分析した。そして一つの結論に達した。それは先生の「友達以上恋人未満の彼女さん」は、おそらくチェルシー・ローズデール公爵令嬢だというものだった。

なんでその可能性を今まで一度も考えなかったんだろう。どうしてキャスカートさんが先生と付き合っていてもおかしくないと思った？　「長い付き合い」だから？　「師弟関係」だから？　「パーティーメンバー」だから？　……全部ローズデールさんにも当てはまるじゃん。

今思えばローズデールさん、剣術授業で先生と話すときは、いつもとは違う、とても優しい顔でどこか嬉しそうに喋ってた。先生が信頼するパーティーメンバーだからだろうなとしか思わなかったのだけど……。そうじゃなくて大好きな彼氏だからだったんだよ、きっと。

それに先生が繰り返し言ってた「自分は彼女に釣り合わない」って言葉。私は相手がローズデールさんだからといって先生が彼女に釣り合わないとは思わないけど、相手がローズデールさんなら、先生がそう感じてしまうのもなんとなく分かる。まず身分が違いすぎるし、ローズデールさんは能力面でも化物だし。

そして先ほど私を恐怖のどん底に陥《おとしい》れたローズデールさんとのやり取り。あれはたぶん、自分の彼氏が夜中に他の女を連れていたから怒ってたんだろうね。……それにしてもあの反応は異常だと思うけど。実はめちゃくちゃ嫉妬深いタイプなのか？　ローズデールさん。

しかも彼ら、ナチュラルに「チェルシー」「メイソン」って呼び合ってたよね。最後のローズデールさんなんか「メイソンがご迷惑を……」とか言ってたしね。あれはもう「うちの主人が酔っ払って迷惑かけてすみません」って謝るときの妻のセリフだよね。

……そうか、そうだったのか。キャスカートさんじゃなくてローズデールさんだったのか。私、とんでもない人の彼氏に恋してたのね。「アイリーンとは恋愛関係ではない」って言われた段階で喜ぶんじゃなくて、「では彼女はいないってことで良いのか」って確認すべきだった。まあ、たぶん無意識にそうしたくなかったんだろうけど。

……うーん、やっぱ私にはチャンスなんかないね。先生はローズデールさんが他の男に言い寄られたから酒浸りになって、ローズデールさんは先生が他の女と一緒にいるのを目撃してあれほど取り乱した。やばいくらい相思相愛じゃん。何が「友達以上恋人未満」だよ、「恋人以上夫婦未満」の間違いじゃないの？

先生も悩む必要なんか全くなかったじゃん。先生が他の女と一緒にいるのを見ただけで理性がぶっ飛んじゃうくらい先生のことが大好きなのに、他の男選ぶとかありえないじゃん。あの様子だと先生と結ばれるためなら何でもすると思うよ？　それこそ駆け落ちでも何でも。

あーあ、やっぱ私の方が失恋しちゃったか。ローズデールさんより早く先生に出会えていればな……。残念だな……。悲しいな……。

34話　待ち伏せをしてみました

メイソンの様子がおかしい。明らかにおかしい。ある日突然、魂が抜けたような感じになってしまった。まるで屍《しかばね》のような生気のない顔、全身から滲み出る濃厚な負のオーラ。普段の彼を知っている人だけでなく、彼と初めて会った人でもおそらく「どうしたの、この人？　大丈夫？」と心配してしまうだろう。それくらい異常な状態だった。

当然、私はすぐに異変に気づいて彼に話しかけた。「何かあったの？」「何か悩みや困ったことがあったら何でも私に相談して」と。でも彼は「ちょっと疲れやストレスがたまっているだけだから気にしないで」といって、私の顔を見ようともせず、逃げるように去っていってしまった。

最愛の人からの明確な「拒絶」の意思表示。私はあまりの動揺とショックで、しばらくその場から動くことができなかった。……どうして？　嫌われた？　私、知らない間に何かやっちゃった？　彼の異変は私が原因なの？　と、ここ最近の記憶を必死に思い出しながら一晩中自問自答した。でもいくら考えても納得のいく結論は出なかった。

次の日も、その次の日も、私はメイソンのところに押しかけて、悩み事があるなら相談してほしいとお願いした。懇願した。でも何度お願いしても彼の答えは変わらず、私を避けるような態度も変わらなかった。一度も私の目を見てくれなかった。

「知らない間に私がメイソンを傷つけていたなら本当にごめんなさい、どうか許してください」と謝ってもみたけど、彼は悲痛な顔で「違う。チェルシーは何も悪くない」と言ってくれただけで、自分の異変の原因はあくまでも「疲れとストレス」だという主張を変えようとはしなかった。……自分のどこが悪かったのか理解もできていない人間に「何が気に入らないのかわかんないけど、とにかく許してほしい」って頭下げられても、許せるわけないか……。

メイソンの異変に気づいたのはもちろん私だけじゃなかった。アイリーンもすぐに異変に気づいたらしく、「彼と何かあったのか」と質問してきた。……アイリーンに抱きついて「全く原因が分からない、どうしたらいいかも分からない」と泣き喚いた。アイリーンはずっと優しく私の頭をなでていてくれた。

翌日、アイリーンはメイソンを飲みに誘って話を聞こうとしたけど、今は一人にしてほしいと断られてしまったらしい。彼とアイリーンは同性の親友同士のような間柄だから、もしかしたらアイリーンになら相談してくれるかもしれないと少しだけ期待していただけに、それもダメだったのかと、さらに絶望した。

剣術講義を受講している女子の間でもメイソンの異変は話題になっているらしく、彼と付き合いの長い私なら事情を知っていると思ったのか、リズが彼の異変の原因を知らないか質問してきた。全く原因がわからないと正直に答え、藁《わら》にも縋る思いで何か分かったらすぐに私にも教えてほしいとお願いした。

メイソンから直接理由を聞き出すことは無理と考えた私は、情報収集に奔走した。いろんなルートを使ってここ最近メイソンに変わった様子はなかったか、彼が学園で誰かとトラブルになっていないか調べた。もし「トラブルになっている相手がいる」というのが分かった場合、自分はその相手に何をするかわからないなって思ってしまった。

私がお姉様を「ヤンデレチート」と呼ぶようになったきっかけの一つである、お兄様と敵対した人間たちに対して彼女が行ったとされる報復の数々を思い出してみる。……お姉様の気持ちがすごくよく理解できた気がした。お姉様のことをヤンデレ呼ばわりする資格は私にはなかったかもしれない。

幸い、メイソンが誰かと揉めているという情報は一切入ってこなかった。でも、代わりにそれよりも遥かに恐ろしくておぞましい情報が入ってきた。それは、最近メイソンにやたらと絡んでいる女子生徒がいるという話だった。そしてその女子生徒の名前は……。

――レベッカ・ウェストウッド。

その名前を聞いた瞬間、ハンマーで頭を殴打《おうだ》されたような衝撃を受けた。全身の血の気が引く感じがした。前世のトラウマが鮮明によみがえり、手の震えが止まらなかった。そして気がついたら勝手に目から涙がこぼれていた。

最近のメイソンの異変についても、なんとなくその理由が理解できた気がした。優しいメイソンは、きっと罪悪感に苛《さいな》まれていたのだ。あれだけ私に想われていながらも、自分が他の女性、つまりレベッカさんに惹かれてしまっていることに対して。それなら彼が私やアイリーンに相談できないのも、彼が私の目を見ようとしてくれないのも、「チェルシーは何も悪くない」というセリフもすべて説明がつく。

でもどうしてレベッカさんがメイソンに？　どうしてカイル王子じゃなくてメイソンなの？　あなたの好きなタイプは「チェルシー・ローズデールが愛する男」で、あなたの趣味は「チェルシー・ローズデールを地獄に落とすこと」なの？　光属性持ちとしてはやはり闇属性の女が幸せになることが許せないの？

また愛する人を奪われるかもしれないという恐怖、まるで私の愛する人を狙い撃ちしているかのように見えるレベッカさんに対する怒りと憎悪、もうメイソンとの幸せな未来は私にはやってこないかもしれないという絶望。いろんな感情で心がぐちゃぐちゃになった。

特に私を苦しめていたのは、後悔と自己嫌悪だった。というか学園になんか来なければよかった。……無理やり学園に連れてきてまで私の目の届くところに彼を繋ぎ止めておいたのに、目の前で彼に他の女がずっと彼の隣で彼を見張っておくべきだった。もっと目を光らせておくべきだった。

近づいていることに気づかなかったら何の意味もないじゃん。

どうして気づかなかったんだろう。他に気づいている人がいるというのに。誰よりもメイソンのことを見ているはずの私が、なんで気づかなかったんだろう。私、抜けてる。無能だ。出来損ないだ。クエスト遂行《すいこう》とか入学テストとかどうでも良いことでは結果が出るのに、自分にとって一番重要なことに関してはこの有様……。

……いや、もしかしたら前世の私の悪行に対する罰がまだ終わってないのかもしれない。きっとレベッカさんは私を罰するために地上に降りてきた天使で、これからも彼女は何度も何度も私の一番大事なものを奪っていくんだ。だから私は彼女がメイソンに近づくのに気づかなかったんだよ。これは私への罰だから。今回も私は奪われて破滅する運命だから。

気が付いたら、私はメイソンの部屋に向かって走っていた。どうしても彼に会いたい。彼の顔が見たい、彼と話がしたい。私を軽蔑しないと言ってくれたあの夜のように、また私が望む言葉を囁いてほしい。私のことを捨てないって、これからもずっと私と一緒にいるって、私のことを愛してるって。

……お願い、嘘でもいいから。

メイソンは不在だった。私に会いたくなくて居留守を使っているだけかもしれないけど、強引に彼の部屋に押し入る勇気はなかった。だから私はメイソンの部屋の近くにあるベンチに座って、彼を待つことにした。本当に不在でも、居留守でも、ここでずっと待っていればいつかは会えるはず。だからいつまでもここで彼を待つ。

周りが少しずつ暗くなってきた。彼はまだ現れない。でも私は気にしなかった。彼が現れるまでずっとここで待てばいい。それが明日の朝でも、一週間後でも、一年後だとしても。

彼と出会ってからの日々を思い出す。楽しかった。幸せだった。こんな日々がずっと続くといいなと毎日思っていた。楽しい思い出のはずなのに、なぜか涙が止まらなかった。

周りが真っ暗になった。何かに取り憑《つ》かれたかのように笑顔で涙を流していた私の耳に、聞き覚えのある男女の声が聞こえてきた。

「ふぅ……。なんとか無事につきましたね！」

「……すみません、ご迷惑を……」

……そう。やっぱり。やっぱりあなたなのね。

私は立ち上がり、ゆっくり彼らに向かって歩いていった。

「……どうして？」

どうして？　どうしてあなたがメイソンと一緒にいるの？

「どうして？　どうしてあなたがメイソンと一緒にいるの？　……レベッカ・ウェストウッド」

どうしてあなたがメイソンと一緒にいるの？　どうしてまた私の愛する人なの？　どうしてまた私から奪おうとするの？　ねえ、どうして？

「……チェルシー」

乾いた声で私の名前を呟くメイソン。やっぱり嬉しいな、彼にファーストネームで呼ばれると。でもきっと、彼女も呼ばれてるんだろうね……。「レベッカ」って。「レベッカ、愛してる」って。

ねえ、レベッカさん。お願い、許して、メイソンだけはやめて。私、何でもするから。お金が欲しいならいくらでも払うから。身分が欲しいならあなたが私の代わりにローズデールの養女になれるよう取り計らうから。魔力がほしいなら私の魔力をすべてあなたに渡す方法を調べるから、たぶん禁忌の黒魔法にそういうのもあるはずだよ……！

だからどうか、メイソンには、メイソンにだけは手を出さないで。そもそもどうしてメイソンなの？　あなたはこれから王子と結ばれる運命なの。王子に愛されて幸せそうだったじゃん。どうし

てカイル王子じゃなくてメイソンなの？　ねえどうして？

「……どうして？」

教えて？　あなたがメイソンと一緒に現れた理由。私が納得できる理由を教えてよ。

じゃないと……、その頬、また引っ叩くよ？　その髪、また燃やすよ？　あなたのドレス、また引き裂くよ？　あなたの実家の宿屋、また潰すよ？　また旧校舎の教室に閉じ込めて放置するよ？　また人を雇って襲わせるよ？

……いや待って、もうそんな回りくどいことをする必要なんかないじゃん。もっとシンプルで手っ取り早い方法がある。消せばいいんだよ、今ここで。前世とは違って、今の私はそれを実行できる手段をいくらでも持っている。

そう考えた私は、左腕に魔力を溜め始めた。

ねぇ、レベッカさん。生きたまま引きちぎられるのと、身体の中から壊されるの、どっちがいい？

「……ご、ごめん、チェルシー、俺が酔っ払ってフラフラしてるのを見つけて、危ないからって部屋まで連れてきてくれたんだよ」

「……」

少し慌てた様子で私に声をかけてくるメイソン。隣のレベッカさんは、まるで蛇に睨《にら》まれた蛙のような様子で、怯え切った表情で勢いよく首を縦に振っていた。

「本当にごめん」

「……そう」

……そう。わかった。メイソンがそういうなら、とりあえずメイソンの話を信じるよ。魔力を溜めるのをやめた私は、レベッカさんにゆっくり頭を下げた。

「どうか先ほどのご無礼をお許しくださいい、ウェストウッドさん」

「……！　あっ、いいえ！　こちらこそ！」

どうしてメイソンに近づいたのかはわからないけど、これからは我慢してね。そしたら今までのことは知らなかったことにしてあげるから。私もあなたに対する殺意を頑張って我慢するから。

「ご親切にありがとうございました。メイソンがご迷惑をおかけして申し訳ございません。もう大丈夫ですよ」


……だから、今すぐ、私の視界から、消えろ。


「……ありがとうございます、ご迷惑をおかけしました」

「あっ、いえ！　では私はこれで……！　おやすみなさい！」

「うん、おやすみなさい！」

「……おやすみなさい」

終始私に怯えていたレベッカさんは、小走りでその場から去っていった。そして彼女が走り去ったのを確認してから、メイソンが恐る恐る私に声をかけてきた。

「……チェルシー、あの」

「お帰りなさい。とりあえず部屋に入ろう」

私は珍しく彼の言葉を遮《さえぎ》り、彼の手を引っ張って部屋に誘導した。なぜかメイソンも少しだけ怯えたような様子で、黙って私についてきてくれた。心配しないで、あなたを傷つけるようなことは絶対にしないから。今日は酔っ払っているってことだし、話は明日聞くよ。

……お帰りなさい。メイソン。

35話　封印が解けた件【メイソン視点】

頭が痛い。少し気持ちが悪い。完全に二日酔いだな……。昨日あれだけ飲んだんだから仕方がない。まあいいか、今日は休日だし、一日部屋でゆっくり休もう。

ってダメだ、すぐにでもチェルシーに事情を説明しにいかないと、昨日の件を含めて……。

……俺、昨日ウェストウッドさんと一緒に帰ってきたところをチェルシーに見られたんだよね。夢じゃないよね、あれ。でもなんでチェルシーはあんな夜遅くに俺の部屋の近くにいたんだ？

てか昨日のチェルシーはヤバかったな。何年も一緒にいるけど、あんな姿、初めて見た。もしかしたら剣を持ってるうちの母や姉よりも迫力があったかもしれない。いや、「かもしれない」じゃなくて確実にそうだな。

『それでも浮気は許しませんからね。手を出すなら私にしてください。浮気がバレた瞬間、それこそ魔道王国を敵に回すと思ってくださいね』

『いいえ、ダメなものはダメです。私、独占欲強いのでちょっと本気で無理です』

昔、彼女に言われたセリフを思い出す。うん、当時から彼女は十分警告してたね。それなのに誤解を招く行動をした俺が全面的に悪い。信じてもらえるかどうか分からないけど、ウェストウッドさんとのこと、釈明して謝らなきゃ。そして俺のここ一週間の行動についてもちゃんと謝罪しよう。うん、そうと決まれば早速……！

ベッドから身体を起こす、そして隣で寝ているチェルシーを起こさないようにそーっと……。

……

……

………えっ？

俺は慌てて自分の服装の状態を確かめた。あ、よかった。ちゃんと昨日の夜と同じ洋服で、乱れてもいない。

そ、そうか……。そういえば、昨日、酔っ払ってフラフラしている俺をベッドに寝かせてくれて、なんとか話をしようとする俺に「明日話そう、おやすみなさい」って言いながら優しく微笑んでくれたっけ。泥酔《でいすい》していた俺はその後すぐに眠ってしまったけど……、彼女、そのまま俺の部屋に泊まっちゃったのか。アイリーンが心配しているだろうに。

チェルシーの寝顔を見つめる。心の底から深い愛情と抑えきれない好意が湧き上がってきた。彼女のすべてが愛しい、絶対に失いたくない、彼女のことが世界で一番大切だと、自分がそう強く思っていることに改めて気がついた。

怒りと絶望に染まった昨日の彼女の表情を思い出す。彼女をあれほど悲しませて、苦しませて、追い込んだのは他ならぬ自分だということを改めて痛感し、深く後悔した。

彼女の寝顔にはまだ涙の跡が残っていた。彼女を苦しめたのは、間違いなくウェストウッドさんのことだけではないと思う。一週間続いた俺の自分勝手な行動のせいで、きっと彼女は深く傷ついて何度も何度も泣いていたんだ。

もし逆の立場だったら俺はたぶん耐えられなかったと思う。チェルシーが急に落ち込んでしまって何度聞いても理由を教えてくれず、ずっと俺を避けるような態度をとっていたら。たぶん今頃俺は、それこそ姉さんのところにでも向かっていたはずだ。最愛の人に自分は耐えられそうにない辛い思いをさせるなんて……。俺、本当に最低だ。

「ウェストウッドさんとは何もなかったよ。誤解させて、悲しませて本当にごめん。……愛してるよ、チェルシー」

小さい声で独り言のようにそう呟きながら、右手の親指でチェルシーの目の近くに残っている涙の跡を拭《ぬぐ》うようになでる。こんな時にも言い訳じみたセリフが最初に出てくるあたり、俺はもしかしたら筋金入りのクズ男なのかもしれない。

「……本当？」

瞑《つぶ》ったままのチェルシーの目からは、また涙がこぼれていた。

……えっ？　起きてたの？

その後、チェルシーは俺に抱きついてしばらく泣き続けた。俺はずっと彼女の頭を優しくなでながら、彼女が落ち着くのを待った。しばらくして彼女が落ち着いてから、俺は机の前の椅子に腰をかけ、ベッドにちょこんと座っているチェルシーに向かって今までのことをぽつぽつと説明した。

偶然、旧校舎の屋上でチェルシーがカイル王子にプロポーズされている場面を目撃してしまったこと、カイル王子が片膝をつくところまでは見たけど、チェルシーがどう返事するのかを見るのが怖くて逃げ出してしまっていたこと、それが原因で落ち込んでしまって酒に逃げていたこと。

チェルシーは俺がカイル王子との場面を見ていたことには「えっ、どこから？」と驚き、チェルシーの返事を見るのが怖くて逃げ出したということについては「見るなら最後まで見ていってよ。ちゃんと断ったのに」と頬を膨《ふく》らませた。ヘタレでごめんと平謝りした。

もちろん、一週間チェルシーを避けるような態度をとったことも謝罪した。彼女は拗《す》ねたような口調で「本当はすぐに許しちゃダメだと思うけど、惚れた弱みがあるから今回だけは特別に許す。次はないからね」と言って許してくれた。……天使かな？

自分が思っていたことも包み隠さず全部彼女に伝えた。最初は「自分のせいでチェルシーが王子の妃になるチャンスを逃したかもしれない」、「自分がチェルシーの輝かしい未来を奪ったかもしれない」という気持ちもあったけど、それはすべて偽善だってことに気づいたこと。

結局、俺を苛んでいたマイナスの感情は、自分よりチェルシーに相応しい男が現れたことによってチェルシーの心が変わってしまうかもしれないという恐怖と、自分よりチェルシーに相応しい条件をすべて持っているカイル王子に対する嫉妬だったと。チェルシーは前半の言葉は苦い顔をして聞いていたが、後半の言葉を聞くときは少し驚いたような表情になっていた。表情がコロコロ変わるところがとても可愛い。

ウェストウッドさんとのことも言葉を選びながら丁寧に説明した。理由は分からないけど、どうやら彼女が俺に好意を持っているらしいということ、でも昨日会ったのは本当に偶然で、やましいことは何もなかったこと、そして彼女には俺がチェルシーと付き合っていることを説明するつもりであること。

……まあ、おそらくウェストウッドさんは、俺から改めて説明する必要もなく、もう俺の「彼女さん」がチェルシーであることを理解していると思うけどね。

ちなみに「ウェストウッドさんが俺に好意を持っているらしい」のくだりでは、またチェルシーの瞳からハイライトが消えてしまった。どうやら俺の彼女は、ヤンデレな一面を持っているらしい。マイルドな方だとは思うけどね。……もしかしたら「マイルドな方」というのは俺の願望に過ぎないかもしれないが。

……いずれにしてもこれからはチェルシーに誤解されることがないよう、さらに行動に気をつけようと自分自身に誓った。俺の行動のせいでケガ人や死人が出てはいけないし、何よりもこれ以上チェルシーのことを傷つけたくない。

そして自分のヘタレすぎる行動や十歳近く年下の少年に対する幼稚な嫉妬心まで包み隠さずチェルシーに伝えた俺は、まるで封印が解けたかのように、自分の素直な想いをチェルシーにストレートに伝えることができるようになっていた。

「俺、チェルシーのことが大好きだよ。心から愛してる」

「……!? ……えっ、ありがとう。私もだよ」

「誰にも渡したくない。相手が王子だろうと、魔王だろうと」

「……うん、心配しなくても、私は、ずっとメイソンのものだから」

「ありがとう。一生大事にするね。だからずっと俺のそばにいてね？　どこにもいかないで」

「……はい」

真っすぐチェルシーの目を見て好意や愛情を伝え続ける。昨日までとは別人のようにストレートに愛情表現してくる俺の言葉に少し照れた表情で頬を赤らめながらも、嬉しそうに返事をしてくれるチェルシー。

最初からこうすればよかったんだ。別に学園卒業まで「恋人未満」の関係にしておく必要などなかったんだよ。駆け落ちするのが学園卒業後だからって、別に付き合うのもそのタイミングからにしないといけない理由がどこにある？　いや、というかもう、このまま駆け落ちしてしまおうか。

……まあ、最初は本気で「俺が彼女の未来の可能性を奪って良いのか」って考えてたからね。偽善者だったね、バカだったね。ヘタレのくせにカッコつけようとして。とっくにチェルシーがいないと生きていけないくらい、彼女のことが大好きになってたくせに。いや、それを認めようとしないからこそ、真のヘタレなのか。

でももう、チェルシーのことに関しては、ヘタレは卒業しよう。姉さんはどこかで野垂れ死にするよりはヘタレが良いって言ってたけど、俺、チェルシーのためなら喜んで野垂れ死にするよ。いや、死なないけどね？　ずっとチェルシーと幸せに生きていきたいから。

椅子から立ち上がって、彼女が座っているベッドの前で片膝をつく。少し驚いた顔でベッドから立ち上がるチェルシー。右手で彼女の左手を軽く握り、彼女を見上げる。

「遅くなってごめんね。……チェルシー・ローズデールさん、俺と付き合っていただけませんか」

「……はい。喜んで」

指輪がなくてごめんね、今日か明日買いに行こうね。心の中でそう謝りながら立ち上がった俺は、そのままチェルシーを抱き寄せ、彼女と唇を重ねた。

36話　とにかく幸せです

前世のメイソンが戻ってきた。いや、違う、今のメイソンは前世のメイソンよりもすごい。封印が解けて覚醒した今の彼は、もはや「真メイソン」もしくは「裏メイソン」と呼ぶべき存在かもしれない。ヘタレメイソンも可愛くて大好きだったけど、一週間で私の心をすべて奪っていったメイソンはやっぱりこのメイソンだよ。……さようなら、私の可愛いヘタレメイソン。そしてお帰りなさいませ、ご主人様。

……うん、早速暴走しています。

メイソンがカイル王子による私へのプロポーズ（本当は「プロポーズ」ではなかったけど）を目撃してから約一週間後で、私が殺人犯になる直前まで理性が飛んでしまったあの夜の翌日から、私とメイソンは正式にお付き合いすることになった。

付き合い始めてからのメイソンの変化は、それを心から望んでいたはずの私でさえ驚いて少し戸惑ってしまうほど過激なものだった。二人きりになった時は必ずといっていいくらい、濃厚なスキンシップとともに私に対する好意や愛情を囁いてくれる。慈愛に満ちた目で、まるで生まれたての小動物を扱うような優しい手つきで私を愛《め》でてくれたかと思えば、次の瞬間にはギラギラした目で貪欲《どんよく》に私のことを求めてくれる。

だから私はもう、二人きりの時は常に照れて顔を赤らめ、彼のなすがままに愛情を注がれているだけの状態になっている。

ちなみに私に合わせてくれているのか、元々彼の趣味なのかは分からないけど、今の彼には結構Sなところがあって……。私、何度か言ったよね。もしメイソンが実はドSで私を奴隷として調教することを望むのであれば、その時は喜んでドMになるって。

……おかげさまで最近の私は、順調に性癖が開花していっている気がする。私にこんな才能があったなんて驚きだよ。……性癖がドMなのは別に「才能」ではないかもしれないけど。いずれにしても、やはりメイソンは人に何かを「教え込んで」、「開花させる」ことにとても向いていることを再確認できた。「逆だよ、逆。君が彼氏の性癖を捻じ曲げて、開花させているんだよ」というご指摘はあえてスルーさせていただこうと思う。

彼は告白してくれた翌日に王都に私を連れ出して、右手薬指用の指輪を買ってくれた。左手薬指用の指輪はプロポーズの時にまたくれるらしい。「絶対に外さないで」と言いながら指にはめてくれたものだから、また思わず「……はい、ご主人様♡」って答えそうになっちゃった。……こういうところだろうね、先ほどのような鋭いご指摘が入ってくるようになった原因は。

アイリーンと、もう状況証拠から事情を把握しているはずのレベッカさん以外の人間にはさすがに「付き合っている」と断言はしていないものの、彼は他の生徒の前でも堂々と私のことをファーストネームで呼んでいちゃつくようになった。しかも彼の方から積極的に。今、彼が私のことを「ローズデールさん」と呼ぶのは授業中だけである。

リズに意地悪っぽく「先生とチェルシーって付き合ってるんですかぁ」と聞かれた時なんかは、余裕の笑顔で「まさか。生徒に手を出すわけがないでしょう」と答えていた。……わざとらしく隣に立っていた私の腰に手を回して自分の方に引き寄せながら。

……んん！　これだよ、これ！　たった一週間で私を溺《おぼ》れさせて地獄行きの運命まで捻じ曲げさせた彼の愛情！　前世でたった一週間で私をメロメロにしたその愛情が、今度は何週間も何か月も続いてしまうものだから、もう私はもう常時トリップ状態っていうか幸福過多で瀕死《ひんし》の状態っていうか、もう自分が何を言ってるかもよくわかんないけど、とにかく幸せ‼

メイソンは学園卒業を待たずに駆け落ちすることも考えてくれた。私も最初はそうしようかなと考えたけど、その後二人でよく話し合って、少なくとも今すぐ駆け落ちをしなければならない理由はどこにもないという結論に達した。

学園には私たちが堂々といちゃついたり、私が週の半分くらいは自分の部屋を抜け出してメイソンの部屋に入り浸っていたりすることを咎《とが》める人は誰もいなかった。いや、もちろんよく思っていない人もいるみたいだけど、少なくとも私に直接文句を言ってくるような命知らずはいなかった。

私が「先生と私の関係に何か少しでも不満があるという方は、私との殺し合いを望んでいるものとみなす」と宣言していて、その噂を聞いたレベッカさんが「ローズデールさんの言葉は間違いなく本気」と言いふらしてくれたのがよかったのかもしれない。でも一度だけ、メイソンが何人かの貴族意識の高い生徒たちから嫌味を言われている現場を私が目撃したことがあった。

メイソンは「何のことやら」という感じではぐらかすという大人の対応をしていたが、直ちにその場に乱入した私の「忠告」によって、メイソンに嫌味を言っていた生徒たちは一目散に逃げ出すことになった。もちろん、見せしめの意味も込めて後日、全員にしっかり報復を行ったので、狙い通りその後は私に対してだけでなく、メイソンに対しても嫌味や文句を言ってくるような人間は誰もいなくなった。

「ベックフォード先生とローズデールさんの件に首を突っ込むと、ロクなことにならない」という認識が学園内に定着したのである。ちなみに去年までは「ローズデールくんとラインハルトさんの件に首を突っ込むと、ロクなことにならない」という認識が学園内に定着していたらしく、教師たちと上級生たちは非常に適応が早かった。

……確かな実績とたくさんのノウハウをありがとう、お姉様。

そういう状況だったので、私たちは私の残りの学園在籍期間を、誰にも邪魔されず、また何不自由ない環境で、二人で愛し合える貴重な時間と考えることにした。駆け落ちしたらどこか遠いところに定着するまで各地を転々とする厳しい生活になるし、追手でも出された日には逃亡生活になる。そうなるともう、今のように余裕たっぷりの生活はできなくなるはずだからね。

メイソンとの幸せな学園生活はその後も続いた。最初、私たちの関係に対する学園内の認識は「あれに関わってはいけない、危険」という感じのもので、いわゆるタブー扱いだったが、徐々に私たちのことを温かい目で見てくれる人たちも増えてきた。

それもすべてメイソンの人柄の良さが理由だと思う。彼ほど誠実で謙虚な人はいないからね。どんな人でも彼のことを知れば知るほど、きっと彼のことを応援せずにはいられなくなるんだよ。そしてそんな彼が口癖のように言っているセリフが「好きな人とこれからも一緒にいられれば、他に望むものは何もない」というものだからね。はぁあぁあ……素敵♡

学園内で開かれる各種パーティーのダンスパートナーはどうしてもメイソンが良いと駄々をこねた私は、そのために生まれてから一度もダンスをしたことがないという彼に特訓でダンスを教え込んだ。始める前は「ダンスは普通にできる私が、剣術は最初全くダメだったように、もしかしたらメイソンは剣術と違ってダンスには全く向いてないかもしれない」と少し意地悪な想像をしてみたりもしたけど、普通にめちゃくちゃ上達が早くていつものように私の惚れ直しで終わった。我ながらチョロインだわ。

学園内の伝統という、二月十四日に女子が好きな男子にチョコレートをプレゼントするというイベントでは、魔道王国ナンバーワンとの呼び声が高い有名ショコラティエから限定オリジナルチョコを取り寄せてプレゼントした。本当は手作りが一番喜ばれると聞いたので、アイリーンにやり方を教えてもらって挑戦してみたけど、あまりにもショボい完成度だったので、私らしく金と権力で勝負してみた。

メイソンはとても喜んでくれたけど、実は手作りに挑戦して失敗した話をするとそれもくれと言ってきて全部美味《おい》しそうに食べてくれた。そして私はまた惚れ直した。

休みの時はアイリーンも入れて三人で、よく魔物狩りに出かけている。ちょっとやりすぎたのか、気がついたら私たちのパーティーは魔道王国シェルブレットを代表する冒険者パーティーの一つに数えられ、大陸中に名を轟《とどろ》かせる存在になっていた。

……ワイバーンを撃ち落としたり、シーサーペントを沈めたりしてるからね。仕方ないね。アイリーンが急降下してくるワイバーンの推進力を逆手《さかて》に取る形で翼《つばさ》を斬り落としたときはさすがにびっくりした。私の専属メイドはいつの間にか人外級の剣聖になっていたんだなと実感した。メイソンが少し悲しそうに「俺はあんな真似できない。彼女はもう完全に俺を超えた」とつぶやいていた。


幸せな日々はあっという間に過ぎていき、私は学園の最高学年になった。生徒会長は無事にカイル王子が選ばれたけど、私は副会長に選ばれてしまった。うーん、面倒だな……。でもまあ、仕方ない。あ、そういえば予想通りというか、やっぱり運命というか、二年の夏頃からカイル王子とレベッカさんが付き合い始めたらしい。

それを誰よりも喜んで祝福したのは他ならぬ私だった。「最初からそうしなさいよ。なんで最初メイソンにちょっかいを出してきたんだよ」と少し不満にも思ったが、終わり良ければ全てよし。どうぞお幸せに！

レベッカさんは案の定、女子の嫉妬からいろいろと嫌がらせを受けていた。前世で私がしていたような本格的なものはないみたいだけど。そしてその加害者グループには前世で私の取り巻きだった子たちも入っていたようで、ある日偶然、私がその嫌がらせの現場を目撃してしまった。

今は別に仲良くないが、彼女たちは前世で私に巻き込まれて罰を受けていた子たちである。まあ、私がいてもいなくても結局は同じような行動をするみたいだけど。一応彼女たちの元友人として、私は前世の自分の取り巻きの子たちが将来カイル王子に報復されて地獄に落ちないよう、嫌がらせ行為をやめさせることにした。

やり方は彼女たちへの脅しだったけどね。「身分が異なる者同士は結ばれちゃいけないんだ。へぇー、あなたたちはそう考えているわけね。それなら私にも言いたいことがたくさんあるんじゃない？」って感じ？

……正直「元取り巻きの子たちをカイル王子の報復から守る」っていうのは言い訳で、たぶん私は「平民の分際で」とか「身の程知らず」といった彼女たちの言葉がメイソンにも向けられているような気がして我慢ならなかっただけだと思う。いや、「たぶん」ではなくて間違いなくそうだった。私、普通に激怒してたし。……短気だからね、私。メイソンに関することになると。

でもその一件が原因で、それまでは私のことを恐れて明らかに避けていたレベッカさんに妙に懐かれてしまったり、レベッカさんから私の行動を聞いたのかカイル王子に深く感謝されたうえで、先輩認定されたりした。てか彼らの「交際宣言はしないけど、付き合っていることは隠さない」というやり方は私たちの手法を見習ったものだったらしい。

そういえば彼らはこれからどうするんだろう。前世でカイル王子が「悪魔のような毒婦」である私との婚約は破棄して、心から愛するレベッカ嬢と「交際する」と宣言したところまでは分かっているけど、その後、彼らがどうなったかまでは知らない。それどころじゃなかったし。

でもよく考えてみると彼らはメイソンと私以上に結婚のハードルの高いカップルなわけだし、前世で私は罪人になったけど、ローズデール公爵家は健在だった。そしてそのローズデール公爵家を完全に敵に回した彼らが果たしてハッピーエンドを迎えられたかどうかは疑問である。少なくとも順風満帆《まんぱん》ではなかったんだろうね。

ま、王子様と光のシンデレラの話はどうでも良いとして、最近私は少しずつメイソンやアイリーンと卒業後の駆け落ち先について相談し始めている。今のところもっとも有力な候補はメイソンの生まれ故郷であるベラスケス王国だった。大陸の反対側に位置しているから魔道王国からの物理的な距離も十分に確保できるし、メイソンの家族もまだ住んでるみたいだからいろいろと都合が良い。

そういえばメイソンは、私たちが駆け落ちする際に、アイリーンも同行することを普通に認めてくれた。「認めてくれた」というよりも、最初から「三人で行くのが当たり前」というスタンスで、逆に私が驚いてしまったくらい。二人きりの時に恐る恐る「アイリーンが私に恋愛感情を抱いていることを理解したうえで同行を認めてくれているのか」と聞いてみたら、「もちろん。何年二人と一緒にいると思ってるの」って言われた。

確かにアイリーンの言動は割と分かりやすいから、誰よりも近いところで何年も私たちと一緒にいるメイソンが彼女の気持ちに気づかないはずはなかった。そして彼は「もちろん相手が女性でも全く嫉妬しないわけではないけど、チェルシーとアイリーンを引き離すとアイリーンはたぶんおかしくなっちゃうと思う。俺にとってもアイリーンは大切な友人だから、自分の独占欲のためにアイリーンを廃人にしたくない」と言ってくれた。もちろん私はまた惚れ直した。

そして彼は「俺に見えないところでアイリーンと浮気してもいいけど、バレたらきつめのお仕置きだからね」と悪戯っぽく言ってきた。私が「……はい、ご主人様♡」と返事しそうになったのは言うまでもない。もはやテンプレ化しているといっても過言ではないね。

夏休みになり、数か月ぶりにローズデール・ラインハルトの実家に戻ってきた。馬車の中から屋敷が見えてきたときから、私は「あの屋敷にいられるのはあとどれくらいだろう……」と少しセンチな気分になっていた。

でも屋敷に着いて、少し前からうちの屋敷で居候《いそうろう》になっているという女性の冒険者がとても魅力的な笑顔で自己紹介をしてきた瞬間、私のセンチな気分は一瞬にして海の彼方へ吹っ飛んでいってしまった。

「はじめまして。マリー・ブランシャールと申します。よろしくお願いしますね」

37話　成長していました

久しぶりの我が家では、なんとラスボスが私を待っていた。マリー・ブランシャール。彼女、苗字は「ブランシャール」だったんだ……。

綺麗な人だった。ダークブルーのショートヘアと、神秘的なゴールドの瞳。自信に満ち溢れているように見える魅力的な笑顔とハキハキとした話し方。年齢はたぶんメイソンと同年代だと思う。うん、「大人の女性」とか「いい女」という言葉が彼女にはぴったりだね。あと「尻軽」とか「ビッチ」とかもね。

……ごめんなさい、個人的な感情で適当なことを言いました。

そして彼女、顔が私と同じ系統というか、なんとなく私と少し似ている気がする。ちょっと目つきがキツいところとか、全体的に冷たそうな雰囲気とか。やっぱりメイソンはこういう系統の顔と雰囲気が好きなのかな。……嬉しいような、嬉しくないような。

それにしても私、やっぱり抜けてるね。メイソンとの学園生活があまりにも幸せすぎて、「マリー」の存在をすっかり忘れていた。

前世で私がメイソンと出会ったのは退学処分を受けて実家に戻った時だったけど、メイソンは確か「去年の夏」からローズデール家で働いていると言っていた。前世の彼が屋敷にやってきた時はまだ元カノと交際中で、一緒に行動していたと仮定すると、つまりメイソンと元カノは本来であれば「この夏」二人でローズデールの屋敷にやってくるはずだったのだ。

数年前に私が強引にメイソンを捜索したので、今回の時間軸でメイソンはそれよりも早くローズデール家にやってきていて、元カノとは出会ってもいないんだけど、その元カノ、つまりマリーさんはメイソンと出会っていなくても、一人でうちの屋敷にやって来たわけだ。

はあ、ダメだ、私……。完全に油断していた。

前世の最後の夏、私はもう完全に私から心が離れてしまったカイル王子になんとか振り向いてもらいたくて、一度も帰省せずにずっと王都で過ごしていた。王都にいたところでカイル王子は全く相手にしてくれなかったけど。……思い出すとやっぱり腹が立つな。何が「僕たちのロールモデル」だよ。私たちのやり方を真似するなら金払え。

調子のいい浮気王子のことはおいといて、前世で私がメイソンと出会った時、すでにローズデールの屋敷にマリーさんはいなかったはずだから、たぶん前世のマリーさんは今回と同じタイミングでメイソンと一緒に屋敷にやってきて、私が退学処分を受けて戻るまでの間にメイソンを裏切って屋敷から出ていったのだと思う。

で、今回のマリーさんはメイソンと一緒ではないものの、前世と同じ時期に屋敷にやってきていて、前世ではこの時期、一度も屋敷に戻っていなかった私が今回は戻ってきているから、前世では実現しなかった私とマリーさんの出会いが実現したと。

……私とマリーさんが出会ったのは別に何の問題もないけど、問題はメイソンとマリーさんが出会ってしまったことである。二人が出会うのを避けるためにあれだけ努力したのに、数年遅れとはいえ結局は出会いが実現してしまうなんて……。カイル王子とレベッカさんが結局は結ばれたように、やっぱり運命を強引に変えることはできないのかな……。

……いやそんなことはないはず！　だったら今頃私は海の亡霊だよ。私が今ここにいるということが、運命は変えられるという事実の何よりの証拠なんだ。絶対負けない！

どうやら一目惚れしたらしい。マリーさんが、メイソンに。「私あなたに興味あるよ」って態度を全く隠そうともせず、メイソンにちょっかいを出しまくっている。ありがたいことにメイソンはマリーさんに全く興味を示さず、明らかに素っ気ない感じで彼女に接してくれているけど。でもこのマリーさん、全くめげないというか、メイソンの素っ気ない態度に逆に燃えているようにさえ見える。……厄介なタイプだな。

てか前世のメイソンとマリーさんの馴れ初めなんかもちろん聞いたことなかったけど、もしかしたら前世でもマリーさんがメイソンに一目惚れしたのが交際のきっかけだったのかもね。……自分から惚れて口説《くど》き落としたくせに、最後はそのメイソンを裏切って心に深い傷を負わせたわけね。……悪女ですね、前世のマリーさん。私が言うなって話だけど

そしてマリーさん、最近の私たちの知名度を考えると当たり前かもしれないが、私たち三人のパーティーのことをよく知っているらしい。それでぜひ一度、私たちの魔物討伐に同行したいと言ってきた。

ちなみに彼女が一時的に客人として屋敷に滞在している理由は、出張中に賊に襲われたうちの使用人を助けてくれて、わざわざうちの屋敷まで護衛してくれたことだった。たぶん前世でメイソンとマリーさんが二人でうちに来た時も理由は同じだろうね。だから彼女はローズデール家にとって恩義のある相手なわけだし、正直「魔物討伐で力の差を見せつけてやる」という気持ちも少しはあったので、私は彼女の同行を快諾《かいだく》した。

で、どうだったかというと、彼女は私たちの実力にえらく感動して興奮していたけど、私は私で「やっぱり運命というのはすごいかもしれない」と内心驚いて、少し落ち込んでさえいた。

なぜかって？　初めての共闘だったにもかかわらず、メイソンとマリーさんの呼吸があまりにもぴったりだったから。十年は一緒に戦ってきた戦友のようだった。マリーさんは弓を武器とする「スナイパー」というジョブの冒険者で、そのスナイパーは元々メイソンのジョブである「ソードマスター」と相性が良いジョブの一つではある。でも、それだけでは説明できないくらい、二人のコンビネーションは抜群だった。マリーさんもたぶん口説き目的半分、本音半分でメイソンに「こ

んなにぴったり呼吸が合う人は初めて」って言ってたし。

……ここまで読んでいただいた方は、何か違和感を覚えてはいないだろうか。そう、私が黙ってマリーさんの行動を容認していることに。前世のトラウマが影響していたとはいえ、レベッカさんの時はメイソンと彼女が一緒にいる姿を見ただけであれだけ取り乱していた私である。

でも今回の私は、マリーさんが明らかにメイソンに好意を寄せていることを分かっていながらも、それに激怒することもなければ泣き喚くこともなく、むしろ割と余裕をもって状況を静観していた。ちなみに私のこの態度にメイソンだけじゃなくアイリーンまで大変驚いていた。

なぜ私がこんなに落ち着いているのか。それはもう二年以上、メイソンがあまりにもたっぷりの愛情を注いで丁寧に調教……じゃなくて、たっぷりの愛情を注いでくれたので！　もう私は心の底からメイソンのことを信頼しているというのがその理由だった。

この人が私を裏切るはずがない、こんなにも私のことを愛してくれる人が私を捨てるはずがない、私を悲しませるはずがないって。私はそう固く信じていた。だから他の女がメイソンに近づこうが、彼にアプローチをかけようが、もう私はそれにいちいち怒ったり、ムキになって相手を攻撃したりしない。ただメイソンを信じるだけ。メイソンが私以外の女を好きになるはずがないから。

こういう油断が最終的に命取りになるのかもしれないけど、万が一このスタンスが仇《あだ》となって誰かにメイソンを奪われるようなことがあったら、その時はメイソンの目の前で相手を殺して、その場で私も死ねば良いだけの話である。今まで愛してくれたことに心から感謝しながら笑顔で死んでいくからね、私。

いやー、メイソンがたっぷり愛情を注いでくれたおかげで、私はここまで成長できた。我ながら大人になったと思う。私、もう「ヤンデレ」は卒業できたのかもしれない。

ちなみに「メイソンのことを心から信頼している」から「万が一のことがあれば相手を殺して自分も死ねば良いと思っている」までの内容はすべてメイソン本人にも伝えている。最後まで話を聞いてくれたメイソンは「チェルシーは変わらないね」と言いながら優しく抱きしめてくれた。

……あれ？　自分では変わったと思ったんだけどな。ま、いいや。


「私、明日ここを去ることにしたよ」

メイソンがビーチで剣術の訓練をしていると聞いた私がビーチにやってきた時には、メイソンはマリーさんと会話をしていた。二人から見えないところに身を隠して、こちらの気配が察知されにくくなる無属性の結界を張る私。向こうの声は聞こえてくるので、盗み聞きやストーキングに大変役立つ魔法である。

「そうなんですね。……お世話になりました」

「……明らかに脈無しだから、もうこれはダメ元というか悪あがきだけどさ」

「……？」

「私と一緒にいかない？」

「……はい？」

「明日から私と一緒に、旅をしないかってこと」

「……すみません。それはできません」

「そっか……。ねえ、質問してもいい？」

「……どうぞ」

本当にめげないね。てかいきなり「明日から一緒に旅しない？」って……。マリーさんちょっといろいろとぶっ飛びすぎ。リズと気が合うかもね。

「もしかしたらメイソンくん、ここのお嬢様と付き合ってるの？」

「……さあ。どうでしょう」

「……やっぱりそうだったのね。二人の雰囲気を見てなんとなくそうかなとも思ったけど……、さすがに身分の差がありすぎて信じられなかったんだよね」

いや、この国の王子も平民と付き合ってるからね？

「お前には関係ない話だって思うかもしれないけど、公爵家から絶対ＯＫ出ないんじゃない？　もし出なかったら駆け落ちでもするの？」

「……どうでしょうね」

するよ。もう具体的な行き先まで検討中です。

「やめといたら？　平民の暮らしってお嬢様が思ってるほど甘くないじゃん。お嬢様、絶対後悔すると思うし、あなたもお嬢様の身分を捨てさせたことに負い目を感じるはずだよ」

ううん、メイソンは分かってくれているはず。私が後悔するはずがないって。どんな暮らしでもメイソンと一緒にいられるならそれだけで私は最高に幸せだって。

マリーさんはさらに言葉を続けた。

「仮に公爵家に認めてもらってこの国に残れたとしても、この国は魔力持ちでない人間は差別される国じゃん。私たちのように魔力を持たない人間にとって暮らしやすい場所ではないよね？」

メイソンが差別的な扱いを受けるのを私が黙って見ているとでも？

「身分の差を乗り越えて結ばれたとしても、そのあと、きっとどちらかが我慢をする人生になる。その点、私と一緒なら平民の冒険者同士、気楽で楽しい人生になると思わない？　お手頃な私にしといたら？」

メイソンはあなたが平民の冒険者だからといって、それだけであなたのことをお手頃だとは思わないはず。だって彼には「あなたは私の命さえも好きにできるよ」と言ってそのための道具までプレゼントした、もはや彼の言いなりっていっても過言ではないくらい圧倒的にお手頃な女がいるんだから。

「……ブランシャールさんのような魅力的な方に好意を持っていただいたことは、嬉しく思います。でも俺は、彼女のことを心から愛しています。何があっても彼女のことを諦めないと決めていますので……。ごめんなさい」

「……そっか。あーあ、やっぱダメか。誰かに一目惚れしたのも、こんなに頑張って口説いたのも初めてだったのになー。おっかしいなー、運命の人に出会えたと思ったのに」

確かにメイソンはマリーさんにとって「運命の人」ではあったかもね。少なくとも前世では数年間付き合って結婚寸前までいった相手だからね。最後、その「運命の人」を自ら手放したのはあなただったけどね。

「迷惑かけてごめんね。今までありがとう。さようなら」

「……お元気で」

ひらひらと手を振りながらマリーさんが去っていく。

うん、やっぱり彼のことを信頼して正解だったよ。嬉しいな。安心したな。私、なんだかんだ言ってちょっとだけ不安だったんだ。相手が他ならぬマリーさんだったから。カイル王子とレベッカさんが結局は結ばれたように、メイソンとマリーさんもそうなるんじゃないかって。

でもその不安よりもメイソンに対する信頼の方が圧倒的に勝っていたから、状況を静観することにした。今のメイソンなら運命を捻じ曲げてでも私を選んでくれるはずだって信じて。……そして私の期待通り、メイソンは運命よりも私を選んでくれた。

……幸せだな、私。

38話　最後の夏が終わります

学園生として過ごす最後の夏休みが、あと数日で終わろうとしていた。この夏は私にとっては学園生としての最後の夏というだけではなく、生まれ育ったローズデールの屋敷で過ごせる最後の夏でもあった。冬休みにもう一度屋敷に戻る予定ではあるけど、ここで見られる夏の景色はあと数日で永遠に見納め。

そう考えるとやっぱりセンチメンタルな気分になってしまう。前世を合わせると二十年以上過ごした、とても愛着のある場所だからね。特に私が今座っている自室のベランダから見える風景。

……大好きだったな。中でも夏の景色が一番好きだった。目に焼き付けよう。

大好きな景色を眺めながら、家族との思い出を振り返る。前世からやってきた直後は、勘当された時の家族の冷たい顔がずっと頭に残っていて、家族に対して心のどこかで壁を作っていた。そんな私はきっと、全く可愛げのない娘だったはずなのに、それでも両親もお兄様もずっと、私のことを大事にしてくれた。本当、ありがたい話だよ……。

だから今の私は、自信を持って両親もお兄様も大好きだっていえる。前世のことなんか、もう忘れた！　……だからこそ、これから大好きな家族に迷惑をかけて、大好きな家族を悲しませる選択をしなければならないことが本当に申し訳ない。

そしてお姉様。「四天王シルヴィア・ラインハルト」。うん、とてもしっくりくるね。しかも最年少なのに実力はすでに四天王の中でも圧倒的に最強だからね。でもお姉様、将来もし他の四天王の方が誰かにやられても「奴は四天王の中でも最弱」とか「面汚《つら》しよ」とか言っちゃダメですよ。

……って何の話だよ。

お姉様には本当にお世話になった。彼女がいなければ私が闇属性に適合性を持つことも分からなかったはずだし、ここまで魔法が上達することもあり得なかった。そしてメイソンと早めに出会えたのも彼女のアドバイスのおかげ。

……遠く離れた場所で暮らすことになっても、あなたは私にとって永遠のお姉様で、永遠の師匠です。そしてお姉様ならきっと私の選択を理解してくれるはず。本当にありがとう。大好きです、お姉様。どうかお兄様と末永くお幸せに。

「……あのー、聞こえていらっしゃいますかー？　お嬢様？」

いつの間にかやってきた剣聖アイリーン様が、だいぶ気の早い別れの挨拶をしながらセンチな気分に浸っていた私の顔を心配そうに覗き込んでいた。やばい。完全に自分の世界に入っちゃってた。もしかしたら何度か話しかけられたのに無視しちゃったのかもしれない。……なんかだいぶ前にもこれと似たようなことがあった気がするな。

「ごめん、ちょっと考え事してた。どうしたの？」

「はい、旦那様からご伝言を預かってまいりました。十四時にサロンに来るようにとのことです」

「わかりました。ありがとう」

でもお父様からの伝言はそこで終わりではなかった。次の瞬間、アイリーンは少し表情をこわばらせ、やや低めの声で私に続きを言ってきた。

「……メイソンも連れて来るように、とのことでした」

「チェルシー、どうか考え直して！　今からでも遅くない、二人で逃げよう！」

私の両手をつかんで、メイソンが悲痛な顔で必死に訴えてくる。もう何度目か分からない彼からの説得。彼が私に注いでくれている愛情の深さが、これからも私と一緒にいたいと思う気持ちの強さが、痛いほど伝わってくる。

「ダメだよ。メイソンまで罪人になっちゃう」

「そんなこと気にすんなよ!!　君のためなら俺は命だって……!!」

「……ありがとう」

彼の言葉を遮るように、彼を優しく抱きしめる。しばらくして彼から離れた私は、今の自分にできる精一杯の笑顔を彼に見せる。

「私、幸せだよ」

「だったら続けようよ。これからも二人で幸せに生きていこうよ！」

「……ごめんなさい」

ごめんね、メイソン。私は間違いなくあなたの足手まといにしかならない。こないだみたいな賊ならともかく、逃亡犯を捕まえるために王国が出す、腕の立つ追手を相手にずっと私を守りながら戦うのは無理だよ。しかも私の右腕につけられている、追跡用のブレスレットのせいで私の居場所はいつだって王国に筒抜けなの。

あなたも本当は分かっているはずだよ、メイソン。二人で逃げたところで、二人とも死ぬという結果にしかならないって。私は私なんかのためにあなたを死なせたくないの。

「……わかった」

「ありがとう。……愛してる」

私はメイソンの顔を引き寄せて、自分から唇を重ねた。情熱的な口づけを交わす私たちの目からは、絶え間なく涙が流れていた。


本当、前世の私ってバカだった。悲劇のヒロインぶっちゃって。自分のせいでメイソンが死ぬのはいやだからっていって、彼の最後の説得を拒否してセント・アンドリューズ行きの船に乗り込んだ結果、翌日にはメイソンを死なせることになったからね。まあ、もしかしたら私が死んだあと、彼は奇跡的に助かったかもしれないけど……。

今の私があの状況だったら、迷わず自分の右腕を切り落としてメイソンと一緒に逃げる道を選ぶね。そう、諦めない。どこまでも逃げるの。……ということで、私は早速アイリーンに私たち三人分の荷造りをお願いした。それだけで私の意図を汲み取ったアイリーンは、すぐに動き始めてくれた。さすが私の『神メイド』。

さすがにいきなりお父様が私を部屋に監禁しようとしたり、メイソンを直ちに屋敷から追い出そうとしたりはしないと思うけど、何らかの強硬手段をとってくる可能性はゼロではない。そうなった場合に備えて、今夜にでも屋敷から三人で逃げ出せるように準備をしておかなくちゃ。……先ほどの家族への別れの挨拶、案外気の早いものでもなかったかもね。

私は今日の呼び出し、おそらくメイソンと私の交際がお父様にバレたのが原因だと予想している。私たちの交際をどこかから耳にしたお父様が、一応私たちに事実確認をしたうえで、別れを迫ることが今日の呼び出しの目的なのだろう。

というか逆に今までよくバレなかったものだよ。あれだけ学園で堂々といちゃついてたし、そもそも学園入学前から私はメイソンへの好意を一切隠そうとしなかったのにね。むしろ今まで何も言われなかったのが奇跡だったんだ。今までの幸運に感謝しなきゃ。……でもその運も今日で尽きてしまったみたい。

無言でメイソンの手を握り、微笑みながら彼の目を見つめる。彼も優しい笑顔で、私の手を握り返してくれた。……うん、大丈夫。誰になんて言われようと、どんなことがあろうと、二人一緒ならやっていける。

時刻通りに向かったサロンは、案の定、どこか少し重苦しい空気だった。お父様とお母様の向かい側の席を勧められた私たちは、恐る恐る着席した。私はともかく、メイソンはこの状況、めちゃくちゃ居心地が悪いんだろうね。手を握ってあげたいけど、さすがにこの状況ではまずいよね。

まずはお互いの近況報告や世間話が始まった。お父様とお母様は必死に怒りを抑えている様子でもなければ、これから爆弾を落とすぞって感じにも見えないけど……。

でもサロンに流れる空気はやはりどこか緊張感があるというか、少しピリッとしている気がした。もしかしたら私がとても緊張しているからそう感じているだけかもしれないけど。

「さて、本題なのだが……」

真剣な顔になったお父様の視線が、メイソンをとらえていた。

「メイソン君、君は娘と付き合っているのかね？」

……ですよね。その話だと思ってました。

39話　ストーカー扱いされました

「メイソン君、君は娘と付き合っているのかね？」

お父様からそう言われたメイソンは、一瞬だけ固まってから、すぐに立ち上がって深々と頭を下げた。

「……はい、チェルシーさんとお付き合いさせていただいております。恩を仇で返すようなことをしてしまったこと、深くお詫び申し上げます。申し訳ございません」

「メイソンは何も悪くありません！　私からしつこく迫ったんです。ずっと彼に付きまとって無理やり私のものにしたんです。貴族の娘だから、本当は婚姻で家の役に立つべきだってことは分かってます。でも、私はメイソン以外の人との結婚なんて考えられません！　もし交際を認めていただけたら、魔法で必ず家の役に立ってみせます。死ぬ気で頑張ります！　もちろん、家を出ていけとおっしゃるのでしたら、それにも従います。だから……！」

「……少し落ち着きなさい？　チェルシー」

いつの間にか立ち上がってものすごい勢いで話し続ける私を、お母様が窘《たしな》めて落ち着かせてくれた。確かに興奮して話が支離滅裂になっていたね……。私たち二人がお父様の指示で席に座り、その後私が少し落ち着いたタイミングを見計らって、お父様はメイソンとの話を再開した。

「メイソン君、君は今いくつかね？」

「……？　二十五歳、ですが……」

急になんで年齢を？　と思ったのか、少し戸惑った表情でメイソンが答える。

「……うむ。娘はもうすぐ十八になる」

ああ、そういうことか。お父様は身分を理由にするんじゃなくて、十歳近くも離れている年齢を理由に私たちの交際を反対しようとしているんだね。

「そして君は、娘のことをどう思っているのかね？」

「……チェルシーさんのことを心から愛しています。自分の命よりも大切な存在だと、本気で思っています」

メイソン……！　ありがとう。私もよ！

「……そうか。ならばそろそろ、決断すべき時期ではないかね？」

決断……？　何を？　私のために身を引く決断をしろってこと？　そんなのダメだよ。

「そうよ。私、実際にはまだチェルシーの片思いのようなものなのかと思っていたわ。もう二人が両想いなら、これ以上先延ばしにする理由はどこにもありませんわ」

「うむ。その通りだ。……ということで、まずはチェルシーの十八歳の誕生日パーティーの場で、二人の交際を正式に発表するという形でかまわないかね？」

「「……えっ？」」

私とメイソンの声が、綺麗に揃った瞬間だった。

私たちが正式に交際の報告をしてくることを、お父様とお母様はずっと待っていたらしい。その背景にはいろんな事情が複雑に絡まっているけど……。とにかく私たちの交際は無事認められた。というか、知らない間にとっくに認められていた。

経緯はこうだった。メイソンがローズデールの屋敷にやってきてすぐに、私のメイソンに対する並々ならぬ好意は、うちの屋敷の関係者ほぼ全員に知れ渡ったらしい。もちろんお父様とお母様を含めて。

まあ、私、別に隠そうともしなかったし、確かに二十四時間恋する乙女モードだった（「だった」というか今もそう）からそりゃ誰でも分かるよね。で、最初はみんなメイソン本人と同じ感想で、私の想いは「幼い少女の年上の男性に対する一時的な憧れ」だと思ってたし、メイソンが十二、三歳の公爵令嬢に手を出すとはとても思えなかったから、「ほろ苦い片思いで終わる予定の、幼いお嬢様の初恋」をみんなで生温かく見守ってくれていたらしい。

でも何年たっても私の気持ちが変わることはなく、そうしているうちに私の魔導士としての腕がぐんぐん上がって、積極的に冒険者活動をしていたこともあっていつの間にか名の売れた魔導士になってしまった。学園入学前から魔導士としてかなり注目されるようになった私は、段々政略結婚の駒として他の家に出すにはもったいない存在になってきたらしい。

言われてみれば確かにそうだ。「魔法がよくできるやつが無条件でえらい」という偏った考えがまかり通っているこの国において、今や私は王国Ｎｏ．２の魔導士と評価されることもある、割とよくできる子なのだ。自分で言うのも恥ずかしいけどね。

だからもちろん、ローズデールの本家と親戚筋を隈《くま》なく探しても、私と同等のことができる魔導士などいない。だったら、私を政略結婚の駒として他の家に出すよりも、ずっとローズデール家にいてもらった方が家としてはメリットがある。

それに加え、お兄様とお姉様の件もあった。お姉様はラインハルト公爵家の一人娘。もし彼女がローズデール家に嫁いでくるとなると、ラインハルト家は跡継ぎのために養子をとらないといけなくなる。しかも私が「王国Ｎｏ．２の魔導士と評価されることもある」レベルに過ぎないことに対し、お姉様は「誰もが王国Ｎｏ．１の魔導士と認める」存在である。

ラインハルト家としては絶対嫁に出したくないし、しかもその相手が長年のライバルのローズデールだなんてもってのほか。だからお兄様とお姉様の結婚はお兄様が婿入りする形の方が現実的。となると、私は婿をとってローズデールの家を継ぐことが求められる。

で、私のお婿さん候補だが、いつの間にか「そりゃもちろんメイソン・ベックフォードしかいないよね」という空気になっていたらしい。本人の人柄や能力が申し分ないというのもあるけど、決め手はやはり私の執念。私の数年間の言動を見守っていた両親は、私が絶対にメイソンを諦めないだろうってことを理解してくれていたらしい。

メイソンを私から引き離そうとして私が暴れだしたり、メイソンと駆け落ちでもしてしまったりしたら大変なので、私のお婿さんは大人しくメイソンにしといた方がみんな安全でハッピーという結論に達したと。

そういえばいつ頃からかな？　一時期うんざりするほど大量に入ってきていた婚約の話が少しずつ減ってきて、いつの間にか一切なくなっていたけど、あれも別に婚約の話自体が家に届かなくなったわけではないとのことだった。「どうせチェルシーはメイソン君以外、眼中にないから」ということで途中から私に相談することもなく全部お父様が断ってくれていたとさ。

ということで、私のお婿さん候補はメイソン一人に絞られ、あとは私たちが正式に婚約でもすれば、その後すぐにでもお兄様とお姉様を結婚させるというプランになっていたのだが……。そこには一つだけ問題があって、私がずっとメイソン一筋なのは誰が見ても明らかだったけど、メイソンが私のことをどう思っているのかがはっきりしなかったと。

学園やお兄様・お姉様から入ってくる情報によると、二人が交際しているのは間違いなさそうだけど、もしかしたらそれは私があまりにもしつこいし、またメイソンの立場からすると私は冷たく突き放せる相手でもないから、嫌々ながら仕方なく私に付き合わされているだけかもしれないと思ったらしい。

ということで、今日の呼び出しはメイソンの気持ちを確認して、両想いなら速やかに婚約に向けて準備を始める、そうでなく、表面上付き合っているように見えるだけで、実際にはメイソンは私に好意を持っているわけでもなんでもないということが判明したら、メイソンを説得することが目的だったらしい。ちなみにメイソンの説得のために……

「ずっとしつこく付きまとわれて迷惑だったかもしれないが、娘の君に対する愛情は間違いなく本物だ。娘ほど君のことを愛してくれる女性はそう簡単には現れまい」

「客観的にみても娘は器量、能力、家柄のどれをとっても素晴らしい結婚相手ではないか」

「この子は顔だけじゃなくて性格も私にそっくりだからよくわかるけど、あなたはもうこの子からは逃げられないわ。地の果てまで逃げようが海の底に隠れようがこの子はあなたを追いかけて必ず見つけ出す。諦めて、少しずつでいいからこの子を愛してあげて」

……といった感じのセリフを用意して今日の話し合いに臨んだらしい。……いや、お父様、お母様、実の娘をめちゃくちゃ危険なストーカー扱いするの、やめてくれませんか……？　特にお母様。心当たりは大いにあるけど。……てかお母様もヤンデレ体質だったんですね。

いずれにしても、今日でメイソンと私が両想いであることが無事確認され、しかもメイソンの実家は弟さんが継ぐことがすでに確定しているから、メイソンがローズデール家に婿入りすることには何も問題がないことまで判明した。だから明日から早速私たちの婚約と、お兄様とお姉様の結婚に向けた準備が始まるらしい。お母様が目を輝かせながら「明日から忙しくなるわ」って嬉しそうに言ってた。

……いや、何これ？　今までの駆け落ちの計画とか準備とか、全部無駄だったじゃん。てかどうして誰も何も言ってくれないの？　あと、これから私はどうすれば良いわけ？　卒業後は国を去るつもりだったから、卒業後の進路とか何も考えてないんだけど。……とりあえず引き続き冒険者でいい……のか？

てか……えっ？　えええ？　私メイソンと結婚してこれからもこの屋敷で、彼と二人で幸せに暮らしていけるの？　本当にこれ、現実なの？　実はこれ全部夢で、目が覚めたらセント・アンドリューズ行きの船に乗っていて次の瞬間大きな衝撃が走って船が沈み始める……とかないよね？　大丈夫だよね⁉

私の隣ではメイソンが、あまりにも予想外の現実を受け入れられないといった顔でボーッとしていた。……きっと私も同じ表情をしているんだろうな。

最終話　毎日命を救ってもらっています

「ご婚約おめでとうございます、先輩」

「ありがとう」

温かい微笑みとともに祝福の言葉をかけてくれた生徒会執行部の後輩に、私も笑顔で御礼を言う。

今日は私たち三年生の卒業パーティー。先日メイソンと私の婚約が正式に発表されたため、私はすれ違う人のほぼ全員から祝福の言葉をかけられていた。

前世ではこの会場で今までの悪行を断罪され、ありったけの罵倒とともに婚約破棄と修道院送りを言い渡されたんだよね。そして泣き崩れる私にはみんなからの軽蔑と嘲笑の視線が突き刺さっていた。たぶんみんな「ざまぁみろ」って思ってたんだろうね。私めちゃくちゃ評判悪かったし。

その罵倒と軽蔑と嘲笑が、今回は温かい微笑みと祝福の言葉に変わったのだから、きっと私は今回、正しい道を選んで歩んできたのだろう。そして私が正しい道を歩んで来られたのは、間違いなくメイソンが私を導いてくれたから。この十年間、私は彼のことしか見てないからね。私の道が正しかった＝彼が正しかったという結論になるわけですよ。……相変わらずのヤンデレ思考って言われるかもしれないけど。

前世で軽蔑と憎悪に満ちた冷たい目で私を見下ろしながら私を地獄に落としたカイル王子は、今回はいつもの柔らかい笑顔で私たちのことを祝福してから「よかったらご両親から婚約を認めてもらったノウハウの伝授を……」とか言ってきた。

「ノウハウなどない。強い気持ちで正面突破あるのみ」とまるで頑固な老騎士のようなアドバイスを送って、私個人としてはもちろん全面的にサポートするし、ローズデール家も二人を応援する立場に回るよう取り計らってやるから頑張れと、ちょっと上から目線でリップサービスして恩を売ってやった。えらく感謝された。

そして前世における私の学園生活最後のイベントで、人生最大の悪夢となった卒業パーティーは、今度は何事もなく穏やかな雰囲気のまま終了した。最後は花束まで渡されてしまった。その後も卒業式まで断罪されることも追放されることもなく、私は今度こそ無事に魔道学園を卒業した。

「……貴族って大変だね」

最近メイソンはこのセリフをよく口にする。両親とメイソンの意見が完全一致し、爵位は私が継ぐことになった。なので将来、彼は「公爵」ではなく「女公爵の夫君」になる予定である。しかし、それでも彼が三大公爵家の一つであるローズデール家の一員……つまりは貴族、それも大貴族になる予定という事実に変わりはなかった。

「お疲れ様！　ごめんね、慣れないことさせちゃって……。楽しくないよね」

「いや、君と一緒になるためだから全然いいんだけど……。チェルシーのこと、心から尊敬するよ。小さい頃から毎日がこんな感じだったんだよね？」

「うん、それこそ四歳とかから」

「……すご」

だから彼は今、ローズデールの屋敷で貴族としての知識や素養、マナーなどを叩き込まれている最中だった。しかも短期集中型の詰め込み教育で。大人になってから新しいことを学ぶのはやっぱり簡単ではないようで、最近のメイソンは毎日ヘトヘトになっている。私が彼の疲れを癒してあげなきゃ。

冬休みにはメイソンの生まれ故郷を訪れて、メイソンの実家にご挨拶に伺った。メイソンの婿入りの話はメイソンが事前に手紙を出して根回しをしてくれたらしく、二つ返事で承諾《しょうだく》していただいた。メイソンの実家はベラスケス王国の港町にある、主に冒険者向けに武器、道具、薬などを販売する商店だった。

ベックフォード家の男性陣、つまりお義父様と、義弟《おとうと》のサイモンさんはメイソンから凄腕の剣士が放つ威圧感のあるオーラをすべて抜き取ったような、穏やかで落ち着いた感じの方々だった。

女性陣、つまりお義母様《かあさま》と、これから私のもう一人のお義姉様《ねえさま》になるクレアさんは気さくで明るい感じの親しみやすい方々だった。……メイソンだけじゃなく、私のメイド兼護衛として同行していたアイリーンまで剣術の手合わせに付き合わされたことには少し驚いたけど。

ちなみにクレアさんはベラスケス王国第三騎士団の若き団長らしい。私のお義姉様たち、ちょっと戦闘力に特化しすぎではないか？　……私も人のことは言えないけど。

そしてお義母様はなんと元女海賊とのことだった。海戦で重傷を負って海に落ちたお義母様が偶然メイソンの実家近くの海岸に流れ着いて、瀕死の状態だったお義母様を見つけたお義父様が献身的に治療、看病をして奇跡的に助かったのが二人の馴れ初めらしい。

お義父様のことを見つめるお義母様の目は、昔から見てきた、お姉様がお兄様を見つめる目とよく似ている気がした。……たぶん私も、メイソンを見つめる時は彼女たちと同じような目をしているんだろうな。

話を戻して、私が卒業してからも、メイソンは学園の剣術講師を続けることになった。だから春休みが終わったら私たちは、王都のローズデール家の屋敷に生活の拠点を移すことになる。言うまでもなくアイリーンも一緒に王都に来てくれる。

ちなみに私の進路はというと……。なんと学園卒業と同時に四天王に抜擢されてしまった。だから今の私の正式な肩書は「四天王チェルシー・ローズデール」である。……私、絶対言わないからね？　「奴は四天王の中でも最弱」とか「四天王の面汚し」とか。

この「四天王」という役職は、王国軍の幹部にあたるんだけど、どちらかというと名誉職に近い役職である。だから「四天王の日常業務はこれです」という、具体的な職務内容は特にない。ただ、一つだけ伝統的に求められる役割があって、それは有事の際に王都と王家の守護者であり、切り札であり、最後の砦《とりで》であるべきということ。そういう役割だから、魔導士としてのいろんな素養、スキルの中でも特に「戦闘力」に特化した人間が選ばれる。

そして魔道学園の卒業生や他の候補者から、現役の四天王よりも強い戦闘力を持った者が現れた場合は、現役の四天王の中で最弱（あーっ！　やばっ！　今「最弱」って言ってしまった！）の人間が四天王の称号を返上するというシステムになっている。

別に四天王に選ばれたからって常に王都に滞在しないといけないというわけではなく、実際にお姉様もローズデール・ラインハルトと王都を頻繁に行き来しながら生活しているが、一応メインの拠点は王都にしておく必要がある。

本当は生まれ育った屋敷でずっと暮らしていきたかったけど、二人とも仕事が王都だから仕方がない。……今頃ベラスケス王国を目指して逃亡生活をしていてもおかしくなかったわけだから、贅沢言わずに今の恵まれた環境に感謝しなきゃ。


「そういえばさ」

「なーに？」

「チェルシーに迫る命の危機ってどうなったんだろう。これからやってくるのかな」

……うっ。まだ忘れてなかったんかい。こっちは完全に忘れていました。……そういえば私、『見通す眼』の保有者という設定でしたね。

はい、ただいまメイソンが後ろから私を抱きしめるような格好で、絶賛ピロートーク中。なぜか話題として私の予知夢の話が出てきてしまいました……。

「あー、あれね。たぶんもう大丈夫だよ」

「……そうなの？」

「うん、私が見たイメージは私が賊か何かに襲われたところを、メイソンが助けてくれるというものだったんだよね」

「……賊？」

「そう。賊。でもほら、今の私をどうにかできる賊ってたぶんいないじゃん」

「いないね……。賊どころか軍でも厳しいのでは……？」

ムッ！

「……いや私、メイソンが思ってるより遥かにか弱いからね？　メイソンがずーっとそばで守ってくれないと、賊にさらわれて酷い目に遭わされちゃうかもよ？　メイソンはそれでもいいの？」

「アハハ、ごめんごめん、冗談だよ、冗談。可愛いなもう」

そう言いながら後ろからぎゅっと抱きしめてくれるメイソン。それだけで心がぽかぽかする。

……惚れた弱みって恐ろしいな。

「もう。とにかく、私が魔法とか剣術を頑張っているうちに、その命の危機はたぶん自己解決できちゃったんだと思う。これからやってくることはおそらくないから、安心してね」

「そうか。……よかった」

「……心配してくれてありがとう」

「ううん、……でもそれだと結局、俺は君とアイリーンに剣術を教えたこと以外は何も役に立てなかったね。高い給料をもらってたのになんか申し訳ないな……」

……本当、誠実な人だな、私の婚約者は。こっちこそ半分くらい嘘ついてるのがますます申し訳なくなっちゃう。

「そんなことないよ」

「……そう？」

「私、メイソンがいないと本気で生きていけないから。だから私と一緒にいてくれるだけで、メイソンは毎日私の命を救ってくれているようなものだよ」

「……」

「……？　きゃっ」

……一瞬無言になったメイソンは、次の瞬間急に私の身体をひっくり返して自分の方に向かせた。

……えっ？　メイソンが無言でこういう目をするときって、これから私のことを激しく求めるぞってサインなんだけど……。あの、メイソン？　つい先ほど終了したばかりなのでは？

……えーっと、私なんか彼のスイッチ押しちゃった？　ねえメイソン？　メイソンさん？　ご主人様？　えっ、あっ、んっ、も、もう……。

エピローグ

「新郎アラン・ローズデール、あなたはここにいるシルヴィア・ラインハルトを、病める時も、健やかなる時も、富める時も、貧しき時も、妻として愛し、敬い、慈《いつく》しむ事を誓いますか」

「はい、誓います」

「新婦シルヴィア・ラインハルト、あなたはここにいるアラン・ローズデールを、病める時も、健やかなる時も、富める時も、貧しき時も、夫として愛し、敬い、慈しむ事を誓いますか」

「はい、誓います」

……お姉様、内心「アランには病める時も貧しき時も訪れないわ。私がそうはさせないもの」と思っていたりはしないだろうか。なんとなくそんな気がする。

……それにしても本当に美しいな。何もしなくても天使や妖精みたいな人が、本気で着飾ったウエディングドレス姿になるともう眩しくて直視できないよ。美の女神の生まれ変わりって言っても過言ではないね。いや、美の女神よりも美しいかも。存在自体が圧巻だわ。

今日はおそらく、魔道王国の歴史に残る結婚式の日。三百年近い王国の歴史上初めて、ローズデール公爵家とラインハルト公爵家が婚姻を結ぶ日である。ローズデール・ラインハルトは町全体がローズデールを象徴する「青」と、ラインハルトを象徴する「緑」に染まり、二人の門出を祝福している。

それにしても見たこともないレベルの豪華な結婚式だな……。うん、私たちの時はもう少し控えめな感じがいいかな。都市全体を巻き込んだ盛大なセレモニーとかプレッシャーでしかない。私でさえそう感じるのだから、メイソンにとってはもっと負担になるんだろう。

いや、そんなことはないかも。最近のメイソン、貴族としての立ち振る舞いがだいぶ様になってきている。私の婚約者は何をやってもできる人なんだよね。努力型のチートというかなんというか。私、また惚れ直しちゃったよ。

……そして今日の衣装も、とてもよく似合っているよ、せんせ♡

ブーケ・トスの時間になった。事前の打ち合わせで、私がキャッチする予定となっている。決して私がしゃしゃり出て自分が受け取ると言い出した訳じゃないからね。お姉様からのご指名です。

「いきますわー！　せーのっ！」

お姉様の右手から放たれたブーケは、完璧なコントロールでまっすぐ私に向かって飛んできた。もしかしたら単に投げただけじゃなくて、確実に私の手元に届くように風属性の魔法を応用して使ったのかもしれない。お姉様ならそれくらいのことは簡単にできるはず。

いずれにしても、私のところにまっすぐ飛んできたブーケを、私は両手でしっかりとキャッチした。受け取ったブーケを左手に持ち、満面の笑顔でメイソンの方を振り向く。彼は、嬉しそうに目を細めて私のことを見つめてくれていた。

その笑顔を見た瞬間、なぜか前世最後の瞬間を思い出した。彼ともっと一緒にいたい。もっと彼の笑顔を見ていたい。もし人生をやり直せるなら一生かけて彼を愛して、彼と幸せに生きていきたい……。命が尽きるその瞬間まで、私は彼のことだけを考え、彼との未来だけを願っていた。そして彼は、私の願いのすべてを叶えてくれた。そしてきっとこれからも叶え続けてくれる。

……前世の最後に彼に出会えて、そしてまた再会できて、本当に良かった。心からそう思う。

ねえ、メイソン。聞いてくれる？　私を選んでくれて、私のことを愛してくれて本当に……

——ありがとう、あなたを愛しています。

―END―

二周目の悪役令嬢は、マイルドヤンデレに切り替えていく

＊本作は「小説家になろう」（https://syosetu.com/）に掲載されていた作品を、大幅に加筆修正したものとなります。
＊この作品はフィクションです。実在の人物・団体・事件・地名・名称等とは一切関係ありません。

2023年2月20日　第一刷発行

著者 …………………………………… 羽瀬川ルフレ
©HASEGAWA REFLET/Frontier Works Inc.
イラスト …………………………………………………… くろでこ
発行者 ……………………………………………………… 辻 政英
発行所 ………………………… 株式会社フロンティアワークス
〒170-0013　東京都豊島区東池袋3-22-17
東池袋セントラルプレイス5F
営業　TEL 03-5957-1030　FAX 03-5957-1533
アリアンローズ公式サイト　https://arianrose.jp/
フォーマットデザイン ………………………… ウエダデザイン室
装丁デザイン ……………………… 鈴木 勉（BELL'S GRAPHICS）
印刷所 ……………………………………… シナノ書籍印刷株式会社